BEREN AND LÚTHIEN

일러두기

이 책의 첫머리에 수록된 9점의 전면삽화는 본래 본문 내용에 들어가 있던 것으로, 한국어 번역판
에서는 저작권사의 동의를 얻어 권두에 모아 배치했음을 밝힌다. 각 삽화 하단에는 그림의 원제목
을 표기하였고, 관련 본문을 인용하였다.

그런데도 그는 지금 티누비엘이
어스름 속에 춤추는 것을 보았다

티누비엘은 은빛 진주로 장식된 드레스 차림으로 헴록 꽃자루들 속에서
하얀 맨발을 사뿐사뿐 움직이고 있었다. 그 모습에 베렌은 그녀가 발라든
요정이든 인간의 자식이든 괘념치 않고 보려고 가까이 기어갔다. 그는 그
녀가 춤추고 있는 자그만 숲속 빈터를 내려다보고자 언덕배기에 자라난
어린 느릅나무에 몸을 기댔는데, 그 황홀한 마력에 금방이라도 쓰러질 것
같았던 게다.

본문 72쪽

yet now did he see Tinúviel dancing in the twilight © Alan Lee

테빌도와 티누비엘

테빌도는 그녀가 위태로이 앉은 데서 그녀를 찾아내고는 소리쳤다. "그러면 귀여운 새가 더 이상 노래를 할 수 없잖아. 내려오지 않으면 내가 널 끌어내릴밖에. 두고 보라고, 다시는 요정들이 내게 거짓으로 알현을 청할 순 없을 거라고."

이런 말에 한편으로는 두려워서 그리고 다른 한편으로는 자신의 청아한 목소리가 베렌에게도 닿을 수 있으리란 희망에서 티누비엘은 갑자기 아주 큰 목소리로 자기 이야기를 말하기 시작하니 그 소리가 여러 방들에 울려 퍼졌다.

본문 98~99쪽

Tevildo and Tinúviel © Alan Lee

잎사귀 하나 없는 나무들의
가지와 껍질에 가무잡잡한 까마귀들이
잎인 양 앉아 깍깍 울어 댔다

잠 속에서 그는 무서운 어둠이
천천히 가슴에 다가듦을 느끼며,
음산한 산들바람에 나무들이
살풍경스레 굽은 걸 요상하다 여겼다.
잎사귀 하나 없는 나무들의
가지와 껍질에 가무잡잡한 까마귀들이
잎인 양 빽빽히 앉아 깍깍 울어 댔다.
울 때마다 각각의 부리에선 핏방울이 떨어졌다.
보이지 않는 거미줄이 그의 수족 휘감으니
마침내 그는 기진맥진해
물 고인 웅덩이 가에 누워 덜덜 떨었더라.
그런 중에, 저 멀리 파리한 물 위에
그림자 하나가 떨리더니 점차 커져
희미한 형체로 고요한 호수 위를
미끄러지듯 천천히 다가와
나직하고 슬프게 말했다.

본문 137~138쪽

no leaves they had, but ravens dark, sat thick as leaves on bough and bark © Alan Lee

이제, 그들은 늑대들에게 빙 둘러싸여 선 채
자신들의 운명을 두려워했다

그는 탑에서 유심히 내다보았고,
그들이 끌려올 때까지 기다리고 곁눈질하면서
그의 마음엔 의심과 골똘한 생각이 커 갔다.
이제, 그들은 늑대들에게 빙 둘러싸여 선 채
자신들의 운명을 두려워했다.
아아! 두고 온 땅, 나로그의 땅이여!
그들이 낙담해 머뭇거리며 발길을 옮겨
마법사의 섬에 이르는 비탄의 돌다리를 건너
거기 피로 얼룩진 돌로 만들어진 왕좌로
가야만 했을 때 곧 닥칠 재앙에
그들의 마음은 천근만근으로 무거웠다.

본문 171쪽

Now ringed about with wolves they stand, and fear their doom. © Alan Lee

이윽고, 그 형제들이 말을 타고 달아났는데,
달아나면서도 그들은 몸을 돌려
후안과 루시엔에게 화살을 쏘았다

루시엔이 쿠루핀을 죽이는 걸 금했기에 베렌은 그에게서 말과 무기만 앗았는데, 그 무기 중 가장 값진 게 난쟁이들이 만든 그의 이름난 칼로, 쇠를 장작처럼 벤다는 칼이었다. 이윽고, 그 형제들이 말을 타고 달아났는데, 달아나면서도 그들은 몸을 돌려 후안과 루시엔에게 화살을 쏘았다. 단, 후안에게 쏜 화살은 주인에 대한 배신을 겨냥한 것이었다. 후안은 다치지 않았고, 루시엔 앞으로 몸을 날린 베렌이 부상을 입었는데, 그 사건이 알려지자 인간들은 그 상처를 페아노르의 아들들 소행으로 길이 기억했다.

본문 182~183쪽

Then the brothers rode off, but shot back at Huan treacherously © Alan Lee

그녀가 괴괴한 한밤중에 망토를 둘러쓴 채
환난의 다리에 앉아 노래하니

> 그녀가 괴괴한 한밤중에 망토를 둘러쓴 채
> 환난의 다리에 앉아 노래하니
> 마법사 섬의 꼭대기부터 심부에 이르기까지
> 층층의 바위와 겹겹의 말뚝이
> 바르르 떨리며 메아리쳤다.
> 늑대인간들이 울부짖었고, 후안은 어둠 속에
> 경계의 귀를 기울이며 잔혹하고 적나라한
> 전투에 대비해 몸을 숨기고 으르렁댔다.
>
> 수가 저 목소리를 듣고 망토와 검은 두건을
> 둘러쓰고 높은 탑 속에서 벌떡 일어섰다.
> 오래도록 귀 기울이다 득의의 미소를 지었으니,
> 저 요정의 노래를 알아본 것이었다.
> "아! 귀여운 루시엔이여! 청치도 않았는데
> 어찌 어리석은 파리가 거미줄로 찾아든 게야? […]"

본문 209쪽

On the bridge of woe, in mantle wrapped at dead of night, she sat and sang © Alan Lee

독수리들의 왕 소론도르가 급강하하여 덮쳤다

한데, 보라!
모르고스를 감시하기 위해
만웨가 하늘 밑의 처녀봉 위에
높이 세우라 명한 왕좌에서
당장 독수리들의 왕 소론도르가
급강하하여 덮친 다음 찢어발기는 황금빛 부리로
바우글리르의 얼굴을 강타하곤
늑대들의 요란한 아우성에도 불구하고 곧장
그 위대한 요정 왕의 시신을 낚아채
백팔십 척 너비의 날개로 떠올랐다.

본문 250쪽

now down there swooped Thorondor the King of Eagles, stooped © Alan Lee

그녀가 그의 눈앞에서 날개를 퍼덕이다
미로 속을 날아 누비듯 빙빙 돌아 춤췄다

제 날개들을 능숙하게 집어 올리곤 단숨에
그의 손아귀를 슬쩍 벗어나
주위를 선회하고 그의 눈앞에서 날개를 퍼덕이다
미로 속을 날아 누비듯 빙빙 돌아 춤추며
강철왕관 쓴 그의 머리 주변을 날렵하게 돌았다.
불현듯 그녀의 노래가 새로 시작되면서
저 둥근 천장의 궁전 높은 데서부터
혼을 빼놓는 마법 같은 그녀의 목소리가
이슬처럼 곱게 똑똑 듣다가
졸졸 흐르는 은빛 물결로 불어나
꿈속의 어둑한 웅덩이들로 아련히 떨어졌다.

본문 270쪽

fluttering before his eyes, she wound a mazy-wingéd dance © Alan Lee

지금 서녘에서 빛나는 저 별은
실마릴이 틀림없겠지

바야흐로, 가없는 창공을 처음으로 항해하기로 정해졌을 때 빙길롯은 환한 빛을 발하며 불시에 위로 솟아올랐다. 가운데땅에 살던 이들은 멀리서 그것을 보고 경이로움을 느꼈고, 이를 하나의 징조로 여겨 길에스텔, 곧 '드높은 희망의 별'이란 이름을 붙였다. 이 새 별이 저녁 무렵에 나타났을 때 마에드로스가 동생 마글로르에게 말했다. "지금 서녘에서 빛나는 저 별은 실마릴이 틀림없겠지?"

Surely that is a Silmaril that shines now in the West © Alan Lee

ABOUT THE ARTIST

앨런 리 | Alan Lee

케이트 그린어웨이 상을 수상한 세계적인 삽화가이다. 1947년 영국 런던에서 태어났다. 17세 때 『반지의 제왕』을 읽고 깊은 감명을 받았다. 이후 J.R.R. 톨킨의 『반지의 제왕』(1992년 100주년 특별판), 『호빗』(1999), 『후린의 아이들』(2007), 『베렌과 루시엔』(2017), 『곤돌린의 몰락』(2018)의 삽화를 담당했고, 피터 잭슨의 영화 〈반지의 제왕〉, 〈호빗〉에도 존 하우와 함께 콘셉트 아티스트로 참여했다. 톨킨의 중단편 소설들을 묶은 『위험천만 왕국 이야기』와 최근 영국에서 출간된 『누메노르의 몰락』의 삽화도 그렸다.

BEREN AND LÚTHIEN
베렌과 루시엔

베렌과 루시엔
BEREN AND LÚTHIEN

J.R.R. 톨킨 지음

크리스토퍼 톨킨 엮음

앨런 리 그림

김번 옮김

arte

차례

베렌과 루시엔

베일리에게

역자 서문

베렌과 루시엔의 전설을 복잡하게 다룬 이 책은 읽기에 껄끄러
울 수 있다. 우리가 보통 접하는 책들과는 그 성격과 체제가 꽤
다르기 때문이다. 대개의 책에서 저자는 선정된 주제에 대한 자
기 생각이나 주장을 웬만큼 일관되고 완성된 형태로 말끔하게
제시한다.『실마릴리온』(1977)에서 제공된 베렌과 루시엔의 전
설이 그런 것이라 할 것인데, 톨킨의 삼남이자 문학 유산 집행인
크리스토퍼(1924~2020)는 그런 식으로 단정하게 요약·정리되
어 잘 읽히는 이야기가 실은 그 전설에 기울인 톨킨의 고심 어린
창작의 궤적을 심히 단순화하고 왜곡시켰다는 큰 반성에 이르
렀던 것 같다.

　잘 알려진 대로, 가운데땅의 신화는 톨킨의 평생에 걸쳐 내내
변화·발전하며 확장되어 갔고, 그에 따라 그 신화를 구성하는
세 편의 '위대한 이야기들'—『후린의 아이들』(2007),『베렌과 루
시엔』(2017),『곤돌린의 몰락』(2018)—도 오랜 세월 동안 새로

운 구상을 거듭하며 계속해 다시 쓰이는 복잡다단한 과정을 거쳤다. 톨킨이 『실마릴리온』 이야기들 중의 으뜸'이라 했던 베렌과 루시엔의 전설도 1917년부터 20년에 걸쳐 산문과 운문으로, 그리고 길고 짧은 본들로 다시 쓰고 고쳐 쓰기가 계속되었다. 톨킨이 이 전설을 완결 짓지 못했던 것도 그것과 전설군群(레젠다리움legendarium) 사이의 특유하게 복잡한 관계 때문이었다. 전설군에 긴히 맞물리면서부터 여타 주요한 이야기들과의 포괄적인 연결망 속에 놓이고 그 드넓은 관계망 속에서 새로운 연관성을 띠면서도 또한 그 자체로 변화·발전해 갔던 만큼, 그것을 하나의 독립적인 이야기로 추출한다는 것이 엄두가 나지 않는 일이었고 그 이야기 자체도 반듯하고 일관된 정리가 불가능한 지경에 이르렀던 것이다.

이 책은 부친이 거쳐 간 그처럼 복잡다기한 전설의 발전 과정을 가능한 한 생생하게 보여 주고자 크리스토퍼가 그 전설에 관련된 다양한 미완성 자료를 일정한 원칙과 방식에 따라 편집한 결과물이다. 93세에 이른 그가 그 작업을 두고 출간될 수 없는 것을 출간될 수 있는 것으로 만드는 지난한 과정이었다고 술회한 데서 부친에 대한 지극한 추도의 염을 엿볼 수 있다. 크리스토퍼가 택한 편집 방식은 세 편의 위대한 이야기들을 그 자체로 충분히 완성된 작품들로 대하면서도 동시에 전설군과의 연관상을 필요할 때마다 적시하는 것이었다. 요컨대, 베렌과 루시엔의 전설과 전설군 사이의 관계는 그때그때의 필요에 따라 상호 흡착되고 탈착되는 것으로, 쉬운 말로 하자면 '따로 또 같이'에 해당한다.

이 방식에 따라 크리스토퍼는 베렌과 루시엔의 이야기가 단계별로 변화·발전해 나간 과정을 추적하면서 그 단계별 형태들을 부친이 직접 쓴 그대로 제시한다. 거칠게나마 정리해 보면, 먼저 그 전설의 사실상의 원본이라 할 「티누비엘의 이야기」(1917)가 제시되고, 뒤이어 그 서사가 변해 간 양상을 드러내는 이후 텍스트들로부터의 발췌 대목들이 제공된다. 구체적으로는, 1925년부터 1931년에 걸쳐 쓰인 「레이시안의 노래」가 서사의 전개에 따라 세 갈래로 나뉘어 제공되는데, 분량으로 보면 이것이 전체의 중심축이 된다. 「레이시안의 노래」의 세 갈래와 번갈아 「신화 스케치」(1926), 「퀜타 놀도린와」(1930) 및 1937년 전후로 쓰인 「퀜타 실마릴리온」으로부터의 비교적 짧은 발췌 대목들이 배치됨으로써 「레이시안의 노래」에서의 서사의 흐름과는 달라진 양상들이 드러난다.

이 책의 성격과 구성을 간략하게 정리해 보았지만, 일반 독자로서는 이 책의 편집 취지와 방식을 제대로 따라잡기가 어려울 수도 있겠다는 생각이 든다. 고백하자면, 역자 자신이 그것을 파악하느라 큰 애를 먹었다. 그에 따른 번역상의 과오나 미비점이 그리 많지 않기를 바라는 마음이다. 전문가나 마니아가 아니라면 서로 다른 텍스트들 간의 복잡한 관계에 크게 신경 쓰지 않고 그냥 베렌과 루시엔에 관한 여러 이야기들이 갖는 각각의 재미를 음미하는 것도 좋을 것이다.

『반지의 제왕』 애독자는 거기서 베렌과 루시엔의 전설이 두 차례 인상 깊게 소개되고 언급된 것을 기억할 것이다. BOOK 1 Chapter 11 '어둠 속의 검'에서 호빗 일행이 암흑의 기사들을 피해 '성큼걸이' 아라고른과 함께 바람마루에서 야영할 때 아라고른이 베렌과 루시엔에 관한 노래를 들려주고 그에 얽힌 사연을 부연 설명하는 것이 첫 번째다. 여기서 흥미로운 것은, 아라고른 자신이 아득한 시간의 간극에도 불구하고 베렌과 루시엔의 직계 후손이라는 점이 환기되는 순간 그 전설이 극적인 직접성과 적실성으로 독자에게 다가든다는 것이다. 두 번째는 BOOK 4 Chapter 8 '키리스 웅골의 계단'에서 프로도와 샘이 자신들이 처한 위급한 상황을 오래도록 전해 내려오는 이야기 속 베렌의 상황에 견주는 대목이다. 여기서 주목할 것은 크게 두 가지라고 생각된다. 첫째는, 제1시대와 제3시대 말엽 사이의 까마득한 시간의 거리에도 불구하고 양자는 서로 이어지고 겹친다는 '신화적' 인식이다. 둘째는, 이야기의 안과 밖이 엄격히 분리되지 않고 뫼비우스의 띠처럼 서로 이어지고 넘나드는 하나일 수 있다는 신비로운 발상이다. 이렇듯, 문학은 시공간의 강고한 벽을 뚫고 과거와 현재를, 그리고 저기와 여기를 불현듯 드러나는 밀접한 상호 연관 속에 보여 준다. 톨킨이 내보이는 그런 유장한 순환적 시각과 긴 호흡은 베렌과 루시엔의 전설에 관련된 여러 텍스트들 사이의 얽히고설킨 관계에도 적용될 수 있을 것이다.

『베렌과 루시엔』에는 『반지의 제왕』과 『실마릴리온』의 대목들이 다수 인용되는데, 그 대목들에 대한 번역에서 기존의 번역을 그대로 따르지 않고 새로운 번역을 시도했다는 점을 밝혀 둔다. 그에 따른 공과는 전적으로 본 역자의 몫이지만, 그 점을 넓게 이해해 주신 김보원 선생께 감사를 표한다. 그리고 까다로웠

을 편집의 수고를 묵묵히 감당한 아르테 편집진께도 고마움을
전한다.

2023년 겨울

김 번

서문

1977년 『실마릴리온』 출간 후 나는 그 작품의 이전 역사를 탐구하고 또 내가 『실마릴리온의 역사』라고 부른 책을 쓰느라 몇 년을 보냈다. 나중에 이 책은 『가운데땅의 역사』의 첫 몇 권의 (다소 축약된) 기초가 되었다.

1981년에 나는 드디어 앨런 앤드 언윈 출판사 사장 레이너 언윈에게 편지를 써, 내가 쭉 해 왔고 여전히 하고 있던 작업을 설명했다. 그때 나는 그 책이 1,968쪽의 분량에 책의 너비는 40센티미터가 넘는지라 누가 보더라도 출판에 적합하지 않노라고 그에게 알렸다. "만약 당신이 이 책을 본다면 왜 내가 그것을 두고 어떻게든 출간할 방도가 없다고 했는지 즉시 알아차릴 것입니다. 본문 확정과 여타 문제들에 관한 논의가 너무나 세세하고 자질구레한 데다, 그 일의 크기는 아예 엄두가 나지 않을 정도니까요(일을 해 나가다 보면 더욱더 그럴 텐데). 내가 그 일에 착수한 것은 부분적으로는 엉킨 실타래와 같은 사태를 정리하고 싶다는 자기 만족적 욕구에서 비롯되었지만, 다른 한편으로는 애초의 기원들로부터 구상의 전모가 드러나기까지 이야기가 실제로 발전해 나간 내력을 알고 싶었기 때문입니다. […]

만약 그러한 탐구에 장래성이 있다면, 나는 J.R.R. 톨킨의 '문학사'에 대한 훗날의 어떤 연구든 그 발전의 실제 경로를 오인함으로써 허튼소리가 되어 버리는 일이 없도록 최대한 분명히 해두고 싶습니다. 많은 문서의 혼란상과 내재적 난점—한 쪽의 원고에서도 드러나는 겹겹의 변경들, 기록물 어디서건 돌출하는 쪽지들에 쓰인 긴요한 단서들, 다른 저작의 뒷면에 쓰인 텍스트들, 원고들의 뒤섞임과 이탈, 곳곳에서의 판독의 어려움—은 이루 말할 수가 없을 지경입니다. […]

이론적으로 따지면, 나는 『실마릴리온의 역사』로부터 다수의 책을 산출할 수도 있었습니다. 그럴 가능성이 많은 데다 그 가능성들의 조합 방식도 많기 때문입니다. 예컨대, 나는 애초의 잃어버린 이야기[1], 「레이시안의 노래」 및 그 전설의 발전에 관한 평론으로도 '베렌'을 쓸 수 있었습니다. 무언가 그처럼 명확한 것에 이르기만 한다면, 아마도 나는 잃어버린 이야기들 모두를 한꺼번에 제공하기보다는 전설 하나를 하나의 발전하는 통일체로 다루었을 것입니다. 하지만 그럴 경우엔 세세한 설명의 난점이 자못 클 터인데, 다른 데서는, 즉 출간되지 않은 다른 글들에서는 어떻게 되어 가고 있는지를 때마다 설명해야 할 것이기 때문입니다."

---

1 '잃어버린 이야기들'은 『실마릴리온』 전설들의 최초 형태의 이름이다.

　나는 '베렌'으로 불리는 책을 내가 제시한 방침대로 기꺼이 쓸 것이라고 말했지만, 그럴 경우 "문제는 편집자의 개입이 과다하지 않고도 내용 이해가 가능하도록 그것을 조직하는 일이 될 것입니다."

　내가 이렇게 썼을 때 나는 내가 출판에 대해 말한 바를 그대로 이행하려던 것이었으니, 나로선 "하나의 발전하는 통일체로서" 단 하나의 전설을 선정한다는 생각 말고는 출판 가능성을 생각할 수 없었다. 이제 와서 보니 나는 바로 그 일을 해낸 것 같다. 비록 35년 전 레이너 언윈에게 보낸 편지에서 내가 말한 바를 염두에 두진 않았지만 말이다. 나는 이 책이 거반 완성되었을 때 우연히 마주치기 전까지는 그것을 까맣게 잊었었다.

　그렇지만 이 책과 나의 원래 생각 사이에는 상당한 차이가 있으니 그것은 바로 상황의 차이이다. 그때 이후로 제1시대 혹은 상고대에 관련된 엄청난 분량의 원고들 중 대부분이 꼼꼼하고 세세하게 편집된 책들로—주로, 『가운데땅의 역사』의 권들로—출간되었다. 내가 레이너 언윈에게 가능한 출간 방식으로 과감하게 언급한, 발전하는 이야기로서의 '베렌'에 충실한 책이란 생각 덕분에 이제까지 알려지지 않거나 이용할 수 없던 많은 글이 빛을 보았을 것이다. 하지만 이 책은 출간되지 않은 원래 저작의 단 한 쪽도 제시하지 않는다. 그렇다면 지금에 와서 그런 책의 필요성이란 무엇일까?

　나는 하나의 (복잡할 수밖에 없는) 대답 혹은 여러 대답들을 제시해 볼 것이다. 첫째로, 앞서 언급된 저 판본들의 한 가지 특징은 내 아버지의 일견 괴상한 저술 양식—실은, 왕왕 외부의 압력 때문이었던—을 드러내기에 족한 방식으로 제시된 텍스트들이라는 것이고, 그렇게 한 데는 하나의 서사가 발전해 간 단계들의 전후 관련을 발견하고 그 증거에 대한 내 해석의 정당성을 입증하려는 뜻이 담겨 있었다.

동시에, 『가운데땅의 역사』의 제1시대는 저 책들에서는 두 가지 의미의 '역사'로 구상되었다. 그것은 정녕 하나의 역사였다—가운데땅에서의 삶들과 사건들의 연대기이므로. 그렇지만 그것은 또한 흐르는 세월 속에 변화하는 문학적 구상들의 역사였다. 따라서, 베렌과 루시엔의 이야기는 오랜 세월과 여러 책들에 걸쳐 있다. 더구나, 저 이야기는 서서히 발전하는 '실마릴리온'과 얽혀 있고 궁극적으로는 그것의 불가결한 부분이기에 그 발전상은 상고대의 전 역사와 근원적으로 관련된 연속적인 원고들에 기록된다.

따라서, 『가운데땅의 역사』에서 베렌과 루시엔의 이야기를 깔끔한 단일 서사로 추적한다는 것은 쉽지 않다.

종종 인용되는 1951년의 편지에서 내 아버지는 그것을 "『실마릴리온』 이야기들 중의 으뜸"이라 불렀으며, 베렌에 대해선 이렇게 말했다. "모든 무리들과 전사들이 실패한 일에서 성공하는—왕족의 요정이라지만 일개 처녀에 불과한 루시엔의 도움을 받아—무법자 신세의 필멸자로서 그는 대적의 요새에 침투해 강철왕관에서 실마릴들 중 하나를 탈취하네. 이렇게 하여 그는 루시엔에게서 결혼 승낙을 얻고 필멸자와 불멸자 간의 첫 결혼이 이루어지는 걸세.

그것만으로도 그 서사는 (내 생각에는 하나의 아름답고 힘찬) 영응답이자 동화이자 로맨스이며 아주 일반적인 막연한 배경 지식만으로도 그 자체로 수용될 만하네. 그렇지만 그것은 또한 일군의 이야기들 속의 하나의 근원적인 고리이기에 그 자리를 벗어나면 그 충만한 의의는 박탈되고 말지."

둘째로, 이 책에서 내 목적은 이중적인 것이다. 한편으로, 나는 (내 생각에) 왜곡 없이 이루어질 수 있는 한 베렌과 티누비엘(루시엔)의 이야기가 홀로 서게끔 그것을 분리시키고자 했다. 다른 한편으로, 나는 이 근원적인 이야기가 세월을 거치면서 발전해 나간 양상을 보여 주고 싶었다. 『잃어버린 이야기들』의 첫 권에 붙인 서문에서 나는 그 이야기들 속의 변화상에 대해 이렇게 말했다.

> 가운데땅의 역사의 역사에서는 그 무엇을 단호하게 배제함으로써 발전이 일어나는 법은 드물다. 발전은 단계들 사이의 미묘한 변모에 의해 훨씬 더 빈번히 일어난 만큼 전설들의 성장—나르고스론드 이야기가 베렌과 루시엔의 이야기와 접점을 이루는 과정을 예로 들 수 있는데, 이 접점은 양쪽 요소들이 모두 나타남에도 불구하고 『잃어버린 이야기들』에서는 암시조차 되지 않았다—은 여러 종족의 입에 오르내리는 한에서의 전설들의 성장처럼, 곧 숱한 정신들과 세대들의 산물처럼 보일 수 있다.

베렌과 루시엔의 전설에서의 이런 발전상이 내 아버지 자신의 말로 드러난다는 것이 이 책의 본질적인 특색인 만큼 내가 취한 방식은 오랜 세월에 걸쳐 쓰인 산문 또는 운문체의 훨씬 긴 원고들로부터 적절한 대목들을 발췌하는 것이었다.

이렇게 함으로써 『실마릴리온』 서사의 저술을 특징짓는 개략적이고 응축된 방식으로는 담아낼 수 없는 꼼꼼한 묘사나 극적 직접성을 띤 대목들이 빛을 보게 되었다. 심지어는 나중의 원고들에서는 아예 사라져 버린 요소들이 발견되기도 했다. 이 덕분에 발굴된 것들이 예를 들면 강령술사 수(사우론의 첫 등장)가 오르크로 위장한 베렌과 펠라군드 및 그들의 동지들을 반대 신문하는 것이나 문학적 수명은 짧을지라도 분명 기억할 만한 고양이 왕, 무시무시한 테빌도가 이야기 속으로 진입하는 것이다.

마지막으로, 나는 내가 쓴 서문들 중의 또 하나로 『후린의 아이들』(2007)에 붙인 것을 인용하겠다.

> 그 서술 양식과 기법이 낯설고 접근이 만만찮다는 세평 탓이 아니더라도 상고대의 전설에 대해 전적으로 무지한 『반지의 제왕』 독자들이 아주 많다는 것은 엄연한 사실이다.

『가운데땅의 역사』 중 이 언명에 해당하는 권들에 독자들이 능히 질려 버릴 거라는 것 또한 엄연한 사실이다. 내 아버지의 저술 양식이 본디 까다롭기 때문인데, 그래서 『가운데땅의 역사』의 으뜸가는 목적은 그 이야기의 얽히고설킨 타래를 풀어내는 것이었고 그렇게 함으로써 상고대의 이야기들을 끊김 없이

물 흐르듯 이어지는 하나의 창조물로 (보이게끔) 선보이는 것이
었다.

한 이야기 속에 담기지 못한 어떤 요소를 설명하느라 내 아버
지는 이렇게 말했을 것만 같다. '다시 보니 그건 그렇지가 않아.
이제 와서 보니 그건 올바른 이름이 아니야. 유장함이 과장되어
선 안 돼. 그러잖아도 위대하고 본질적인 영구불변의 것들은 있
어.' 어쨌든 이 책을 구성하면서 내가 분명히 바란 것은 가운데
땅의 참으로 오랜 한 전설의 창조—오랜 세월에 걸쳐 변하고 성
장해 온—에는 자신의 바람에 보다 근사한 형태의 신화를 탐색
한 저자의 역정이 투영되어 있음을 보여 주려는 것이었다.

레이너 언윈에게 보낸 1981년의 편지에서 나는, 내가 『잃어
버린 이야기들』을 이루는 전설들 중에서 단 하나의 전설만 골라
야 한다면 "그럴 경우엔 세세한 설명의 난점이 자못 클 터인데,
다른 데서는, 즉 출간되지 않은 다른 글들에서는 어떻게 되어 가
고 있는지를 때마다 설명해야 할 것이기 때문입니다"라고 했다.
『베렌과 루시엔』의 경우, 이 말은 정확한 예견이었음이 입증되
었다. 베렌과 루시엔은 친구들이나 적들도 없이 텅 빈 무대에서
홀로 아무런 과거도 없는 채로 살고 사랑하며 죽은 것이 아니기
때문에 모종의 해법이 강구되어야만 했다. 따라서, 나는 『후린
의 아이들』에서 택한 나 자신의 해법을 따랐다. 그 책의 서문에
서 나는 이렇게 썼다.

내 아버지가 직접 한 말로 보건대, 자신이 바란 규모의

최종적이고 완결된 서사들을 달성할 수만 있다면 그가 상
고대를 다룬 세 편의 '위대한 이야기들'(「베렌과 루시엔」,
「후린의 아이들」, 「곤돌린의 몰락」)을 『실마릴리온』으로 알
려진 거대한 전설의 얼개를 알지 못해도 무방할 만큼 그 자
체로 충분히 완성된 작품으로 여겼음에는 의문의 여지가
없는 것 같다. 한편 […] 후린의 아이들에 관한 이야기는 상
고대 요정과 인간의 역사에 필수 불가결하며, 따라서 저 보
다 큰 서사 속의 사건들과 상황들에 대한 언급이 아주 많을
수밖에 없다.

따라서 나는 "상고대 말기의 벨레리안드와 그곳에 거주한 종족
들에 대한 매우 간략한 개요"를 제공하고 또 "텍스트들 속 모든
이름들의 목록을 각각의 이름에 대한 매우 간명한 설명과 함께"
포함시켰다. 이 책에서 나는 『후린의 아이들』에 실린 그 간략한
개요를 변용되고 축약된 형태로 차용하고 또 텍스트들 속 모든
이름의 목록도 같은 방식으로 제공했는데, 단 이 경우엔 매우 다
채로운 성격의 설명을 덧붙였다. 이 부수적인 자료 중 어느 것도
불가결하진 않으며 다만 독자들이 원한다면 도움이 될 수도 있
으리란 생각에서 덧붙였다.

또 하나 언급해야 할 문제는 이름들의 변화가 매우 빈번하다
는 점이다. 집필 시기가 서로 다른 텍스트들에서 꼬리를 물고 이
어지는 이름들을 정확하고 일관되게 따라가는 것이 이 책의 목
적에 부합하지는 않을 것이다. 그렇기에 나는 이와 관련해선 어
떤 규칙도 따르지 않았고 다만 다양한 이유로 어떤 경우들에는

옛 이름과 새 이름을 구별하면서도 또 어떤 경우들에는 그렇게 하지 않았다. 꽤 많은 경우에 내 아버지는 원고 속의 어떤 이름을 나중에 혹은 심지어는 아주 나중에도 변경하곤 했는데, 거기에도 어떤 일관성이 있는 건 아니었다. Elfin이 Elven으로 바뀌는 것이 그 일례이다('요정의'라는 뜻을 나타내는 낱말들로 톨킨은 두 형태를 동시에 사용하곤 했다—역자 주). 그 같은 경우들에 나는 Elven을 유일한 형태로 삼거나 이전의 브로셀리안드Broseland 대신 벨레리안드Beleriand를 취했지만, 틴웰린트/싱골, 아르타노르/도리아스와 같은 경우는 양쪽 모두를 존속시켰다.

그렇다면, 이 책의 목적은 이 책이 유래된 『가운데땅의 역사』를 구성하는 권들의 목적과는 판이하다. 힘주어 말하건대, 이 책은 저 책들의 부속물로 의도된 것이 아니다. 이 책은 특별한 풍성함과 복잡성을 지닌 방대한 작품으로부터 하나의 서사적 요소를 추출하려는 시도이지만, 그 서사, 즉 베렌과 루시엔의 이야기는 그 자체가 계속 발전하고 있었고 또 더 넓은 역사 속에 더욱 끼워 넣어짐에 따라 새로운 연관상을 발현해 나가고 있었다. '전체로서의' 저 까마득히 오랜 세계로부터 무엇은 포함시키고 무엇은 배제할 것인가 하는 결정은 개인적이고 때에 따라선 미심쩍은 판단의 문제일 수밖에 없는 게, 그런 시도에서는 도달 가능한 '올바른 방식'이란 게 있을 수 없기 때문이다. 그럼에도 불구하고, 대체로 나는 실수를 하더라도 명료함을 추구하는 쪽으로 실수했으며, 이 책의 으뜸가는 목적과 방법을 저해할까 봐 설명의 욕구를 물리쳤다.

내 나이 93세에, 이것은 (추정컨대) 대부분 이전에 출판되지 않은 아버지의 저작물을 편찬하는 기나긴 일련의 작업에서 마지막 책일 터, 그래서 좀 야릇한 성격을 띤다. 그 자신의 삶에 깊이 뿌리박은 혼魂과 같은 것이었다는 점에 더해 그가 '엘다르 가운데 가장 위대한 이'라고 부른 루시엔과 필멸의 인간 베렌의 하나 됨, 그들의 운명 및 그들의 두 번째 삶에 온 신경을 집중한 그의 사유思惟 때문에 이 이야기는 '추도의 염에서' 선정되었다.

그 추념은 내 삶의 오래전으로 거슬러 올라가 단순히 이야기를 들려주는 장면의 기억된 이미지가 아니라 나에게 구술되던 한 이야기의 어떤 요소에 대한 나의 가장 이른 실제 기억에 가닿는다. 1930년대 초에 내 아버지는 그 이야기를, 혹은 그 이야기의 이런저런 부분들을 적어 놓은 어떤 글에도 기대지 않고 나에게 말로 들려주었다.

내가 마음의 눈으로 상기하는 그 이야기 속의 요소는 수의 어두컴컴한 지하 감옥에서 하나하나씩 나타나던 늑대들의 눈들이다.

내게 쓴 어머니에 관한 편지—어머니가 돌아가신 다음 해이자 또 당신이 돌아가시기 전 해에 쓰인—에서 아버지는 당신의 압도적인 상실감과 무덤 위 그녀 이름 밑에 '루시엔'을 새기고 싶다는 당신의 소망에 대해 쓰셨다. 그는 그 편지에서, 이 책의 57쪽에 인용된 편지에서 그랬듯, 베렌과 루시엔 이야기의 기원인 요크셔주 루스 인근의 헴록꽃들로 가득한 어느 작은 숲속 오솔길로 돌아갔다. 거기서 그녀는 춤을 추었는데, 그것을 두고 그

43

는 이렇게 말했다. "그러나 그 이야기는 어긋나 버렸고 홀로 남겨진 '나'는 무정한 만도스 앞에서 탄원할 수도 없다."

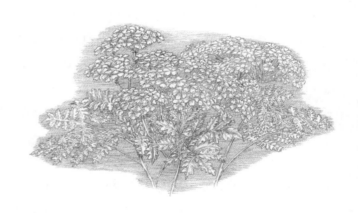

상고대에 관한 주석

이 이야기가 거슬러 오르는 시간의 깊이는 『반지의 제왕』의 한 대목 속에 기억할 만하게 시사되었다. 깊은골의 대회의에서 엘론드는 3천 년 이상 전의 제2시대 말 요정과 인간의 최후의 동맹과 사우론 격퇴에 대해 이렇게 말했다.

거기서 엘론드는 이야기를 멈추고 한숨지었다. "그 장엄하게 나부끼던 깃발들이 아직도 눈에 선합니다. 그 광경과 함께 상고대의 영광과 벨레리안드의 대군이 떠올랐고요. 수많은 제왕들과 장수들이 모여들었지요. 그렇다곤 해도, 상고로드림이 떨어지던 때처럼 그리 많거나 대단하진 않았죠. 요정들은 악惡이 영원히 끝났다고 믿었지만 실은 그렇지가 않았어요."

"그걸 기억한다고요?" 프로도가 깜짝 놀란 나머지 혼잣속을 큰 소리로 말했다. "그렇지만 제 생각엔," 엘론드가 그를 향해 몸을 돌리자 그는 말을 더듬었다. "저, 저는 길갈라드의 몰락이 까마득한 옛일이라고 생각했거든요."

엘론드가 엄숙한 표정으로 대답했다. "실로 그랬지요. 하지만 내 기억은 심지어 상고대까지도 거슬러 오른답니다. 내 아버지는 에아렌딜로 몰락 전의 곤돌린에서 태어났습니다. 그리고 어머니는 디오르의 따님 엘윙으로, 디오르는 바로 도리아스의 공주 루시엔의 아드님입니다. 나는 이 세계의 서부에서 세 시대를 거치면서 숱한 패배와 무익한 승리를 겪었습니다."

모르고스에 관하여

자기 앞에 포로로 끌려온 후린에게 친히 밝혔듯이, 암흑의 대적으로 불리게 된 모르고스는 본디 "최초이자 최강의 발라로 세상에 앞서 있던 멜코르"였다. 이제 그는 거대하고 장엄하면서도 무시무시한 형상의 영원한 육신을 취한 채 가운데땅 북서부의 왕으로 강철지옥, 앙반드의 방대한 요새 속에 육체적으로 현전現前했다. 그가 앙반드 위로 쌓아 올린 산맥, 상고르드림의 정상에서 분출한 시커먼 연기가 북쪽 하늘을 더럽히는 광경은 멀리서도 보였다. 「벨레리안드 연대기」에는 "모르고스의 문들에서 메네그로스의 다리까지는 720킬로미터에 불과했는데, 그것은 멀면서도 또한 너무나 가까운 거리였다"고 씌어 있다.

그런데, 육신을 취하자 모르고스는 두려워졌다. 아버지는 그런 그에 대해 이렇게 썼다. "그의 적의가 점점 커 가고 또 그가 거짓으로 수태한 악과 사악한 앞잡이들을 밖으로 내보내면서 그의 권능은 그들 속에 들어가 분산되었고 그 자신은 암흑 요새로부터의 출격을 꺼리면서 점점 더 대지에 발이 묶였다. 이런 까닭에, 놀도르 요정들의 대왕 핑골핀은 단기필마로 앙반드로 달려가 모르고스에게 결투를 신청할 때면 성문 앞에서 이렇게 외쳤던 것이다. "겁쟁이 왕이여, 나와서 네 손으로 직접 싸우라! 굴속에 처박힌 자여, 노예들만 부리는 자여, 거짓말쟁이에 숨기만 하는 자여, 신들과 요정들의 적이여, 나오라! 그대의 겁먹은 얼굴을 보고 싶도다." 그러자 모르고스가 나왔다(고 한다). 자신의 장수들이 보는 앞에서 그 같은 도전을 거부할 수는 없었던 게다. 그는 한 번 내려칠 때마다 큰 구멍이 움푹 패는 거대한 망치 그론드를 들고 싸워 핑골핀을 땅바닥에 때려눕혔다. 하지만, 그가 죽으면서도 모르고스의 거대한 발을 대지에 못 박자 검은 피가 용솟음쳐 그론드로 인해 파인 우묵한 곳들을 가득 채웠다. 그 후로 모르고스는 내내 발을 절뚝거렸다. 베렌과 루시엔이 모르고스가 좌정한 앙반드의 가장 깊숙한 방에 진입했을 때도 사정은 마찬가지였으니, 루시엔이 그에게 마법을 걸자 그는 산사태에 미끄러져 내리는 언덕처럼 느닷없이 나동그라졌고, 순식간에 왕좌에서 내던져져 지옥의 바닥에 납작 엎어졌다.

벨레리안드에 관하여

나무수염이 메리와 피핀을 양 팔꿈치에 낀 채 팡고른숲을 성큼성큼 헤쳐 갈 때 그는 그들에게 상고대 말엽 대전투의 격동 속에 파괴된 거대한 땅 벨레리안드의 태곳적 숲에 관한 노래를 들려주었다. 대해가 쏟아져 들어 에레드 루인과 에레드 린돈이라 불린 청색산맥 서쪽의 모든 땅들을 덮어 버렸다. 그 결과, 『실마릴리온』에 첨부된 지도는 동쪽이 저 산맥으로 끝나지만 반면에 『반지의 제왕』에 수록된 지도는 서쪽이 청색산맥으로 끝난다. 제3시대에는 옷시리안드, 일곱 강의 땅이라 불린 저 지역—한때 나무수염이 거닐었던—에서 남은 것이라곤 그 산맥 서쪽 사면 너머의 연안 지대가 전부였다.

> 여름에 나는 옷시리안드의 느릅나무 숲을 떠돌았네.
> 아! 옷시르의 일곱 강가에서의 여름날의 빛과 음악이여!
> 그래, 나는 최고라고 말했지.

인간들이 벨레리안드로 들어간 것은 청색산맥의 고개들을 넘어서였다. 그 산맥에는 난쟁이들의 도시들, 노그로드와 벨레고스트가 있었고, 베렌과 루시엔이 만도스의 허락 하에 가운데땅으로 돌아온 후에 거했던 곳이 옷시리안드였다(299쪽).

나무수염은 도르소니온('소나무의 땅')의 소나무 숲속을 거닐기도 했다.

겨울에 나는 도르소니온고원의 소나무 숲에 올랐네.

아! 겨울날 오로드-나-손의 바람과 흰 눈과 검은 가지들
이여!

내 목소리는 솟구쳐 창공에 울려 퍼졌지.

모르고스가 저 지역을 '공포와 암흑의 마법, 방랑과 절망의 지역'으로 바꿔 놓자 이후로 그곳은 타우르누푸인, '밤그늘의 숲'으로 불리게 되었다(148쪽 참조).

요정들에 관하여

요정들은 쿠이비에넨, 곧 '눈뜸의 호수'로 명명된 호수 곁 저 머나먼 땅(팔리소르)에서 지상에 출현했고, 그들은 거기서부터 가운데땅을 떠나 대해를 건너 세상 서쪽의 '축복의 땅' 아만, 곧 신들의 땅으로 오라는 발라들의 부름을 받았다. 그 부름을 받아들인 이들은 사냥꾼, 발라 오로메의 인도 하에 가운데땅을 가로지르는 대장정에 나섰으니, 그 때문에 그들은 부름을 거부하고 가운데땅을 자신의 땅이자 운명으로 선택한 이들과는 구별되어 엘다르, 곧 대장정의 요정들, 높은요정들로 불린다.

그러나 청색산맥을 횡단했다곤 해도 모든 엘다르가 바다 너머로 떠나진 않았으니, 그래서 벨레리안드에 남은 이들은 신다르, 회색요정으로 명명된다. 그들의 대왕은 싱골('회색망토'의 의미)인데, 그는 도리아스(아르타노르)의 천의 동굴 메네그로스에

49

서 왕국을 다스렸다. 그리고 대해를 건너간 모든 엘다르가 발라들의 땅에 머무른 것도 아니었던바, 그들의 위대한 일족들 중 하나인 놀도르('전승의 대가들')는 가운데땅으로 돌아갔고 그로 인해 '망명자들'로 불린다.

발라들에 대한 반역의 주동자는 실마릴의 제조자, 페아노르였다. 그는 쿠이비에넨으로부터 놀도르 무리를 이끌었던 핀웨의 장자로 당시엔 이 세상 사람이 아니었다. 아버지는 그런 저간의 사정에 대해 이렇게 썼다.

> 호시탐탐 그 보석들을 노리던 대적 모르고스는 그것들을 훔치고는 두 나무를 파괴한 다음 가운데땅으로 가져가 상고로드림의 거대한 요새 속에 두고 엄중히 지켰다. 이에, 페아노르는 발라들의 뜻을 거역해 축복의 땅을 저버리고 대다수의 놀도르를 이끌고 가운데땅으로의 망명길에 올랐던바, 강한 자존심이 발동해 무력으로 모르고스에게서 그 보석들을 되찾을 작정이었다.
>
> 그에 따라, 상고로드림에 맞선 엘다르와 에다인[요정의 친구인 세 가문의 인간들]의 무망한 전쟁이 벌어졌고, 거기서 그들은 끝내 완패하고 말았다.

그들이 발리노르를 떠나기 전에 가운데땅에서의 놀도르의 역사를 심히 훼손시킨 끔찍한 사건이 벌어졌다. 페아노르는 당시 아만 해안에 살던, 대장정에 나선 엘다르 중 세 번째 무리 텔레리에게 그들의 크나큰 자랑거리인 선단船團을 놀도르에게 넘기

라고 요구했던바, 그처럼 큰 무리가 배 없이 가운데땅으로 건너
간다는 건 가당치 않을 일이기 때문이었다. 텔레리는 이를 단호
하게 거부했다.

곧바로, 페아노르와 그 일족은 백조항구, 알콸론데시市에 있
던 텔레리를 공격해 선단을 무력으로 빼앗았다. 동족살해로 알
려진 저 전투에서 텔레리가 숱하게 죽었더라. 이 사건은 「티
누비엘의 이야기」에서 '백조항구에서 그노메들이 저지른 만
행'(72쪽)으로 명명되는데, 보다 자세한 내용은 176쪽의 509~
514행을 참조하라.

놀도르가 가운데땅으로 돌아온 지 얼마 되지 않아 페아노르
는 전사했고, 그의 일곱 아들은 도르소니온(타우르나푸인)과 청
색산맥 사이 동벨레리안드의 넓은 땅들을 차지했다.

핀웨의 차남으로 놀도르 전체의 대왕으로 간주된 핑골핀(페
아노르의 이복동생)이 아들 핑곤과 함께 히슬룸을 통치했는데,
그 땅은 거대한 어둠산맥, 에레드 웨스린의 북서쪽에 있었다. 핑
골핀은 모르고스와의 결투에서 죽었다. 핑골핀의 차남이자 핑
곤의 아우가 숨은 도시 곤돌린의 창건자이자 통치자 투르곤이
었다.

핀웨의 삼남으로 핑골핀의 아우이자 페아노르의 이복동생은
이전 텍스트들에서는 핀로드였지만 나중엔 피나르핀이 되었다
(145쪽 참조). 핀로드/피나르핀의 장남은 이전 텍스트들에서는
펠라군드였지만 나중엔 핀로드였다. 그는 도리아스의 메네그로
스궁전의 장엄한 아름다움에 영감을 받아 지하 요새 도시 나르
고스론드를 창건했고, 그로 인해 '동굴의 군주', 펠라군드라는

별칭이 붙었다. 따라서, 이전의 펠라군드와 나중의 핀로드 펠라
군드는 동일 인물이다.

나르고스론드의 문들은 서벨레리안드 나로그강의 협곡으로
통하지만, 펠라군드의 왕국은 드넓게 뻗쳐 동쪽으로는 시리온
강까지, 서쪽으로는 에글라레스트항구에서 바다로 접어드는 넨
닝강까지 미쳤다. 그러나 펠라군드는 나중의 사우론, 강령술사
수의 지하 감옥에서 살해당했고, 이 책에서 기술되듯(151쪽과
164쪽) 피나르핀의 차남 오로드레스가 나르고스론드의 왕관을
차지했다.

피나르핀의 다른 아들들로 형 핀로드 펠라군드의 봉신封臣이
던 앙그로드와 에그노르는 도르소니온에 거하며 북쪽으로 아르
드갈렌의 광대한 평원을 눈여겨 살폈다. 핀로드 펠라군드의 누
이 갈라드리엘은 오랫동안 멜리안 여왕과 함께 도리아스에 거
주했다. 멜리안—이전 텍스트들에서는 퀜델링을 비롯한 다른
이름들로도 불리는데—은 인간의 형체를 취해 싱골 왕과 함께
벨레리안드의 숲에 거했던 크나큰 권능의 영靈, 마이아로 루시
엔의 어머니이자 엘론드의 여계女系 조상이었다.

놀도르의 귀환 후 60번째 해에 오르크 대군이 오랜 기간의 평
화를 끝내며 앙반드에서 내리 닥쳤으나 놀도르에 완패하여 궤
멸되었다. '다고르 아글라레브', 영광의 전투라 불린 것이 이 전
투였던바, 요정 군주들은 그것을 교훈으로 삼아 '앙반드 공성'
을 개시했고, 그것은 거의 4백 년 동안이나 지속되었다.

앙반드 공성은 한겨울의 어느 밤에 참으로 돌연하게—비록
오랫동안 준비되긴 했지만— 끝났다. 모르고스가 상고로드림에

서 하염없이 흘러내리는 불길을 방출하자 도르소니온고원 북쪽에 자리한 아르드갈렌의 방대한 초원이 바싹 마른 불모의 황무지로 변해 버린 나머지 이후론 이름도 바뀌어 '안파우글리스', 숨막히는먼지로 알려졌다.

이 파국적인 공격은 '다고르 브라골라크', 돌발화염의 전투로 불렸다(147~148쪽). 용들의 아버지 글라우룽이 그때 처음으로 절정의 힘을 뽐내며 앙반드에서 모습을 드러냈고, 오르크 대군이 남쪽으로 쏟아져 나왔으며 도르소니온의 요정 영주들과 더불어 베오르 가문의 전사들 대다수가 전사했다(146~147쪽). 핑골핀 왕과 그의 아들 핑곤은 히슬룸의 전사들과 함께 에이셀 시리온(시리온의 샘)의 요새로 도로 밀려났는데, 거기는 시리온대하가 어둠산맥의 동쪽 사면에서 발원하는 곳이었다. 억수 같은 불길이 어둠산맥에 가로막힌 바람에 히슬룸과 도르로민은 정복을 면했다.

핑골핀이 절망의 격정에 휩싸여 앙반드로 말을 달려 모르고스에게 결투를 신청한 것은 브라골라크의 이듬해였다.

베렌과 루시엔

내 아버지는 1964년 7월 16일의 편지에서 이렇게 말했다.

나의 사적 언어들에 걸맞은 나 자신의 전설들을 쓰려는 내 시도의 맹아萌芽는 핀란드의 『칼레발라』 속 불운한 쿨레르보의 비극적인 이야기였습니다. 비록 비극적 결말을 빼곤 '후린의 아이들'로 완전히 바뀌긴 했지만, 그것은 제 1시대의 전설들—내가 『실마릴리온』으로 출판하기를 바라는—에서 여전히 중요한 사안입니다. 두 번째 요점은 1917년 군대에서 받은 병가 동안 이드릴과 에아렌딜의 이야기, '곤돌린의 몰락'을 '내 창의력을 발휘해' 쓰되 같은 해 나중의 '루시엔 티누비엘과 베렌 이야기'의 원본에 견주어 쓰는 것이었습니다. 후자의 이야기는 내가 한동안 험버강 주둔군으로 복무한 홀더네스 지역 루스 마을 인근의 '헴록' 덤불이 무성하게 우거진 어느 작은 숲—물론 거기엔 다른 연관된 식물도 많았는데—에 근거했습니다.

내 아버지와 어머니는 1916년 3월에 결혼했는데, 그때 그는 24살, 그녀는 27살이었다. 처음에 그들은 스태퍼드셔의 그레이트 헤이우드 마을에서 살았다. 그러나 그해 6월 초 그는 배편으로 프랑스로 가서 솜 전투에 투입되었다. 1916년 11월 초에 그는 질병을 이유로 영국으로 후송되었고, 1917년 봄에는 요크셔에 배속되었다.

그가 「티누비엘의 이야기」라고 부르는, 1917년에 쓰인 이 1차 판본은 존재하지 않는다. 혹은 보다 정확하게 말하자면 그가 내용 대부분을 완전히 지워 버리다시피 한 연필로 쓰인 원고가 허깨비 같은 형태로만 존재하는데, 이 위에다 그는 우리에겐 가장 이른 판본이 되는 텍스트를 겹쳐 썼다. 「티누비엘의 이야기」는 '신화 체계'에 관한 내 아버지의 중요한 초기작, 『잃어버린 이야기들의 책』을 이루는 이야기들 중 하나였고, 나는 대단히 복잡한 그 작품을 1983년과 1984년에 걸쳐 『가운데땅의 역사』의 첫 두 권으로 편집해 출간했다. 하지만 이 책은 베렌과 루시엔 전설의 발전상을 보여 주는 데 특별한 의의가 있는 만큼 나는 여기서 『잃어버린 이야기들』의 생소한 배경과 청중은 통째로 지나쳐 버릴 것이다. 「티누비엘의 이야기」는 그 자체로 저 배경과는 거의 전적으로 독립적이기 때문이다.

『잃어버린 이야기들의 책』에서 중심적인 것은 에리올 또는 앨프위네라는 이름을 지닌 '앵글로색슨' 시기의 어느 잉글랜드인 수부의 이야기였다. 그는 대양 너머 멀리 서쪽으로 항해하다가 마침내 외로운섬, 톨 에렛세아에 닿았는데, 거기엔 나중에 '가운데땅'—이 용어는 『잃어버린 이야기들』에서는 사용되지 않는데—이 되는 '큰땅'에서 떠나온 요정들이 거주했다. 톨 에렛세아에 체재할 동안 그는 그들로부터 창조, 신들, 요정들 및 잉글랜드에 관한 참되고 아주 오랜 역사를 배웠다. 이 역사가 곧 '요정나라의 잃어버린 이야기들'이다.

잉크와 연필로 쓰인 다수의 너덜너덜한 작은 '연습장' 속에 현존하는 이 작품은 종종 판독이 가공할 만큼 어렵다. 비록 수년 전에 내가 렌즈를 들이대고 몇 시간이고 원고를 뚫어지게 살핀 후에 이따금 도저히 요해가 안 되는 낱말들이 남긴 했어도 그 모든 텍스트들을 판명할 수 있었지만 말이다. 「티누비엘의 이야기」는 외로운섬의 요정들이, 이 경우엔 베안네라는 이름의 처녀가 에리올에게 들려준 이야기들 중 하나로, 이런 이야기 자리에는 많은 아이들도 함께했다. 세목에 대한 예리한 관찰력—현저한 특징으로 꼽을 만한데—이 돋보이는 그것은 약간의 의고체擬古體 낱말 및 구문과 더불어 대단히 독특한 문체로 구술되어 내아버지의 후기 문체와는 아주 색다르게 강렬하고 시적이며 때로는 무척이나 '요정처럼 신비롭다'. 또 곳곳의 표현에서는 냉소적인 유머가 저변에 깔려 있다. 티누비엘이 베렌과 함께 궁전에서 도망치던 중 사악한 늑대 카르카라스와 마주쳤을 때 그녀는 "왜 이리 괴팍한가, 카르카라스여?"라고 묻는다.

「이야기」의 종결을 기다리기보다는 나는 여기서 이 가장 이른 판본의 어떤 양상들에 주목하고 그 서사 속의 몇몇 중요한 이름을 간략하게 설명하는 것—이 이름들은 이 책 끝머리의 고유명사 목록에서도 찾아볼 수 있다—이 유익하리라고 생각한다.

다시 쓰인 형태로의 「티누비엘의 이야기」는 우리에겐 그 전설의 가장 이른 형태이지만, 결코 『잃어버린 이야기들』의 가장 이른 형태는 아닌 만큼 그것은 여타 『이야기들』의 특징들에 견주어 조명될 수 있다. 서사 구조에 대해서만 말하자면, 여타 이야기들 가운데 어떤 것들—예컨대, 투린의 이야기—은 출간된 『실마릴리온』 속의 판본과 큰 차이가 없고, 어떤 것—첫 판본의 곤돌린의 몰락이 두드러진 예가 되는—은 출간된 작품에서는 아주 압축된 형태로만 드러나며, 「티누비엘의 이야기」를 현저한 예로 하는 어떤 것들은 어떤 양상들에서 출간된 작품과는 놀라울 만큼 다르다.

베렌과 티누비엘(루시엔) 전설의 발전에서 하나의 근본적인 변화는 나중에 가서 나르고스론드의 펠라군드와 페아노르의 아들들의 이야기가 끼어드는 것이지만 다른 측면에서 그에 못지않게 유의미한 것은 베렌의 정체성이 변하는 것이었다. 그 전설의 이후 판본들에서는 루시엔이 불멸의 요정임에 반해 베렌은 필멸의 인간이라는 점이 전적으로 불가결한 요소였다. 그러나, 『잃어버린 이야기들』에서는 이런 점이 나타나지 않고 베렌 또한 요정이었다. (그러나 내 아버지가 여타 이야기들에 붙인 주석을 보면, 그가 본디 인간이었음이 드러나며 이 점은 「티누비엘의 이야기」의 지워진 원고에서도 그랬음이 분명하다.) 요정 베렌은 놀돌리(나중의 놀도르)로 명명된 요정족의 일원이었고, 놀돌리는 『잃어버린 이야기들』에서 (그리고 이후에도) '그노메들'로 번역되는 고로, 베렌이 한 명의 그노메였다. 이후 이 번역은 아버지에게 문젯거리가 되었다. 그는 오늘날 특별히 정원과 관련된 작은 형체들인 저노움들gnomes과는 기원과 의미가 전혀 별개인 또 다른 낱말 '그노메gnome'를 사용하고 있었다. 이 다른 '그노메'는 '생각, 지능'을 뜻하는 그리스어 낱말 그노메gnōmē에서 유래한 것으로 현대 영어에서 형용사 gnomic(현명한)과 더불어 '격언, 금언'의 뜻으로 그 명맥을 간신히 유지한다. (이를 고려해 전자는 '노움'으로, 후자는 그리스어 발음을 살린 '그노메'로 달리 음차하였다—역자 주)

『반지의 제왕』해설 F의 초고에서 그는 다음과 같이 썼다.

> 나는 종종 (이 책에서는 아니지만) '놀도르' 대신 '그노메들'을, 그리고 '놀도르의' 대신 '그노메의'를 사용했다. 내가 이렇게 한 것은 일부의 사람들에게는 '그노메'가 여전히 지식을 연상시킬 것이기 때문이었다. 한데, 이 족속의 높은요정식 이름, 놀도르는 '아는 이들'을 뜻하는바, 엘다르의 세 가문 중에서 놀도르는 그 시작부터 이 세상에 있고, 또 있었던 사물들에 대한 지식과 더 많이 알려는 욕망 둘 모두에서 내내 특출했기 때문이다. 그렇지만 그들은 학문적 이론이나 대중적 공상 어느 쪽에서도 노움들과는 조금도 닮지 않은 고로 이제 나는 이 번역을 너무 오도誤導적인 것이라 생각해 폐기했다.

(내친김에 나는 아버지가 또한 [1954년의 어느 편지에서] '걷어 내기

어려울 만큼' '한탄의 어감이 과하게 실린' '요정들Elves'이란 낱말을 사용했었던 것을 크게 후회했다는 것을 언급해 두고 싶다.)

요정으로서의 베렌에게 내보이는 적대감은 오래된 「티누비엘의 이야기」에서는 이렇게 설명된다(72쪽). '그 삼림지의 모든 요정들은 도르로민의 그노메들을 잔혹하고 신의가 없어 믿을 수 없는 자들로 여겼'다.

요정들Elves을 두고 '요정fairy, 요정들fairies'이란 낱말이 빈번히 사용되는 것이 다소 곤혹스러울 수도 있겠다. 이에 따라, 숲속을 날던 흰 나방들에 대해 '티누비엘은 요정fairy이라서 그것들에 개의치 않았다'(71쪽), 그녀가 스스로를 '요정들fairies의 공주'(99쪽)로 일컬으며 그녀에 대해 '자신의 기예와 요정 마법 fairy-magic을 발휘'(108쪽)했다는 설명이 제시된다. 첫째로, 『잃어버린 이야기들』에서 '요정들fairies'이란 낱말은 '요정들Elves'과 동의어이며, 저 이야기들에는 인간과 요정의 상대적인 신체 크기에 대한 언급이 여러 번 나온다. 저 초기에 그런 사안들에 대한 아버지의 구상들은 다소 변동이 심했지만, 그가 시대들의 변천에 따라 변해 가는 어떤 관계를 구상했다는 것은 분명하다. 이에 따라 그는 이렇게 썼던 것이다.

처음에 인간들은 요정들Elves과 키가 거의 같았으니, 요정들fairies은 지금보다 훨씬 컸고 인간들은 지금보다 작았다.

그러나 요정들Elves의 진화는 인간들의 도래 탓에 크나큰 영향을 받았다.

> 인간들이 점점 수가 불어나고 강력해질수록 요정들 fairies은 이울어 점차 작아지고 빈약해지며 얇은 막처럼 투명해졌지만, 인간들은 보다 커지고 보다 무성하고 상스러워졌다. 마침내 인간들은, 혹은 대개의 인간들은 더 이상 요정들fairies을 볼 수 없다.

사정이 이러했기에, 그 낱말 때문에 아버지가 이 이야기의 '요정들Fairies'을 얇은 막처럼 투명한 것으로 생각했다고 짐작할 필요는 없다. 그리고 굳이 말할 필요도 없지만, 이후 제3시대의 요정들이 가운데땅의 역사 속에 들어갔을 때 그들에게는 현대적인 의미에서 '요정 같은fairylike' 구석은 전혀 없었다.

'정령fay'이란 낱말은 더욱 모호하다. 「티누비엘의 이야기」에서 그것은 발리노르에서 온—그래서 "신들의 딸"(70쪽)로 불리는—멜리안(티누비엘의 어머니)에 대해 빈번히 사용되지만, 또한 "야수 같은 형상의 사악한 정령"(104쪽)으로 기술되는 테빌도에 대해서도 사용된다. 『이야기들』의 다른 데서는 "정령들fays과 엘다르의 지혜", "오르크들, 용들 및 사악한 정령들fays", "숲과 계곡의 어느 정령fay"이란 언급들도 있다. 아마도 가장 두드러진 것은 「발라들의 도래 이야기」로부터의 다음 대목일 것이다.

그들 주위로 나무와 삼림, 계곡과 숲과 산허리의 영들 sprites[영들spirits] 큰 무리가, 혹은 아침에는 풀밭에서 노래하고 저녁에는 거둬들이지 않은 옥수수밭에서 읊조리는 이들이 동행했다. 네르미르, 타바리, 난디니와 오롯시[각기 초원, 삼림, 계곡, 산의 정령들fays(?)]로 이뤄진 이들은, 그 수가 막대한 만큼 정령들fays, 작은요정들pixies, 장난꾸러기요정들leprawns 및 갖가지 이름들로 불린다. 그렇지만, 그들을 엘다르[요정들Elves]와 혼동해선 안 되는 것이, 그들은 세상 이전에 태어난 고로 세상의 가장 오랜 것보다 오래고 그래서 세상에 속하지 않기 때문이다.

「티누비엘의 이야기」 외에서도 나타나는 또 다른 곤혹스러운 특징—이에 대해서는 나는 아무런 설명도 더 이상의 어떤 일반적인 발언도 찾지 못했는데—은 저 먼 큰땅(가운데땅)에서 인간과 요정의 일들을, 그리고 실로 그들의 마음과 가슴을 다스리는 발라들의 권능에 관한 것이다. 예를 들자면, 115~116쪽에서는 베렌과 루시엔이 앙반드에서 도망치던 중 바닥에 누워 있던 숲속 빈터로 '발라들이 그[후안]를 데려왔다'고 하고, 루시엔은 자기 아버지에게 '발라들의 가호를 입어 [베렌이] 비참한 죽음을 면'했노라고 말했다. 또 다른 예로는, 도리아스에서 도망치는 루시엔을 설명하는 대목(90쪽)에서 '그녀는 그 어두운 지역에 들어가진 않고 용기를 되찾아 밀고 나갔고'가 나중에는 '그녀는 그 어두운 지역에 들어가지 않았는데 발라들이 그녀 가슴에 새로운 용기를 심어 주자 그녀는 또 다시 밀고 나갔고'로 바뀌었다.

여기서 나는 「이야기」에 나타나는 이름들에 관해 다음의 사항들을 지적해 둔다. '아르타노르'는 이후의 '도리아스'와 동일하며 '너머의 땅'으로도 불렸다. 그 북쪽에는 '험난한산지'로도 불리는 '강철산맥'이란 장벽이 가로놓였고 베렌이 그것을 넘어 갔던바 이후 그것은 '에레드 웨스린', 곧 '어둠산맥'이 되었다. 그 산맥 너머에 '도르로민'으로도 불린 '히실로메(히슬룸)', 어둠의 땅이 있었다. '팔리소르'(67쪽)는 요정들이 눈을 뜬 땅이다.

발라들은 흔히 신들로 지칭되고 또한 '아이누들'(단수형은 '아이누')로도 불린다. '멜코'(이후의 '멜코르')는 거악巨惡의 발라로 실마릴들을 훔친 후 '모르고스', 암흑의 대적으로 불린다. '만도스'는 그 이름의 발라와 그의 처소 둘 모두를 이른다. 그는 사자死者의 집의 지킴이다.

만웨는 발라들의 우두머리이고, 별들의 제조자, 바르다는 만웨의 배우자로 그와 함께 아르다에서 가장 높은 산 타니퀘틸의 정상에 거한다. 두 그루의 나무는 그 꽃들이 발리노르에 빛을 갖다준 위대한 나무들로 모르고스와 괴물 같은 거미 웅골리안트에 의해 파괴된다.

마지막으로, 베렌과 루시엔 전설의 근본이 되는 실마릴들에 대해 약간이나마 말해 두는 것이 좋겠다. 그것들은 놀도르 가운데 가장 위대한 인물이자 '최상의 말재주와 손재주'를 뽐낸 페아노르의 작품이었고, 그의 이름은 '불의 영靈'을 뜻한다. 여기서 나는 「퀜타 놀도린와」라는 제목이 붙은 후기(1930) '실마릴리온' 텍스트에서 한 대목을 인용하겠는데, 그 텍스트에 관해선

144쪽을 참조하라.

그 머나먼 시절에 페아노르는 언젠가 길고도 경이로운 산고產苦를 시작해 거기에 자신의 모든 권능과 온갖 교묘한 마법을 쏟았으니, 그것은 이제껏 엘다르 가운데 그 누가 만든 것보다도 더 아름답고 만물의 종말을 넘어서도 영속할 물건 하나를 만들겠다는 일념 때문이었다. 그는 세 개의 보석을 만들고는 그것들을 실마릴들이라고 이름 지었다. 그것들 속에는 두 나무의 빛을 우려낸 생동하는 불길이 타올랐고 그 자체의 광휘로 심지어 어둠 속에서도 환하게 빛났다. 죽음을 면치 못할 어떤 불결한 것이 그것들에 손을 대면 바로 시들고 바싹 타 버렸다. 요정들은 이 보석들을 자신들의 손으로 만든 그 모든 작품들보다 귀하게 여겼고, 만웨는 그것들을 축성하였으며 바르다는 말하기를, "요정들의 운명이 이 속에 갈무리되었으며 그 외 많은 것들의 운명도 그러하니라"고 했다. 페아노르가 손수 만든 것들에는 그의 마음이 배어들었다.

페아노르와 그의 일곱 아들들은 모르고스가 강탈해 간 실마릴들에 대한 자신들의 독점적 불가침의 권리를 주장하여 섬뜩하리만큼 극히 파괴적인 맹세를 했다.

베안네의 이야기는 명시적으로 티누비엘에 대해 들어 본 적이 전혀 없는 에리올(앨프위네)에게 들려준 것이지만 그녀가 풀어놓는 이야기에는 의례적인 시작이란 게 없다. 그녀는 틴웰린트와 궨델링—이후 싱골과 멜리안으로 알려진—에 대한 설명으로 시작하는 것이다. 그렇지만 나는 그 전설 속의 이 본질적인 요소를 위해 「퀜타 놀도린와」로 다시 돌아가겠다. 「이야기」에서는 가공할 틴웰린트(싱골)가 중심인물이고, 그는 아르타노르의 깊숙한 삼림지에 거주하는 요정들의 왕으로 그 숲 심부深部의 방대한 동굴에서 다스린다. 그러나, 좀처럼 그 모습을 볼 수 없음에도 불구하고 여왕 또한 위의 당당한 인물인 만큼 여기서 나는 「퀜타 놀도린와」에 실린 그녀에 대한 자세한 이야기를 제시한다.

이 이야기에서는 대해 너머 서녘 끝의 발리노르에 닿으려는 궁극의 목표를 품고 자신들이 눈뜬 저 먼 팔리소르에서 시작되는 요정들의 대장정이 다음과 같이 기술된다.

[많은 요정들이] 길고도 어두운 길들에서 길을 잃고 세상의 숲과 산 들을 헤매느라 결코 발리노르에 이르지 못하고 두 나무의 빛도 보지 못했다. 그 때문에, 그들은 일코린디, 즉 신들의 땅에 있는 엘다르[요정들]의 도시, 코르에 결코 거주하지 못한 요정들로 불린다. 그들이 어둠의 요정들인바, 뿔뿔이 흩어진 지족支族들이 많고 그들의 언어들도 많다.

어둠의 요정들 가운데 가장 명망 높은 이가 싱골이었다. 이로 인해 그는 결코 발리노르에 이르지 못했다. 멜리안은 정령이었다. 그녀는 [발라] 로리엔의 정원에 거했는데, 그가 거느린 모든 아리따운 족속 가운데 그녀의 아름다움을 능가하는 이가 없었고, 보다 현명한 이도, 매혹적인 마법의 노래에서 보다 빼어난 이도 없었다. 신들이 일과를 마치고, 발리노르의 새들은 지저귐을 그치며 발마르의 종들은 고요해지고 분수들이 더는 흐르지 않는 저물녘이면 멜리안이 꿈의 신의 정원에서 노래했다고 한다. 나이팅게일들이 언제나 그녀와 동행했으며 그녀는 그들에게 노래를 가르쳐 주었다. 그러나 그녀는 짙은 그늘을 사랑해 바깥땅[가운데땅]으로의 여정에서 헤매기 일쑤였고 거기서 동트는 세계의 침묵을 자신의 목소리와 동행한 새들의 목소리들로 가득 채웠다.

싱골은 멜리안을 따르는 나이팅게일들의 소리를 듣고는 거기에 홀려 자신의 일족을 떠났다. 그가 나무들 아래서 멜리안을 발견하자마자 꿈과 큰 잠에 빠져들었으니 그의 일족이 그를 찾는 게 허사였다.

베안네의 설명으로는, 틴웰린트가 신화적으로 긴 잠에서 깨어났을 때 "그는 자기 일족을 생각하지 않았고 (그리고 실로 생각해 본들 허사였던 게, 그들은 이미 오래전에 발리노르에 도착했던 것이다)" 오로지 어스름의 숙녀를 보기만 애타게 원했다. 그녀는 멀리 있지 않았던바, 그가 잠잘 동안 그를 내내 지켜봤던 것이다. "하지만, 오 에리올이여, 종국엔 그녀가 그의 아내가 되었다는 것 외에 나는 그들의 이야기를 더는 모르오. 정녕 틴웰린트와 궨델링은 아주 오래도록 아르타노르 혹은 '너머의 땅'의 길잃은요정들의 왕과 여왕이었으니, 혹은 그랬노라고 여기에 기술되어 있으니."

베안네는 덧붙여 말하기를, 틴웰린트의 처소가 "정령 궨델링의 마법에 의해 멜코의 시야와 지식으로부터 숨겨졌으며, 그녀는 거기로 이르는 길들에 주문을 걸어 엘다르[요정들] 외에는 누구도 그 길들을 쉬이 밟지 못하게 했으니 배신만 없다면 왕은 모든 위험들로부터 안전했다. 한편, 그의 궁전은 거대한 규모의 깊은 동굴 속에 축조되었으나 그럼에도 불구하고 군왕의 위엄에 어울리는 아름다운 거처였다. 이 동굴은 가장 광대한 숲, 아르타노르의 광대한 숲의 심부에 자리했고, 그 문들 앞으로 개울 하나가 흘렀는데 그것을 건너지 않고는 누구도 저 우람한 정문에 들어갈 수 없었으며 개울 위로는 좁지만 엄중히 감시되는 다리 하나가 걸쳐져 있었다." 연후에 베안네는 "자, 이제 나는 당신에게 틴웰린트의 궁전에서 일어난 일들을 말해 주겠소"라고 외쳤으니, 이야말로 본 이야기가 시작될 안성맞춤의 지점인 듯하다.

「티누비엘의 이야기」

그때 틴웰린트에게는 두 아이가 있었으니, 다이론과 티누비엘이었다. 티누비엘은 처녀로 숨은 요정의 모든 처녀들 중에서 가장 아름다웠다. 실로 그녀처럼 아리따운 이는 없다시피 했으니 그녀의 어머니가 정령이자 신들의 딸이었던 게다. 반면, 그때 다이론은 튼튼하고 명랑한 소년으로 무엇보다도 갈대피리나 여타 숲의 악기들을 즐겨 연주해 목하 요정 가객歌客 3걸傑로 꼽힌 바, 나머지 둘은 소리꾼 틴팡과 바닷가에서 연주하는 이바레였다. 한편 티누비엘의 기쁨은 춤 쪽이었던바, 그 사뿐한 발걸음의 섬세한 아름다움에 견줄 만한 이름은 어디에도 없더라.

이즈음 다이론과 티누비엘은 아버지 틴웰린트의 동굴 궁전을 벗어나 나무들 속에서 오랜 시간을 함께 보내곤 했다. 거기서 종종 다이론은 덤불이나 나무뿌리 위에 앉아 음악을 연주하고 티누비엘은 그 가락에 맞춰 춤을 췄는데, 그럴 때의 그녀는 궨델링보다도 몸놀림이 나긋나긋했고 그 율동은 달 아래의 소리꾼 틴팡보다 절묘했으니 넷사가 시들지 않는 초록 잔디 위에서 춤추는 발리노르의 장미 정원만 아니라면 누군들 그처럼 경쾌한 걸음걸이를 볼 수 없으리.

달빛이 파리하게 빛나는 밤에도 그들은 여전히 연주하고 춤추곤 했으니 나와는 달리 그들은 무섭지 않았던 게다. 하긴, 틴웰린트와 궬델링의 다스림 아래 악惡은 그 숲에 다가들지 못했고 멜코도 아직은 그 숲을 어지럽히지 않았으며 인간들은 산지 너머에 가두어져 있었으니.

한데, 그들이 가장 사랑한 장소는 어느 그늘진 곳으로 거기엔 느릅나무들과 너도밤나무들이 자랐지만 키가 아주 크진 않았고, 흰 꽃을 피운 밤나무도 더러 있었다. 그러나 땅바닥이 축축해서 그 나무들 밑에는 거대한 덤불을 이룬 헴록이 안개 낀 듯 몽롱한 모습으로 솟아났다. 유월의 어느 때 그들은 거기서 놀고 있었는데, 헴록들의 하얀 산형繖形 꽃차례들이 나무들의 줄기들을 구름처럼 휘감았다. 거기서 티누비엘은 저녁 빛이 느지막이 흐려질 때까지 춤을 추었고, 주변으로는 흰 나방들이 숱하게 나풀거렸다. 티누비엘은 요정이라서 많은 인간의 아이들과는 달리 그것들에 개의치 않았다. 비록 자신이 투구벌레를 좋아하지 않았고 또 웅궬리안테 때문에 엘다르 중의 누구도 거미에 손대지 않으려 했지만서도. 그야 어쨌든, 바야흐로 흰 나방들이 그녀의 머리 주위를 휠휠 날아다니고 다이론은 으스스한 가락을 떨림음으로 연주하던 그때 느닷없이 저 이상한 일이 닥쳤다.

베렌이 어떻게 산지를 넘어 거기로 왔는지 나로선 결코 들어본 적이 없다. 그렇지만, 당신이 듣게 될 것처럼, 그는 웬만한 이들보다 용감했으니, 그로 하여금 강철산맥의 공포를 이겨 내고 마침내 너머의 땅에 이르도록 몰아댄 것은 어쩌면 오로지 그의 방랑벽이었을 게다.

한데, 베렌은 그노메의 일원으로 히실로메 북쪽의 어두컴컴한 일대에서 사냥했던 사냥터지기 에그노르의 아들이었다. 엘다르 그리고 그 종족 가운데 멜코의 손아귀에서 노예 생활을 겪었던 이들 사이에는 서로에 대한 두려움과 의심이 있었으니, 그것은 백조항구에서 그노메들이 저지른 만행에 대한 응보였다. 그즈음, 베렌의 일족 사이에는 멜코의 거짓말이 널리 퍼져 그들도 은밀한 요정들의 만행을 믿었던바, 그런데도 그는 지금 티누비엘이 어스름 속에 춤추는 것을 보았다. 티누비엘은 은빛 진주로 장식된 드레스 차림으로 헴록 꽃자루들 속에서 하얀 맨발을 사뿐사뿐 움직이고 있었다. 그 모습에 베렌은 그녀가 발라든 요정이든 인간의 자식이든 괘념치 않고 보려고 가까이로 기어갔다. 그는 그녀가 춤추고 있는 자그만 숲속 빈터를 내려다보고자 언덕배기에 자라난 어린 느릅나무에 몸을 기댔는데, 그 황홀한 마력에 금방이라도 쓰러질 것 같았던 게다. 그토록 가냘프고 그토록 아리따웠던지라 그는 그녀를 뚫어지게 쳐다보느라 사방이 트인 데서 무방비로 서 있었던바, 그 순간 만월이 가지들을 헤치며 환히 비쳐 드니 다이론이 베렌의 얼굴을 포착했다. 그는 곧장 그가 자기네 종족이 아니라는 걸 알아챘고 또 그 삼림지의 모든 요정들은 도르로민의 그노메들을 잔혹하고 신의가 없어 믿을 수 없는 자들로 여겼기에 다이론은 자신의 악기를 떨구곤 "달아나, 달아나, 오 티누비엘, 적이 이 숲을 돌아다녀"라고 외치며 자신부터 나무들을 헤치며 재빨리 사라졌다. 그에 티누비엘이 깜짝 놀라 뒤를 따랐지만 곧장 그런 건 아니었다. 그의 말을 대번에 이해하지 못하기도 했지만 오빠처럼 그리 격하게 뛰거나 내달을 수 없다는 걸 안지라 그녀는 부리나케 흰 헴록들 속에 미끄러지듯 내려앉아 길게 벋은 잎사귀가 많이 달리고 키가 아주 큰 어느 꽃 아래로 몸을 숨겼던바, 거기 그렇게 흰 옷차림으로 웅크린 그녀 모습은 바닥 위의 잎사귀들 새로 은은히 빛나는 한 움큼의 달빛과도 같았다.

일이 그렇게 되자 베렌은 슬펐다. 그 자신이 외로웠던 데다 그들이 겁먹은 것에 마음이 아팠다. 해서, 그는 그녀가 달아난 게 아니라 여기고 그녀를 찾아 주위를 온통 두리번거렸다. 그 와중에 불현듯 그가 잎사귀들 아래 그녀의 가녀린 팔에 자신의 손을 얹자, 그녀는 외마디 소리를 지르며 그에게서 몸을 빼쳐 하얗게 질린 달빛 속에 내뺐는데, 달빛 속에 나무둥치들과 헴록 꽃자루들을 들락거리며 쏜살같이 달리면서도 이따금 주춤거리는 건 오직 엘다르만의 몸짓이었다. 베렌은 그녀의 팔에 닿았던 아련한 감촉 탓에 그녀를 찾으려는 마음이 이전보다 한층 더 간절해져 잽싸게 뒤를 쫓았다. 하지만 충분히 잽싸진 못했던 고로, 결국 그녀는 그를 벗어나 두려움 속에 아버지의 처소에 이르렀고, 이후 며칠이고 그녀가 숲에서 혼자 춤추는 일은 없었다.

이는 베렌에게 크나큰 비애였던바, 그는 그 아리따운 요정 처녀가 춤추는 걸 또다시 볼 수 있으리란 희망에 저 일대를 떠나지 않고 며칠이고 티누비엘을 찾느라 점점 걱정에 휩쓸리고 외로움을 느끼며 숲속을 배회했다. 그는 새벽이고 어스름이고 없이 그녀를 찾았지만 그래도 달빛이 환하게 빛날 때면 한층 더 희망에 부풀었다. 드디어 어느 날 밤 그는 저 멀리 불꽃 하나를 포착했는데, 어찌된 일인지 거기에 그녀가 나무도 없는 언덕배기에서 홀로 춤추고 있었고 다이론은 거기 없었다. 그 후로도 그녀는 몇 번이고 자주 거기로 와 혼자 춤추고 노래했다. 베렌은 다이론이 가까이 있을 때면 멀찍이 숲 가장자리에서 지켜봤고, 그가 멀리 있을 때면 더 가까이 기어들었다. 실로 오랫동안 티누비엘은 그가 다가오는 걸 알면서도 딴청을 피웠고, 또 달빛에 드러난 그 얼굴의 허기진 그리움 탓에 그녀의 두려움은 달아난 지 오래였다. 그가 다정한 사람이고 자신의 아름다운 춤과 사랑에 빠졌다는 걸 그녀는 알았던 게다.

이윽고 베렌은 은밀히 티누비엘의 뒤를 밟아 숲을 헤치고 심지어는 그 동굴의 입구와 그 다리의 끝자락까지 따라가게 되었고, 그녀가 안으로 사라져 버리면 개울 저편으로 다이론의 입에서 들었던 이름 '티누비엘'을 나직이 읊조리며 울곤 했다. 그리고 그로선 알 수 없는 일이었지만, 티누비엘은 종종 동굴처럼 생긴 문들에 바싹 붙어 귀 기울이며 나직이 웃거나 미소 지었다. 드디어 어느 날 그녀가 혼자 춤출 때 그는 보다 대담하게 쑥 나서 그녀에게 말했다. "티누비엘, 내게 춤추는 것을 가르쳐 주오." "당신은 누구시죠?" 하고 그녀가 물었다. "베렌이오. 나는 저 너머 '험난한산지'에서 왔소." "당신이 춤추고 싶다면 나를 따라오세요." 그 처녀는 이렇게 말하곤 베렌에 앞서 춤추며 저편의 숲으로 나아갔다. 그 움직임이 민첩했지만 그가 뒤따를 수 없을 만큼 빠르진 않았다. 그녀는 이따금 눈길을 돌려 비틀거리며 따르는 그를 보고 웃으며 말했다. "춤춰요, 베렌, 춤을 추라고요! 험난한산지 너머에서 춤추듯 말이에요!" 이런 식으로 그들은 꼬불꼬불한 소로들을 따라 틴웰린트의 처소에 다다랐고, 티누비엘이 개울 건너의 베렌에게 손짓을 하자 그는 의아해하면서도 그녀가 사는 동굴과 깊숙한 궁전으로 따라 내려갔다.

그러나 베렌은 왕 앞에 서게 되자 겸연쩍었고 또 여왕 궨델링의 위엄 어린 기품에 크게 압도되었다. 이런 황망한 상황에서 왕이 "불청객으로 내 궁전에 불쑥 들어선 자넨 누군가?" 하고 묻자 그는 할 말이 없었다. 하여 티누비엘이 그를 대신해 대답했다. "아버지, 이 사람은 베렌이고 저 산지 너머에서 온 방랑자로 아르타노르의 요정들이 추는 춤을 배우고 싶어 해요" 하고 말하며 웃었지만, 왕은 그가 온 곳을 듣자 얼굴을 찌푸리며 말했다. "애야, 그런 경솔한 언사일랑 거두고 저 어두운 데서 온 이 막돼먹은 요정이 네게 무슨 해코지를 하려 했는지나 말하거라."

"아니에요, 아버지" 하고 그녀가 말했다. "저는 그의 심중에 악한 마음은 일절 없다고 생각해요. 그러니 당신의 딸 티누비엘이 우는 걸 보고 싶지 않으시다면 그를 모질게 대하지 마세요. 이제껏 저의 춤에 저토록 감탄한 이가 없었으니까요." 딸이 이렇게 나오자 틴웰린트가 이번엔 이렇게 말했다. "오, 놀돌리의 아들 베렌이여, 자네가 온 곳으로 돌아가기 전에 자네가 숲의 요정들에게서 바라는 게 뭔가?"

티누비엘이 자기 아버지에게 자신을 위해 이렇게 말했을 때 베렌이 느낀 아연한 기쁨이 참으로 컸던바, 그의 마음속에선 용

75

기가 솟고 또 히실로메를 떠나 강철산맥을 넘어 오게 한 그의 모험심도 다시 깨어난 고로 그는 틴웰린트를 담차게 바라보며 말했다. "그야 물론, 오 왕이시여, 저는 당신의 딸 티누비엘을 원합니다. 그녀는 제가 보았거나 꿈꾸었던 모든 처녀들 중에서 가장 아름답고 가장 상냥하니까요."

그러자 다이론이 웃었을 뿐 궁전엔 침묵이 깔렸고, 그 말을 들은 모두가 아연실색했다. 티누비엘은 눈을 내리깔았고, 왕 또한 베렌의 막돼먹고 우락부락한 얼굴을 흘끗 쳐다보곤 웃음을 터뜨렸다. 그에 베렌은 수치심에 얼굴이 붉어졌고 티누비엘은 그런 그가 안타까워 가슴이 아렸다. "아니! 세상의 모든 처녀들 중에 가장 아름다운 나의 티누비엘과 결혼해 숲요정들의 왕자王者가 되겠다고. 한데, 이방인의 소청으로는 약소하군그래" 하고 틴웰린트가 말했다. "그렇다면 필시 나도 반대급부로 무언가를 부탁할 수 있겠군. 뭐 그리 대단한 건 아니고 자네의 경의敬意를 보여 줄 증표일 뿐일세. 멜코의 왕관에서 실마릴 하나를 내게 가져오게. 그러면 바로 그날 티누비엘은 그대와 결혼하네, 그녀에게 그럴 뜻이 있다면 말이야."

이쯤 되자 그 자리의 모두는 왕이 그 그노메를 딱하게 여겨 그 사안을 천박한 농지거리로 여긴다는 걸 알고 빙긋이 웃었다. 그도 그럴 것이, 페아노르의 실마릴들의 명성은 이제 온 세상에 자자했고 놀돌리도 그것들에 대해 내놓고 이야기했으며 앙가만디(강철지옥—역자 주)에서 탈출한 많은 이들이 멜코의 강철왕관에서 타오르듯 번쩍이는 그것들을 제 눈으로 보았던 것이다. 이 왕관은 결코 그의 머리를 떠난 적이 없었고, 그는 그 보석들을 자신의 눈들처럼 귀히 여겼으며 정령, 요정, 혹은 인간을 불문하고 세상의 그 누구도 감히 그것들에 손을 대고도 살아남기를 바랄 수가 없었다. 실로 이런 사정을 잘 알고 있던 만큼 베렌은 그들의 비웃는 미소의 의미를 알아차리고 이글거리는 분노의 눈길로 외쳤다. "아니오, 그토록 상냥한 신부의 아버지께 바치는 선물로 그것은 외려 너무나 약소하오이다. 그럼에도 불구하고, 바치겠노라고 하지도 않은 선물을 지정하는 숲요정들의 관습은 인간이란 족속의 무례한 법 못지않게 내게는 해괴해 보이오. 하지만 두고 보시오! 나 놀돌리의 사냥꾼 베렌은 당신의 약소한 소망을 이뤄 주겠소." 그는 이렇게 말하곤 모두가 어안이 벙벙한 가운데 궁전을 뛰쳐나갔다. 그에 티누비엘이 갑자기 눈물을 흘리며 외쳤다. "오 아버지, 고약한 농담으로 한 사람을 사지로 내모는 것은 그릇된 일이에요. 왜냐면 그는 당신의 조소에 격분하여 그 행동을 감행할 테고 멜코는 그를 베어 버릴 것인데 그러면 두 번 다시 그런 사랑의 눈길로 제 춤을 봐 줄 이는 없을 테니까요."

그러자 왕이 말했다. "그가 멜코가 베어 버린 첫 그노메도 아닐 테고 또 그렇게 베어질 이유가 덜할 것도 없을 게야. 내 궁전에 대한 무단침입과 그 오만불손한 언사의 대가로 부지하세월로 여기 갇히지 않은 게 그에겐 다행이지." 그렇지만 궨델링은 아무 말도 없었고 또 티누비엘을 꾸짖거나 이 미지의 방랑자 때문에 갑작스레 터진 그녀의 울음을 따지고 들지도 않았다.

그러나 틴웰린트의 면전에서 물러나온 베렌은 분노의 힘에 이끌려 한달음에 숲을 헤쳐 나가 이윽고 음산한 강철산맥이 가까왔음을 일깨우는 야트막한 산지와 나무 없는 땅 가까이에 이르렀다. 그제야 그는 피로를 느끼고 행진을 멈추었지만, 더 큰 고난은 그다음에야 시작되었다. 깊은 낙담의 밤들이 그의 몫이었고, 그는 자신의 원정에서 그 어떤 희망도 보지 못했으며 과연, 희망이란 없다시피 했다. 강철산맥을 따라 나아가다 마침내 멜코의 거처가 있는 무시무시한 지역이 가까웠을 때야 일순 엄청난 두려움이 엄습했다. 그 일대에는 독사들이 많았고 늑대들이 어슬렁거렸지만 한층 더 무서운 것은 고블린과 오르크의 떠돌이 무리들이었다. 그들은 멜코가 번식시킨 더러운 한배 새끼들로 그의 사악한 일을 행하느라 사방을 떠돌며 짐승, 인간 및 요정을 꾀어 잡아 주군에게 끌고 갔다.

베렌은 몇 번이나 오르크들에게 붙잡힐 뻔했는데, 한 번은 물푸레나무 곤봉 하나만 달랑 들고 격투를 치른 뒤에야 어느 거대한 늑대의 아가리에서 벗어났으며 앙가만디로 유랑하는 동안 매일같이 이런저런 위험과 모험을 겪었다. 종종 그는 허기와 갈증 때문에도 격심한 고통을 겪었는데, 그럴 때마다 되돌아가는 것이 계속 나아가는 것만큼 위태롭지만 않았다면 되돌아갔을 터였다. 하지만 틴웰린트에게 간청하는 티누비엘의 목소리가 그의 가슴에 메아리쳤고, 밤이면 그녀가 때때로 저 멀리 숲들에서 자기 때문에 소리 죽여 우는 것을 가슴으로 듣는 듯했고, 정녕 그것은 참이었다.

어느 날 그는 견딜 수 없는 허기에 쫓긴 나머지 어느 버려진 오르크 야영지에서 먹다 남은 음식을 뒤지던 중 불시에 돌아온 몇몇 오르크들에게 사로잡혔다. 그들은 그를 고문했지만 죽이진 않았는데, 그들의 대장이 고난으로 초췌해진 몰골이긴 해도 그의 근력을 알아보곤 그를 데려가 바치면 아마도 멜코가 기뻐하며 그를 광산이나 대장간에서의 모진 노역에 투입할 것이라고 생각했기 때문이다. 그렇게 베렌은 멜코 앞에 끌려갔지만 그럼에도 그는 가슴 깊이 마음을 굳세게 다졌다. 멜코의 권세가 영원히 지속되진 않을 것이고 발라들이 마침내 놀돌리의 눈물에 귀를 기울여 떨쳐 일어나 멜코를 포박한 후 지친 요정들에게 발리노르를 한 번 더 열어주면 대지엔 크나큰 기쁨이 돌아올 것이라는 게 그의 아버지 일족의 믿음인 때문이었다.

그러나 멜코는 그를 보자 격노하여 어떻게 태생상 자신의 노예인 일개 그노메가 감히 무단으로 그 숲에 흘러들었는지 물었고, 베렌은 자신이 탈주자가 아니고 아랴도르에 거하는 그노메 족속의 일원으로 거기서 인간 족속과 많이 어울렸노라고 대답했다. 그러자 늘 요정과 인간 사이의 우의와 교류를 파괴하고자 애썼던 멜코는 한층 더 격분해 네놈이야말로 멜코의 지배에 대한 속 검은 반역을 획책한 자요, 발로그들의 고문을 받아 마땅한 자라는 게 명백하노라고 말했다. 하지만 베렌은 자신이 처한 위험을 깨닫고 이렇게 대답했다. "오, 가장 강대한 아이누이신 멜코여, 온 세상의 제왕이시여, 그것이 사실이라고 생각하지 마십시오. 만약 그러하다면 제가 아무런 원군도 없이 홀로 여기 있진 않을 것입니다. 에그노르의 아들 베렌은 인간 족속과는 그 어떤 친교도 없으며 정말이지 외려 그 족속이 우글거리는 땅에는 아예 넌더리가 난 나머지 아랴도르를 벗어나 방랑했던 것입니다. 이전에 제 부친께선 제게 당신의 광휘와 영광에 관한 많은 이야기를 들려주셨으며, 그런 까닭에 변절한 노예가 아니지만 저는 미력이나마 힘 닿는 데가지 당신을 받들기를 그 무엇보다도 앙망하나이다." 그리고 베렌은 덧붙여 말하기를, 덫과 올가미로 작은 동물들과 새들을 붙잡는 데 빼어난 자신이 그런 것들을 쫓던 중 산지에서 길을 잃고 한참을 헤매다가 낯선 땅에 들어선 처지이니 설사 오르크들이 자신을 붙잡지 않았다 하더라도 아이누 멜코 폐하께 다가가 그 식탁에 올릴 고기를 조달하는 것과 같은 어떤 천한 일이나마 맡겨 주십사고 간청하는 것 외에는 정녕 일신의 안전을 꾀할 방도가 없었을 거라고 했다.

한데, 그런 언변은 필시 발라들이 그에게 불어넣었거나 어쩌면 궨델링이 딱한 마음에 그에게 그런 신통한 교언巧言을 부여한 것일 게다. 정녕 그는 그 덕분에 목숨을 구했으니, 멜코는 그의 강건한 골격을 눈여겨보고 그를 믿고는 기꺼이 식탁 시중꾼으로 받아들였다. 저 아이누의 구미에 아첨은 내내 달았던바, 그 헤아릴 수 없는 지혜에도 불구하고 거짓말에 찬사의 당의糖衣가 씌워지기만 하면 그는 자신이 경멸한 자들의 숱한 거짓말에 잘도 넘어갔다. 하여, 이제 그는 베렌을 고양이 왕 테빌도의 종으로 삼으라는 명령을 내렸다. 테빌도로 말하자면, 그는 장대壯大한—모든 고양이 중에서 가장 장대한—고양이로 어떤 사악한 영에 들려 멜코를 한결같이 추종한다는 말이 나돌았다. 그 고양이는 모든 고양이들을 종자로 부렸으며, 그와 종자들의 임무는 멜코의 식탁과 그가 벌이는 빈번한 연회에 올릴 고깃거리를 쫓고 붙잡는 것이었다. 멜코가 더 이상 지배하지 않고 그의 야수들도 별 볼 일 없게 된 지금에도 여전히 요정들과 모든 고양이들 간에 적대감이 있는 까닭이 바로 그것이다.

따라서 베렌이 테빌도의 회당으로 인솔되었을 때—이 회당은 멜코의 궁전에서 아주 멀진 않았는데—그는 털컥 겁이 났다. 그로선 그 같은 사태 변화를 예상하지 못했던 데다, 그 회당은 불빛이 침침했고 어두운 곳에는 으르렁거리고 소름 끼치게 가르랑대는 소리들이 난무했던 것이다.

테빌도의 가신들이 그 아름다운 꼬리들을 흔들거나 휘두르며 앉은 곳 주위에는 온통 고양이 눈들이 초록색이나 빨간색 또는 노란색 등불처럼 이글거렸지만, 상석에 좌정한 장대한 고양이 테빌도는 새까만 것이 언뜻 보기에도 사악했다. 길고 아주 좁으며 눈꼬리가 치켜 올라간 그의 두 눈은 빨강과 초록으로 동시에 번득였고 길다란 잿빛 수염은 가닥가닥이 바늘처럼 억세고 날카로웠다. 그가 가르랑거리는 소리는 북소리 같았고 으르렁대는 소리는 천둥 같았다. 그러나 그가 격노해 고함을 칠 때면 그 소리가 듣는 이의 간담을 서늘케 하는지라 아닌 게 아니라 작은 짐승들과 새들은 그 소리만 들어도 돌처럼 얼어 버리거나 혼절하고 말았다. 막상 베렌을 보자 테빌도는 저러다간 아주 감겨 버리는 게 아닌가 싶을 만큼 두 눈을 가늘게 뜨고 "개 냄새가 나" 하고 말했던바, 그 순간부터 그는 베렌을 미워했다. 실은, 베렌이 황량한 주거에서 살 적에 사냥개들을 몹시도 아꼈었다.

"아니" 하고 테빌도가 말했다. "혹여 고깃감으로 쓸 요량이 아니라면, 감히 너희가 저런 놈을 내 앞에 데려와?" 그러나 베렌을 이끌고 온 자들은 말하기를, "아니올시다, 이 불행한 요정이 테빌도의 수하에서 짐승들과 새들을 붙잡으며 삶을 다하도록 하라는 것이 멜코의 분부였나이다"라고 했다. 그러자 실로 테빌도가 경멸조의 새된 소리로 말했다. "그렇다면 정녕 주군께서는 잠드셨거나 생각이 딴 데 가 있었던 게야. 너희 생각엔, 새나 짐승을 잡는 일에 엘다르의 아이가 고양이 왕과 그 가신들에게 대체 무슨 쓸모가 있겠나. 차라리 걸음조차 서투른 인간을 데려오지. 우리가 하는 일에서 우리와 겨룰 자라곤 요정과 인간 어느쪽에도 아예 없으니깐." 그럼에도 불구하고, 그는 베렌을 시험하느라 그에게 생쥐 세 마리를 잡아 오라고 이르며 "내 회당엔 그놈들이 들끓는단 말이야" 하고 말했다. 짐작하겠지만, 정말이지 이 말은 사실이 아니었다. 모종의 쥐가 몇 마리 있긴 했지만, 그것들은 거기 어두운 구멍들 속에 거할 만큼 아주 사납고 사악하며 기막힌 종류로 시궁쥐보다 몸집이 크고 매우 흉포해 테빌도가 혼자만의 소일거리로 숨겨 두고 그 수가 줄어들지 않도록 했다.

베렌은 사흘 동안 그들을 사냥했지만 덫을 만들 거리가 없어—그가 멜코에게 그런 틀들을 만드는 데 남다른 솜씨가 있다고 말했을 때 정말이지 그는 거짓을 말한 게 아니었다—그 모든 수고에도 불구하고 사냥은 허탕이고 얻은 거라곤 깨물린 손가락 하나가 전부였다. 그렇게 되자 테빌도가 한껏 경멸하고 격분하긴 했어도 베렌은 그 당시엔 그나 그의 가신들로부터 입은 몇 군데 생채기 외에는 아무런 해도 입지 않았는데, 그건 멜코의 분부 덕분이었다. 하지만 그가 테빌도의 처소에서 지낸 그 후의 세월은 불행했다. 그들이 그를 부엌데기로 부렸기에, 그의 나날은 마룻바닥과 식기를 닦고 식탁을 박박 문지르며 땔감을 베고 물을 긴는 비참한 것이었다. 또한 그는 고양이들이 먹도록 새와 살찐 생쥐가 끼워진 쇠꼬챙이들을 돌리며 고기를 세심하게 굽는 일을 자주 맡았어도 그 자신은 음식이나 잠을 취하는 적은 드물어 몰골이 갈수록 초췌하고 텁수룩해졌던지라 히실로메를 벗어나 딴 길로 들어서지 않았더라면 티누비엘의 환영을 보지도 않았으련만 하고 가끔씩 한탄하기도 했다.

한편, 베렌이 떠난 후 저 아리따운 처녀는 아주 오래도록 울었고 더는 숲 주위에서 춤추지도 않았는데, 다이론은 그런 그녀를 이해할 수 없어 점점 화가 났다. 그러나 그녀는 나뭇가지들을 통해 빼꼼히 들여다보던 베렌의 얼굴과 숲을 헤치며 자신을 뒤쫓을 때 그의 바스락거리던 발소리를 점차 사랑하게 되었다. 그녀는 궁전 성문 앞의 개울 너머로 '티누비엘, 티누비엘' 하고 그리움에 사무쳐 부르던 그의 목소리를 다시 듣기를 갈망했고, 베렌이 멜코의 사악한 궁전으로 내달아 어쩌면 이미 죽었을 수도 있는 마당에 더는 춤추려 하지 않았다. 마침내 이런 생각이 사무치도록 길어지자 저 여리디여린 처녀는 어머니를 찾아갔다. 그녀는 감히 아버지에겐 가지 못했으니 그가 자신의 우는 모습을 보게 할 순 없었던 게다.

"오 어머니, 궨델링이시여" 하고 그녀가 말했다. "할 수 있다면, 당신의 마법으로 베렌이 어떻게 된 건지 말해 주세요. 아직까진 그의 모든 일들이 순조로운가요?" "그렇지가 않아" 하고 궨델링이 말했다. "정녕 살아 있지만 사악한 손아귀에 사로잡혀 그 가슴엔 희망이 사그라졌어. 보려무나, 그는 고양이 왕 테빌도 수중의 노예 신세란다."

"그렇다면" 하고 티누비엘이 말했다. "제가 가서 그를 구해야만 해요. 그렇게 할 이가 달리 없으니까요."

이 말에 궨델링은 웃지 않았으니, 그녀는 범사에 지혜로웠고 게다가 그 지혜는 앞일을 내다보는 것이었던 게다. 그렇지만 어떤 요정이, 하물며 왕의 딸인 처녀가 홀몸으로 멜코의 궁전으로 간다는 것은 허튼 꿈속에서도 생각지 못할 일이었다. 아직은 권세가 강성하지 않은 즈음이라 멜코가 속셈을 숨기고 거짓의 그물을 치던 눈물의 전투 이전의 저 이른 시절이라 하더라도. 하기에, 궨델링은 그녀에게 그런 허튼소리일랑 입에 담지 말라고 부드럽게 일렀지만, 티누비엘은 이렇게 말했다. "그렇다면 아버지께서 전사들을 보내 아이누 멜코에게 베렌의 석방을 요구하도록 어머니께서 그의 도움을 간청하셔야만 해요."

궨델링은 딸을 사랑하는 마음에서 이 말대로 행했지만, 틴웰린트가 어찌나 격분했던지 티누비엘은 괜시리 자신의 원망願望만 드러낸 걸 후회했다. 틴웰린트는 그녀에게 더는 베렌에 대해 말하거나 생각하지 말라고 이르곤 만일 그가 이 궁전에 다시 발을 들여놓는다면 아버지께서 그를 베어 버릴 거라고 단언했다. 일이 그리 되자 티누비엘은 자신이 할 수 있을 바를 골똘히 궁리하다가 다이론에게 가서 자신을 도와달라고, 아니 숫제 자신과 함께 앙가만디로 떠나자고 간절히 청했다. 그러나 베렌을 고깝게 여기던 다이론은 이렇게 말했다. "무엇 때문에 내가 숲을 떠도는 그노메 하나를 위해 세상의 가장 혹독한 위험 속으로 들어간단 말이야? 정말이지, 내게는 그를 아끼는 마음일랑 조금도 없는 게, 바로 그가 우리가 함께한 놀이, 우리의 음악과 우리의 춤추기를 망쳐 놓았잖아?" 한데 다이론은 거기서 더 나아가 티누비엘이 자기에게 청한 바를 왕에게 고해 바쳤는데, 그것은 무슨 고약한 심보의 발로가 아니라 티누비엘이 연정의 광기에 휩쓸려 죽음의 길로 떠나갈 것을 두려워한 때문이었다.

틴웰린트는 이 말을 듣고 티누비엘을 불러 "오 내 딸아, 무슨 까닭에 너는 이런 허튼 생각을 떨치고 내 분부대로 하려고 하지 않는 게냐?" 하고 물었다. 하지만 티누비엘이 대답하려 하지 않자 왕은 그녀더러 더는 베렌에 대해 생각하지 않을 것이며 또 어리석은 생각에 홀몸으로든 종족 가운데 누군가를 꾀어 더불어서든 그를 뒤좇아 사악한 땅으로 가려고 하지 않겠다는 걸 자신에게 약속하라고 명했다. 그러나 티누비엘은 첫 번째는 약속하지 않을 것이고, 두 번째에 관해선 삼림지 종족의 누구에게도 함께 가자고 꾈 생각이 없기에 일부만 약속하겠다고 말했다.

그 대답에 그녀의 아버지는 분기탱천했지만 그 노여움의 밑바탕에선 꽤나 놀라고 두려웠으니, 그것은 티누비엘을 사랑한 때문이었다. 그러나 늘 희미하게 어른거리는 빛만 찾아드는 동굴에 딸을 영영 가둬 둘 순 없는지라 그가 짜낸 묘안은 이런 것이었다. 동굴처럼 생긴 그의 궁전 입구 위에는 강 쪽으로 경사진 가파른 비탈 하나가 있고 거기엔 우람한 너도밤나무들이 자라났는데, 그중에 히릴로른, 즉 나무들의 여왕이라 불리는 것이 있었다. 그것은 무척이나 우람한 데다 둥치가 참으로 깊게 갈라져 있어 마치 세 개의 가지들이 땅바닥에서 함께 돋아난 듯했다. 그 가지들은 같은 크기에 둥글고 곧았으며 잿빛 껍질은 비단처럼 반드럽고 사람의 키를 넘는 아주 높은 데까지 거추장스러운 가

지나 잔가지란 게 없었다.

틴웰린트는 이 기묘한 나무의 저 높은 곳에, 사람들이 거기에 이르자면 가장 긴 사다리를 만들어야만 할 곳에 작은 나무 집을 짓게 했고, 그것은 처음 난 가지들 위에 놓여 잎사귀들로 감미롭게 가려졌다. 그 집에는 각각의 벽에 세 개의 구석과 세 개의 창이 있고, 구석마다 히릴로른의 가지가 하나씩 있었다. 틴웰린트는 티누비엘이 분별 있게 처신하겠다고 동의할 때까지 그녀에게 거기에 거주할 것을 명했고, 그녀가 키 큰 소나무로 만든 사다리들을 오르고 나면 밑에서 그것들을 치워 버렸기에 그녀로선 다시 내려올 방도가 없었다. 그녀가 요구한 모든 것이 배달되었는데, 사람들이 사다리들을 기어올라 음식이나 그 밖에 그녀가 원한 모든 것을 주고는 다시 내려오면서 사다리들을 치웠다. 왕은 그 나무에 사다리를 걸린 채 놓아두거나 밤에 몰래 거기에 놓아두려는 자는 누구든 죽음을 면치 못한다고 선포했다. 그에 따라 그 나무의 밑바닥 가까이에 파수꾼 하나가 배치되었지만, 다이론은 자신이 야기한 이 결과에 마음이 아파 자주 거기로 왔다. 그렇지만 처음에는 티누비엘이 잎사귀들 속의 자기 집을 아주 좋아해 다이론이 밑에서 감미로운 가락을 켤 동안 작은 창문으로 물끄러미 밖을 내다보곤 했다.

그러던 중 어느 날 밤 티누비엘에게 발라들에 대한 꿈이 나타남과 더불어 그녀는 베렌의 꿈을 꾸며 간절한 마음으로 "다른 모든 이들이 잊어버린 그를 찾도록 나를 여기서 나가게 하소서" 하고 빌었다. 꿈에서 깨니 달빛이 나무들 사이로 비치고 있었고, 그녀는 어떻게 도망칠 수 있을지를 곰곰이 궁리했다. 한데, 능히 예견될 만하듯 궨델링의 딸 티누비엘은 마법이나 주문에 문외한이 아닌 만큼 숙고 끝에 하나의 계획을 고안해 냈다. 다음 날 그녀는 자신에게 온 이들에게 할 수 있다면 아래의 개울에서 가장 맑은 물을 좀 가져다주기를 부탁하며 "그런데 이 물은 자정에 은주발로 떠서 말 한 마디 벙긋하지 않고 내 손에 가져와야 하오"라고 말했다. 그다음에 그녀는 포도주를 가져다주기를 바라면서 "그런데 이것은 정오에 황금 포도주병에 담아 이리로 가져와야 하며 그것을 가져오는 이는 오면서 노래를 불러야만 하오"라고 말했다. 그들은 분부대로 행했지만, 틴웰린트는 그런 사정을 듣지 못했다.

연후에 티누비엘은, "지금 내 어머니에게로 가서 그녀의 딸이 지루한 시간을 보내고자 물레를 원한다고 전하시오" 하고 이르고 다이론에게는 아주 작은 베틀 하나를 은밀히 만들어 달라고 청하니 그는 바로 그 나무 속 티누비엘의 작은 집에서 그 일을 해냈다. "그런데 너는 무엇으로 실을 잣고 무엇으로 천을 짤 거야?" 하고 그가 묻자 티누비엘은 "주문과 마법으로"라고 대답했다. 그러나 다이론은 그녀의 속내를 알지 못했고 또 더는 왕이나 궨델링에게 고하지 않았다.

이제 티누비엘은 홀로 있을 때 그 포도주와 물을 받들고 특별한 마법의 노래를 부르며 그것들을 한데 뒤섞었다. 그것들이 황금 주발에 담겼을 때는 성장의 노래를 부르고 은 주발에 담겼을 땐 또 다른 노래를 불렀으니, 대지 위에서 가장 높고 긴 것들의 모든 이름들이 그 노래 속에 품겼다. 그녀는 인드라방의 수염, 카르카라스의 꼬리, 글로룬드의 몸뚱이, 히릴로른의 가지, 난의 칼을 거명했고, 아울레와 툴카스가 만든 사슬, 앙가이누나 거인 길림의 목을 잊지 않았으며 마지막이자 가장 긴 것으로 모든 바다에 펼쳐진 바다의 귀부인 우이넨의 머리칼을 언급했다. 다음으로 그녀가 한데 섞인 물과 포도주로 머리를 씻고 그렇게 하면서 세 번째 노래, 지극한 잠의 노래를 부르자 어스름의 가장 고운 가닥들보다 더 고운 티누비엘의 검은 머리칼이 갑자기 정말이지 아주 빠르게 자라기 시작했고, 열두 시간이 지난 후에는 그 작은 방을 가득 채우다시피 했다. 그리 되자 티누비엘은 흡족한 마음으로 드러누워 잠을 잤다. 그녀가 잠에서 깼을 때 방은 검은 안개 같은 것으로 그득했고 그녀의 모습은 그 아래에 깊이 가려졌다. 한데, 보라! 그녀의 머리칼이 창문들 밖으로 길게 늘어져 아침을 맞은 나뭇가지들 주위로 흩날리고 있었다. 그러자 그녀는 어렵사리 작은 가위를 찾아 그처럼 자라난 가닥들을 머리 부근까지 자르니, 그 후로 머리칼은 예전에 그랬던 만큼만 자랐다.

이윽고 티누비엘의 노역이 시작되었다. 그녀가 요정다운 능숙한 솜씨로 부지런히 일했음에도 불구하고 실 잣는 일은 더뎠고 천 짜는 일은 한층 더 더뎠다. 누군가가 와서 밑에서 큰 소리로 그녀를 부르면 그녀는 "나는 잠자리에 들었으니 잠만 자고 싶다"고 말하며 그들에게 가라고 일렀다. 다이론이 크게 놀라 종종 눈길을 치키며 그녀를 불렀어도 그녀는 대답하지 않았다.

이제 티누비엘은 그 구름 같은 머리칼로 졸음이 흠뻑 밴 검은 안개의 의복을 짰는데, 그것은 심지어 오래전 그녀의 어머니가 입고 춤췄던 저 의복보다도 그 효과가 훨씬 즉각적인바, 그녀가 하얗게 반짝이는 옷 위에 그것을 껴입으니 주위의 공기가 마법의 잠으로 가득 찼다. 남은 머리칼로는 튼실한 실 한 가닥을 꼬아 집 안의 나무줄기에 단단히 매고 그걸로 노역이 끝나자 그녀는 창밖으로 서쪽의 강을 내다보았다. 숲속엔 벌써 햇빛이 바래가고 있었다. 땅거미가 숲을 가득 채울 무렵 그녀는 아주 부드럽고 나직하게 노래를 시작했고, 노래를 부르며 자신의 긴 머리칼을 창문 밖으로 내려뜨리니 거기에 밴 졸음의 안개가 아래 파수꾼들의 머리와 얼굴에 닿았고 그들은 그녀의 목소리에 귀 기울이고 있다가 느닷없이 깊이를 헤아릴 수 없는 잠에 빠졌다. 그러자 어둠의 옷을 걸친 티누비엘이 머리칼로 만든 저 밧줄을 타고 다람쥐처럼 미끄러져 내려 춤추며 다리 쪽으로 나아갔고, 다리지기들이 무슨 소리를 내지르기도 전에 그녀는 그들 속에서 춤을 추었다. 그녀가 입은 검은 옷의 가두리가 닿자 그들은 잠들었고, 티누비엘의 춤추는 발은 나비처럼 훨훨 날아 아주 멀리 달아났다.

티누비엘의 탈출 소식이 틴웰린트의 귀에 닿았을 때 그의 착잡한 비탄과 분노는 자못 컸고, 온 궁전에 한바탕 법석이 일었으며 모든 숲들엔 수색의 고함이 쟁쟁했다. 하지만 이미 티누비엘은 저 멀리서 '밤그늘의 산맥'이 시작되는 어둑어둑한 산기슭의 작은 언덕들 가까이로 다가들고 있었다. 들리는 말로는, 다이론이 그녀의 뒤를 따르다가 아예 길을 잃어 다시는 요정들의 땅으로 돌아오지 않고 팔리소르 쪽으로 발길을 돌리곤 여태도 거기 남쪽의 숲과 삼림 속에서 그리움과 외로움에 젖어 신묘한 매혹의 음악을 연주한다고 한다.

그야 어쨌든, 티누비엘은 길을 나선 지 얼마 안 되었을 때 자

신이 감히 하고자 했었던 바와 자신 앞에 놓인 현실을 생각하고
는 불현듯 두려움에 휩싸였다. 이에, 그녀는 한동안 길을 되짚기
도 하고, 다이론이 함께 있으면 좋으리란 생각에 울기도 했다.
전언에 따르면, 실로 그는 멀지 않은 거대한 소나무 밭, '밤의 숲'
에서 길을 잃고 떠돌고 있었고, 그 숲은 이후에 투린이 불운하게
도 벨레그를 살해한 곳이었다.

목하, 티누비엘이 그 일대에 가까이 있었지만, 그녀는 그 어두
운 지역에 들어가진 않고 용기를 되찾아 밀고 나갔고, 그녀의 존
재에서 발하는 더 큰 마법과 그녀 곁에 동행하는 경이와 잠의 주
문 때문에 앞서 베렌에게 닥친 그런 위험이 그녀에게 닥치진 않
았다. 그럼에도, 엄연히 그것은 처녀가 걸어가기엔 길고 불길하
며 고단한 여정이었다.

이즈음에서 밝혀 두어야 할 것이 있는바, 그 시절에 테빌도에
게는 걱정거리가 딱 한 가지 있었는데, 그것은 바로 개의 족속이
었다. 실로, 대다수의 개들은 고양이들의 친구도 적도 아니었던
게, 그들은 멜코를 섬겼으며 그가 부리는 여느 동물만큼이나 사
납고 잔혹했다. 아닌 게 아니라, 그는 가장 잔혹하고 가장 사나
운 개들로부터 늑대 족속을 번식시켰고 정녕 그들은 그에게 매
우 소중했다. 그 시절에 앙가만디의 성문들을 지켰고 또 오래도
록 그렇게 해 왔던 것이 늑대들의 아버지인 거대한 회색 늑대,
칼 엄니의 카르카라스가 아니었던가? 그렇지만 멜코에게 머리
를 숙이지도 않고 또 그를 전적으로 두려워하지도 않은 채 인간
들의 거주지에서 거하며 자신들이 없었다면 닥쳤을 많은 해악
들로부터 인간들을 지켜 준 개들, 히실로메의 삼림을 어슬렁거

린 개들, 산악 지대를 지나 심지어는 때때로 아르타노르 지역과 그 너머의 땅 그리고 남부로 나아간 개들도 많았다.

혹시 이런 개들 중 어떤 것이 테빌도나 그 가신들이나 종자들 중 누군가를 봤다면 대단한 짖음과 굉장한 추격이 벌어졌을 테고 비록 기어오르고 숨는 고양이들의 재주나 멜코의 뒷배 덕분에 어떤 고양이인들 죽은 일이야 좀체 없다 하더라도 양측 사이엔 크나큰 적대감이 있는지라 고양이들에게는 그 사냥개들 중 일부가 두려움의 대상이었다. 하지만 테빌도는 그 어떤 개도 무서워하지 않았으니, 자신이 개만큼이나 강대했던 데다 개들의 대장 후안만 빼곤 자신이 더 기민하고 더 날랬던 것이다. 후안은 어찌나 날랬던지 한 번은 테빌도의 털을 맛보기도 했다. 비록 테빌도가 거대한 발톱으로 할퀴어 그에 대한 앙갚음을 했지만, 고양이 왕의 자존심은 달랠 수 없었기에 개들의 대장 후안에게 가할 크나큰 위해를 학수고대했다.

이런 사연이고 보면, 비록 처음에는 얼이 빠진 듯 기겁해 도망쳤음에도 불구하고 티누비엘이 숲에서 후안을 조우한 것은 대단한 행운이었다. 후안은 두 번의 도약으로 그녀를 따라잡아 길 잃은 요정들의 말로 굵고 나직하게 무서워하지 말라고 이르고는 이렇게 덧붙였다. "무슨 연고로 요정 처녀가, 그것도 몹시도 아리따운 요정 처녀가 악惡의 아이누 본거지에 이토록 가까운 데서 홀로 배회한단 말인가? 여린 이여, 그대는 이 일대가 설사 동무가 있다 하더라도 몸 두기에 아주 흉악한 곳이고 혼자인 이들에게는 죽음이라는 걸 모른단 말이오?"

"그 정도는 알지요" 하고 그녀가 말했다. "그렇지만 나는 도

보 여행을 즐기느라 여기로 온 게 아니고, 오직 베렌을 찾을 뿐입니다."

"한데 그대는 베렌에 대해 무얼 아오?" 하고 후안이 물었다. "아니 그전에, 그대는 고래古來로부터의 내 친구로 요정 사냥꾼 에그노르 보리미온의 아들인 베렌을 말하는 거요?"

"아녜요, 나로선 나의 베렌이 당신의 친구인지도 알지 못해요. 나는 오로지 험난한산지를 넘어온 베렌을 찾을 뿐이에요. 나는 그를 내 아버지의 본거지 가까운 숲에서 알게 되었지요. 이제 그는 사라졌는데, 내 어머니 궨델링은 예지력으로 말씀하시길 그가 고양이 왕 테빌도의 잔혹한 집에 속박된 몸이라고 하세요. 나로선 이것이 참인지 혹은 그가 훨씬 고약한 지경에 처했는지 알 수 없지만 나는 그를 찾으러 가요—아무 계획도 없지만 말이에요."

"그렇다면 내가 그대에게 계획 하나를 세워 주겠소" 하고 후안이 말했다. "단, 그대는 나를 믿으시오. 나는 개들의 대장 후안으로 테빌도의 천적인 몸이오. 삼림의 어둠 속이지만 내 곁에서 잠시 쉬고 있으면 내가 깊이 생각해 보리다."

이에 티누비엘은 그가 말한 대로 했는데, 몸이 아주 고단했던지라 후안이 지켜보는 동안 깊은 잠에 빠졌다. 그렇지만 얼마 후에 그녀가 잠에서 깨며 말했다. "이런, 내가 너무 오래도록 지체했네요. 자, 당신의 생각은 무언가요, 오, 후안이여?"

그러자 후안이 말했다. "일이 복잡하고 까다로운 만큼 내가 짜낼 수 있는 조언은 이뿐이오. 그대에게 용기가 있다면 해가 높이 솟아 테빌도와 그의 수하 대부분이 대문 앞의 테라스에서 꾸

벅꾸벅 졸고 있을 동안 저 왕의 처소로 기어가시오. 거기서 그대
가 할 수 있는 어떤 방식으로든 어머니께서 그대에게 말한 대로
정말 베렌이 그 안에 있는지 알아내시오. 그동안 나는 예서 멀지
않은 숲속에 있을 테니 만약 테빌도 앞에 서거들랑, 베렌이 거기
에 있든 없든, 숲속 저기에 병들어 누운 개들의 대장 후안을 우
연히 만났노라고 그에게 말하시오. 그렇게만 한다면, 그대는 나
를 기쁘게 할 뿐 아니라 그대의 소망 성취도 앞당길 것이오. 여
기로 이르는 길을 그에게 일러 주진 말고 가능한 대로 그대 자신
이 그를 안내해야 하오. 그렇게만 되면, 그대는 내가 그대를 위
해 그리고 테빌도를 위해 궁리해 둔 바를 보게 될 것이오. 그대
가 그런 소식을 전하면 테빌도는 자신의 회당에서 그대를 학대
하지도 또 그대를 거기 붙들어 두려고 하지도 않을 것이오."

이런 식으로 후안은 테빌도에게 상처를 입히거나 혹시 가능
하다면 그를 살해한 다음 필시 히실로메의 사냥개들이 사랑한
에그노르의 아들일 것으로 짐작되는 저 베렌을 도울 작정이었
다. 정말이지, 궨델링의 이름을 듣고 그에 따라 이 처녀가 숲요
정들의 공주라는 것을 알게 되자 그에게는 그녀를 돕고 싶은 마
음이 간절해졌고 또 그녀의 애틋한 정에 마음이 끌렸다.

목하 티누비엘이 용기를 내 테빌도의 회당 가까이로 살금살
금 다가가자 후안은 그녀의 용기에 크게 감탄하면서 자신의 계
책을 성취하고자 가능한 데까지 그녀 모르게 뒤를 따랐다. 그렇
지만 마침내 그녀는 그의 시야를 벗어났고, 자신을 가려 주던 나
무들을 떠나 풀이 길게 자란 어느 지역에 다다랐다. 거기엔 산지
의 마루 쪽으로 계속 위로 경사진 덤불들이 점점이 박혀 있었다.

목하, 그 돌출한 암반에만 해가 환히 비치고 뒤편의 모든 구릉지와 산 위에는 검은 구름이 덮였는데, 거기에 앙가만디가 있기 때문이었다. 티누비엘은 두려움에 휩싸여 감히 그 어둠을 올려다보지도 못하고 타박타박 걸음을 옮겼다. 나아갈수록 지면은 솟고 풀은 점점 드문드문해지며 암석들로 덮이다가 마침내 한쪽 면이 가파른 어느 벼랑에 이르렀는데, 거기 어느 바위 턱 위에 테빌도의 성城이 있었다. 거기로 이르는 통로가 전혀 없는 데다 성이 선 자리가 층층의 단구段丘를 이루며 숲들 쪽으로 내리 경사진 탓에 크나큰 도약을 술하게 하지 않고서야 누구도 그 성문에 닿을 수가 없을 지경인 데다, 성이 가까워질수록 단구들은 점점 더 가팔라졌다. 그 집에는 창문이 드물고 지면에는 아예 없었던바, 실로 성문이란 것이 인간의 거처에선 이층 창문들이 있어야 할 공중에 떠 있었는데, 다만 지붕에는 해를 향해 열린 넓고 평평한 곳이 많이 있었다.

이제 티누비엘은 맨 아래 단구 위를 쓸쓸히 배회하며 언덕 위의 어두운 집을 두려운 마음으로 쳐다보다가 느닷없이 암반이 굽이진 어느 구석에서 햇볕 속에 누워 잠든 듯한 외딴 고양이 하나를 마주쳤다. 그녀가 다가들자 그는 노란 눈을 떠 그녀를 보고 깜박이더니 그 즉시 일어나 기지개를 켜며 그녀에게 다가서서 말했다. "어디로 가는가, 어린 처녀여—네가 테빌도 합하閣下와 그 가신들의 양지바른 땅을 침범한 것을 모르는가?"

이에 티누비엘이 몹시도 무서웠지만 할 수 있는 한 가장 담차게 "저는 몰랐나이다, 예하猊下시여" 하고 대답하니 그 늙은 고양이는 기분이 크게 으쓱했는데, 실제로 그는 테빌도의 문지기에 불과했던 것이다. "그렇지만 정녕 저는 당신의 은의에 힘입어 당장 테빌도 님을 알현하고 싶나이다, 설령 그분께서 취침 중이시더라도요" 하고 그녀가 말하자 문지기는 기겁해 거절하느라 별안간 꼬리를 몹시도 흔들었다.

"제게는 그분께만 전해 드려야 할 긴급하고 중대한 전갈이 있사옵니다. 저를 그분께로 안내해 주소서, 예하시여" 하고 그녀가 탄원했고, 그에 그 고양이가 너무도 요란하게 가르랑대는 통에 그녀는 감히 그의 흉측한 머리를 쓰다듬었다. 이 머리는 그녀자신의 머리보다 훨씬 컸으며 오늘날 대지에 발붙인 그 어떤 개의 머리보다도 컸다. 이렇듯 간절한 청원을 받자 우무이얀―그고양이의 이름이었는데―은 "그럼, 날 따라오라"고 말하더니 티누비엘이 기겁할 만큼 갑자기 옷 어깨 부위로 그녀를 붙잡아 자기 등 위에 집어 올리고는 두 번째 단구로 펄쩍 도약했다. 거기서 그는 멈추어 등에서 내리려고 버둥거리는 티누비엘에게 이렇게 말했다. "마침 오늘 오후 테빌도 합하께서 집에서 멀리 떨어진 이 비천한 단구에 누워 계시니 너는 운이 좋은 게야. 왜냐하면 내게 큰 피로와 졸음기가 닥쳐 너를 더 멀리까지 데려갈 염이 나질 않으니 말이야." 이때 티누비엘은 검은 안갯빛의 옷을 입고 있었다.

우무이얀은 그렇게 말하며 입이 찢어지게 하품을 하고 기지개를 켠 후 단구를 따라 그녀를 어느 탁 트인 공간으로 안내했는데, 거기 볕에 구워지고 있는 돌들로 이뤄진 넓은 침상 위에 바로 테빌도의 끔찍한 형체가 누워 있었고 두 눈은 감겨 있었다. 문지기 고양이 우무이얀이 다가가 그의 귀에 대고 부드럽게 말

했다. "합하시여, 한 처녀가 전해 드릴 중요한 전갈이 있다면서
합하의 알현을 청하옵니다. 제가 안 된다고 했음에도 막무가내
올시다." 이에 테빌도가 한쪽 눈을 반쯤 뜨며 성나서 꼬리를 몹
시도 흔들었다. "무슨 일인가, 빨리 말하라. 지금은 고양이 왕 테
빌도의 배알을 청하러 올 때가 아니라고."

"아닌 줄 아나이다, 합하시여" 하고 티누비엘이 떨면서 말했
다. "노여워하지 마옵소서. 제 말을 들으시면 그러시지 않을 줄
로 생각하나이다. 한데, 사안이 원체 중대한 것이니만큼 산들바
람이 부는 여기서는 귓속말로 전하기에도 온당치 않나이다." 이
렇게 운을 띄우고 티누비엘은 그 숲을 향해, 말하자면, 우려의
눈길을 던졌다.

"당치도 않으니, 썩 꺼져라" 하고 테빌도가 말했다. "네게서
개 냄새가 나는데, 개들과 수작을 벌인 요정이 고양이에게 무슨
희소식을 가져온단 말이냐?"

"글쎄, 합하시여, 제게서 개 냄새가 나는 게 놀랄 일도 아닌 것
이, 저는 방금 어느 개로부터 도망쳐 온 참으로, 제가 아뢰려고
하는 바가 바로 당신께서도 그 이름을 아시는 어떤 대단히 큰 개
에 관한 것이옵니다." 그러자 테빌도가 일어나 앉아 두 눈을 뜨
곤 사방팔방을 살피고 세 번 기지개를 켠 다음 드디어 문지기 고
양이에게 티누비엘을 안으로 들이라고 명했고, 우무이얀은 앞
서와 같이 그녀를 자신의 등 위에 태웠다. 이제야말로 티누비엘
은 극도의 두려움에 휩싸였다. 테빌도의 요새로 들어가 어쩌면
거기 베렌이 있는지 알아낼 기회를 잡았으니 자신의 원대로 된
것이지만, 그녀에겐 그 이상의 계획이 없었고 또 자신이 어떻게

될는지 알지 못했다. 정말이지, 할 수만 있다면 그녀는 달아나고 싶었지만 이제 저 고양이들이 성을 바라고 단구들을 오르기 시작했으며 우무이얀은 티누비엘을 지고 한 번 또 한 번 위로 도약했다. 세 번째 도약에서 그가 비틀거리자 티누비엘이 무서워서 비명을 지르는 통에 테빌도가 "어찌 된 거야, 우무이얀, 이 얼치기 같은 놈? 네놈이 그렇게 빨리 노쇠해진 거라면 내 수하를 떠날 때가 됐군" 하고 말했는데, 우무이얀은 "아니올시다, 합하시여, 뭔지는 모르겠사오나 눈앞이 흐릿해지고 머리가 무겁나이다" 하고 말하고는 술 취한 이처럼 비틀거렸다. 그에 티누비엘이 그의 등에서 미끄러져 내렸고 그와 함께 그는 깊은 잠에 빠진 듯 털썩 주저앉았다. 그러자 테빌도가 대노하여 티누비엘을 거칠게 휘어잡고 친히 그녀를 성문으로 운반했다. 그는 엄청난 도약 한 번에 안으로 뛰어들어 그 처녀에게 내리라고 이르고는 고함을 내질렀는데, 그 소리가 어두운 길과 통로 들에 으스스하게 메아리쳤다. 곧장 안에서부터 그들이 서둘러 그에게로 오자 그는 몇 명에게 "그놈은 노쇠해 든든한 발걸음을 잃은 만큼 더는 내게 쓸모가 없다"고 말하며 우무이얀에게 내려가 그를 묶어 "아주 수직으로 떨어질 북쪽 사면의" 바위에 내다 걸 것을 명했는데, 티누비엘은 이 야수의 무자비한 말을 듣고 온몸을 벌벌 떨었다. 그러나 그렇게 이르는 동안에도 그 자신은 하품을 하고 순식간에 졸음이 밀려드는 듯 몸을 비틀거리면서도 남은 이들에게 티누비엘을 안쪽의 어떤 방으로 데려가라고 일렀는데, 그것은 테빌도가 으뜸가는 지체의 가신들과 어울려 고기를 포식하곤 하는 방이었다. 고기 뼈로 가득한 그 방은 고약한 냄새가 코를 찔렀고, 창문은 없이 문 하나만 있었다. 하지만 문 위쪽의 지붕창이 거대한 부엌으로 통했고 거기서 붉은빛이 기어들어 그 방을 어둑하게 비추었다.

그 고양이들이 티누비엘을 거기 남겨 두었을 때 그녀는 너무나 무서워 잠시 동안 몸을 꿈적이지도 못한 채 섰다가 이내 어둠에 익숙해져 주위를 살피던 중 넓은 창턱이 달린 지붕창을 찾아내 거기로 뛰어올랐다. 그것이 그리 높지 않았던 데다 그녀는 몸놀림이 민첩한 요정이었던 게다. 거기를 통해 빼꼼 내다보니—지붕창이 조금 열려 있던 고로—둥근 천장의 넓은 부엌과 거기 타고 있는 큰 불길들 그리고 늘 그 안에서 애써 일하는 이들—대부분은 고양이들이었다—이 보였다. 그런데 보라, 베렌이 거대한 불길 곁에 몸을 구부리고 있었다. 막노동으로 더럽혀진 그를 보고 티누비엘은 주저앉아 눈물을 흘렸지만 아직은 감히 아무 일도 할 수 없었다. 아닌 게 아니라, 그녀가 앉아 있는 동안에도 느닷없이 테빌도의 사나운 목소리가 그 방 안에 울려 퍼졌다. "아니, 멜코의 이름으로 말하건대, 그 미친 요정이 대체 어디로 달아났단 거야" 하는 그의 말을 듣고 티누비엘이 몸을 움츠려 벽에 기댔지만 테빌도는 그녀가 위태로이 앉은 데서 그녀를 찾아내고는 소리쳤다. "그러면 귀여운 새가 더 이상 노래를 할 수 없잖아. 내려오지 않으면 내가 널 끌어 내릴밖에. 두고 보라고, 다시는 요정들이 내게 거짓으로 알현을 청할 순 없을 거라고."

이런 말에 한편으로는 두려워서 그리고 다른 한편으로는 자신의 청아한 목소리가 베렌에게도 닿을 수 있으리란 희망에서 티누비엘이 갑자기 아주 큰 목소리로 자기 이야기를 말하기 시작하니 그 소리가 여러 방들에 울려 퍼졌다. 이에 테빌도가 말했다. "쉿, 아리따운 처녀여, 그 일이 바깥에서 비밀스러운 것이거든 안에서도 소리칠 것은 아니지." 그러자 티누비엘이 말했다. "나에게 그렇게 말하지 마시오, 오 고양이여, 비록 그대가 고양이들의 대단한 지배자라 할지라도. 일부러 외진 곳을 찾아들어 그대에게 알현을 청한 나도 요정들의 공주 아니겠소?" 그녀가 앞서보다 한결 크게 외쳐 댄 그 말에 부엌에서 많은 금속제 그릇과 오지그릇들이 느닷없이 떨어진 듯 와장창하는 굉음이 들렸다. 그에, 테빌도가 "저 바보, 요정 베렌이 또 사고를 치는군. 저런 화상은 멜코가 거둬 가 주면 좋으련만" 하고 으르렁거렸지만, 티누비엘은 베렌이 자신의 말을 듣고 놀라움에 휩싸인 걸 짐작하고 두려움을 떨쳤을 뿐 아니라 더는 자신의 대담무쌍한 행위도 후회하지 않았다. 그럼에도 불구하고, 테빌도는 그녀의 오만불손한 말에 격분했는데, 만약 자신이 그녀의 이야기로부터 무슨 이득을 얻을 수 있을까를 먼저 알아내고자 하지 않았더라면 사태는 곧바로 티누비엘에게 고약해졌을 터였다. 실로 그 순간부터 그녀는 크나큰 위험에 처하게 되었다. 그도 그럴 것이, 멜코와 그의 모든 봉신들이 틴웰린트와 그 일족을 무뢰한으로 여겨 그들을 사로잡아 혹사시키기를 무척이나 즐겼던 고로, 만약 테빌도가 티누비엘을 주군 앞으로 데려갔더라면 자신이 많은 총애를 입었을 것이기 때문이다. 정녕 그녀가 자신의 신원을 밝히자마자 그는 자기 용무만 처리하고 나면 그렇게 하기로 마음먹었건만, 실은 그날따라 총기가 흐리멍덩해져 그는 티누비엘이 지붕창 창턱에 옹색하게 앉은 까닭을 더는 이상하다고 느끼지 못했고 또 베렌에 대해서도 더는 생각하지 않았으니, 티누비엘이 자신에게 전해 줄 이야기에 그의 정신이 온통 쏠린 때문이었다. 그랬기에 그는 자신의 뒤틀린 심사를 숨기고 "아니, 숙녀여, 부디 고까워 마시고, 자, 뜸을 들이시니 회가 더 동하는구려. 내게 전하실 소식이 무엇이오. 벌써 내 귀가 씰룩대오."

그러자 티누비엘이 말했다. "저기에 무례하고 광포한 거수巨獸 하나가 있는데, 그의 이름은 후안이오." 그 이름을 듣자 테빌도의 등이 굽어졌고 그의 털이 곤두서며 바스락대는 소리를 냈고, 두 눈빛이 빨개졌다. "그리고" 하며 그녀가 말을 이었다. "그 같은 야수가 고양이들의 강력한 왕이신 테빌도 합하의 처소에서도 저리 가까운 숲에 침범하게 놔둔다는 건 제가 보기엔 수치스러운 일이오." 그러나 테빌도가 이렇게 대꾸했다. "그놈을 그렇게 놔두지 않을 것이며 남의 눈을 피해 오는 게 아니라면 그놈은 결코 거기 오지 못해."

"그야 어떻든" 하고 티누비엘이 말했다. "그는 지금 거기에 있으며, 내 생각으론 드디어 그의 목숨이 완전히 끝장날 수 있을 것 같소. 보시오, 숲을 헤쳐 오다가 나는 거대한 동물 하나가 병든 듯 신음하며 땅바닥에 누운 곳을 봤는데 글쎄, 그게 후안이었소. 그놈은 어떤 사악한 주문이나 질병에 붙들린 채 이 회당에서 1킬로미터도 되지 않는 숲의 서쪽 계곡에 아직도 속절없이 드러누워 있소. 내가 그를 구하고자 다가갔을 때 그 야수가 내게 으르렁대고 나를 물려고 들지만 않았던들 아마 나는 이런 일로 그대의 귀를 어지럽히지 않았을 테지만, 그런 놈이면 어떤 종말이든 받아 마땅하다는 생각이 들더구려."

물론, 티누비엘이 말한 이 모든 것은 후안이 그녀에게 일러 준 대로의 뻔뻔스러운 거짓말이고, 엘다르 처녀들은 거짓부렁 꾸미기를 예사로 하지 않는다. 어쨌든 나는 이후에 엘다르 중의 누군가가 그 때문에 그녀나 베렌을 나무랐다는 것을 결코 들어 보지 못했고 나 또한 나무라지 않는 건, 테빌도가 사악한 고양이이고 멜코는 모든 존재 가운데 가장 악랄한 자인데, 티누비엘이 바로 그들의 손아귀에서 절박한 위험에 처했던 때문이다. 그러나 그 자신이 대단하고 능숙한 거짓말쟁이였던 테빌도는 모든 짐승과 생물 들의 거짓과 계략에 너무나 깊이 통달한 나머지 정작 자신이 들은 이야기를 믿어야 할지 말아야 할지 좀체 알지 못했던 데다 곧잘 자신이 참이라고 믿고 싶은 것을 빼곤 모든 것들을 불신한지라 그 때문에 그는 종종 보다 정직한 자들에게 기만당했다. 후안과 그의 무력한 처지에 관한 이야기에 너무 기뻤던 나머지 그는 그것을 참이라고 믿고 싶은 마음이 간절해 적어도 그것을 확인해 보기로 결심했다. 그렇지만 그는 우선은 대단한 비밀거리도 아닌 그런 일은 이렇게 수선 피울 것 없이 그냥 밖에서 말했어도 무방했을 거라며 무심한 척했다. 그러나 티누비엘은 후안의 귀가 5킬로미터나 떨어진 곳의 아주 작은 소리도 들으며 다른 어떤 소리보다도 고양이의 목소리는 귀신같이 듣는다는 점을 고양이 왕 테빌도가 모를 것이라곤 생각지도 못했다고 말했다.

이리하여 테빌도는 티누비엘의 이야기를 곧이 믿을 수는 없다는 구실 하에 그녀로부터 후안의 정확한 위치를 알아내고자 했지만, 그녀는 성에서 탈출할 유일한 희망이 여기에 있다는 걸

직감하고서 모호한 대답만 늘어놓았다. 마침내 호기심을 어쩌지 못한 테빌도가 만약 거짓으로 판명되면 경을 치게 될 것이라 협박하면서 가신 둘을 불렀으니, 그중 하나가 사납고 호전적인 고양이, 오이케로이였다. 이윽고 그 셋이 티누비엘과 함께 그곳을 떠났지만, 그 전에 티누비엘이 검은색 마법의 옷을 벗어 겹쳐 포개니 (신통하게도) 그 크고 두툼하던 것이 가장 작은 머릿수건에 불과해 보였다. 이렇게 해서 그녀는 오이케로이의 등에 타 단구들을 무사히 내려갔고, 그녀를 나르는 자도 졸음에 시달리지 않았다. 그들이 그녀가 일러 준 방향으로 숲을 헤쳐 기어가던 중 문득 테빌도가 개 냄새를 맡고 털을 곤두세우며 거대한 꼬리를 마구 흔들더니 곧이어 높직한 나무 하나를 기어올라 거기서 티누비엘이 설명해 준 저 골짜기 속을 내려다보았다. 실로, 거기서 끙끙 신음 소리를 내며 기진맥진해 누워 있는 후안의 거대한 형체를 보았으므로 그는 환희에 차 부리나케 내려왔다. 그가 정녕 들뜬 마음에 티누비엘도 잊은지라, 이제 그녀는 후안을 크게 염려하며 양치류가 무성한 둑에 숨어 들었다. 테빌도와 두 동료는 다른 방면으로부터 소리 없이 저 골짜기로 들어가 불시에 덮쳐 후안을 죽이고 혹시 그가 부상이 너무 심해 맞싸울 수가 없다면 그를 조롱하고 고문할 작정이었다. 그들이 이런 계획을 실행에 옮겨 껑충 뛰어 그를 덮친 바로 그때 후안은 굉장한 짖음과 함께 공중으로 뛰쳐 올랐고, 그 주둥이가 목덜미에 바싹 닿도록 오이케로이의 등을 파고드니 오이케로이는 즉사했지만, 또 하나의 가신은 악을 쓰며 달아나 큰 나무에 올랐다. 그래서 테빌도는 후안과 홀로 대면하게 되었는데, 그런 조우가 그에겐 달갑지 않았다. 그렇지만 후안이 벼락같이 달려드는 통에 도망치지 못한 채 그들은 저 숲속 빈터에서 맹렬하게 싸웠는데, 테빌도가 내지르는 소음이 가히 섬뜩할 지경이었다. 마침내 후안이 그의 목덜미를 물었는데, 만일 발톱을 마구잡이로 휘두르던 중 후안의 눈을 꿰뚫지 않았더라면 그 고양이는 비명에 죽고 말았을 터였다. 그에, 후안이 아우성을 쳐 대자 테빌도는 무섭도록 새된 소리를 지르며 격하게 비틀어 몸을 빼치곤 그의 동료가 했던 꼭 그대로 근처의 높고 반반한 나무에 훌쩍 뛰어올랐다. 후안은 심한 부상에도 불구하고 거세게 짖으며 그 나무 밑으로 내달렸고, 테빌도는 위에서 그에게 저주와 악담을 퍼부었다.

그에, 후안이 말했다. "자, 테빌도여, 네놈이 상습적으로 사냥하는 비참하고 무력한 생쥐들처럼 붙잡아 죽이려 했던 후안의 말을 들어라. 네 상처에서 피가 무진장 흐르도록 그 외로운 나무 위에서 길이길이 죽치거나 아니면 내려와 다시 한번 내 이빨 맛을 보라. 그러나 어느 쪽도 마음에 들지 않는다면, 그럼 내게 요정들의 공주 티누비엘과 에그노르의 아들 베렌이 있는 곳을 말하라. 왜냐면 이들은 내 친구들이니까. 자, 이상以上이 내가 제시하는 네놈의 몸값이다. 네놈의 값어치를 너무 후하게 쳐 주는 것이긴 하다만."

"저 염병할 요정으로 말할 것 같으면, 그녀는 훌쩍대며 저쪽 양치류 속에 있어, 내가 잘못 들은 게 아니라면 말이야" 하고 테빌도가 말했다. "그리고 베렌은 내 성의 부엌에서 한 시간 전에 저지른 얼띤 짓 때문에 내 요리사 미아울레에게 호된 할큄을 당하고 있을 게야."

"그렇다면 그들을 내게 무사히 넘겨라" 하고 후안이 말했다. "그러면 네놈은 온전히 네 회당으로 돌아가 네 몸을 핥아 상처를 치유할 수 있을 게다."

"틀림없이 여기 나와 함께 있는 내 가신이 그들을 네게 데려올 거야" 하고 테빌도가 말했지만, 후안이 으르렁대며 말했다. "그렇고말고. 네놈의 모든 족속과 오르크 무리들 그리고 멜코의 역병疫病도 데려오겠지. 왜 이래, 난 숙맥이 아니야. 그보다는, 티누비엘에게 부신符信을 줘서 그녀로 하여금 베렌을 데려오게 하라고. 그게 마음에 안 든다면 넌 그냥 여기서 죽치는 거고 말이야." 이에 테빌도는 그 어떤 고양이도 감히 무시할 수 없는 자신의 황금 경식장頸飾章을 아래로 던질 수밖에 없었다. 그럼에도 후안은 말하길, "아니야, 이것만으론 안 돼. 이걸 보면 네놈의 수족 모두가 널 찾아 나설 테니까"라고 했는데, 테빌도가 넘겨짚고 노린 게 바로 그런 일이었다. 결국, 피로와 허기 및 두려움이 물밀 듯 엄습하자 멜코를 받드는 우두머리, 저 도도한 고양이도 고양이들의 암호와 멜코가 자신에게만 알려 준 주문呪文을 토설하게 되었다. 저것들은 그의 역겨운 소굴의 돌들을 한데 묶고 또 그가 야수 같은 고양이 족속 모두에게 그 본성을 뛰어넘는 사악한 힘을 채워 그들을 지배하는 마법의 말들인바, 테빌도가 야수 같은 형상의 사악한 정령이라는 말이 오래도록 떠돈 것도 그 때문이었다. 따라서 그가 그 주문을 실토했을 때 후안이 숲이 쟁쟁히 울리도록 웃어 젖힌 것도 고양이들이 권세를 부리는 시절이 끝났다는 것을 안 때문이었다.

이제 티누비엘이 테빌도의 황금 경식장을 갖고 쏜살같이 성문 앞 맨 밑의 단구로 돌아가 거기 서서 청아한 목소리로 그 주문을 외었다. 그러자, 보라! 대기가 고양이들의 목소리로 가득 차며 테빌도의 집이 흔들렸고, 뒤이어 그 안에 거하던 고양이 무리가 뛰쳐나왔다. 하잘것없는 크기로 줄어든 그들은 티누비엘을 무서워했고, 그녀가 테빌도의 경식장을 흔들며 자신에게 들리는 데서 테빌도가 후안에게 말했던 주문의 일부를 그들 앞에서 외니 그들이 그녀 앞에서 오금을 펴지 못하더라. 이에 그녀가 "들어라, 이 회당에 속박된 모든 요정족과 인간의 자식들을 데려 나오라"고 말하자 놀랍게도 베렌이 끌려 나왔다. 그 외에 속박된 이라곤 늙은 그노메, 김리뿐이었는데, 그는 속박된 동안에 허리가 굽고 눈이 멀었지만, 모든 노래들이 이르듯, 청력만큼은 세상에서 제일 예민했다. 그런 김리가 지팡이에 의지한 채 베렌의 부축을 받아 나왔다. 한데, 베렌은 집이 흔들리고 온갖 고양이들의 목소리가 들리자 무슨 새로운 변고가 닥쳤나 근심한 듯 넝마 차림에 초췌한 몰골로 부엌에서 집어 든 커다란 칼 하나를 손에 쥐고 있었다. 그런 상태에서 그가 고개를 조아린 고양이 무리 속에 선 티누비엘을 보고 또 그녀의 손에 쥐어진 테빌도의 거대한 경식장을 보았을 때 그는 정신이 혼미하도록 소스라치게 놀라 도무지 생각의 갈피를 추스를 수가 없었다. 하지만 티누비엘이 너무나 반가운 나머지 "오 험난한 산지를 넘어온 베렌이여, 이제 그대는 나와 춤을 추시겠어요, 물론 여기선 아니지만 말예요" 하고 말했다. 그리고 그녀가 베렌을 먼 곳으로 이끌고 가자 저 고양이들이 짖고 울며 일대 소란을 피우니 그 소음이 숲속의 후안과 테빌도에게도 들릴 정도였다. 그러나 그 누구도 그들을 뒤쫓거나 방해하진 못했으니 멜코의 마법이 자신들에게서 떨어져 나간 걸 알고 두려웠던 것이다.

나중에 테빌도가 벌벌 떠는 동료를 대동하고 돌아왔을 때 정녕 그들은 이런 사태를 한탄해 마지않았으니, 특히 테빌도가 엄청난 분노에 사로잡혀 꼬리를 마구 흔들며 가까이 선 자들 모두를 후려갈겼다. 어리석은 일처럼 보일는지 몰라도, 개들의 대장후안은 베렌과 티누비엘이 그 숲속 빈터로 오자 더 이상의 다툼 없이 저 사악한 왕을 돌아가게 해주었다. 그러면서도 그가 자신의 목에 찼던 거대한 황금 경식장은 돌려주지 않았던 고로, 테빌도는 무엇보다도 이 점에 격분했는데, 힘과 권능의 대단한 마법이 그 속에 담긴 때문이었다. 테빌도가 아직 살아 있다는 것이 후안에게 달가울 리 없었지만 그래도 이제 그는 더는 고양이들을 두려워하지 않았다. 그 후로 내내 저 족속은 개들만 보면 내빼기 바빴고, 앙가만디 인근 숲에서의 테빌도의 치욕 이래로 개들은 늘 그들을 경멸했으니 바로 그것이 후안이 이룬 최대의 위업이었다. 실로, 이후에 멜코는 모든 사태를 파악한 다음 테빌도와 그 족속을 저주하고 추방해 버렸으니, 그날 이후로 그들은 주군이나 주인 혹은 어떤 친구도 갖지 못한 채 허구한 날 한탄과 비애의 소리를 내질렀는데, 몹시도 외롭고 쓰라리며 상실감에 젖은 그들의 가슴속엔 어둠만이 있을 뿐 푸근함이라곤 없었던 게다.

이런 상황에서 테빌도의 으뜸가는 욕구는 잃어버린 주문과 마법을 되찾기 위해 베렌과 티누비엘을 다시 붙잡고 후안을 죽이는 것이었다. 그는 멜코를 크게 두려워했던 까닭에 감히 주인의 도움을 청하지 못했는데, 그러자면 자신의 패배와 주문 누설을 드러내야 하기 때문이었다. 이런 사정을 모르는 가운데서도 후안은 그 일대를 피했고, 거개의 세상사가 그렇듯 저 사건들이 신속하게 멜코의 귀에 들어갈까 봐 전전긍긍했다. 그러므로 이제 티누비엘과 베렌은 후안과 함께 멀리 떠돌았다. 그들은 그와 두터운 우의를 쌓았으며, 그런 생활 속에서 베렌은 다시 점차 강건해지고 속박된 시절의 자취가 떨어져 나갔으며 티누비엘은 그를 사랑했다.

그렇지만 그런 나날은 거칠고 험하며 매우 외로운 것이었다. 그들이 그 어떤 요정이나 인간의 얼굴도 보지 못하는 날들이 이어지자 마침내 티누비엘은 점점 어머니 궨델링과 그녀가 저 오랜 궁전 곁의 숲에 어스름이 깔릴 즈음 자식들에게 불러 주곤 했던 감미로운 마법의 노래들을 아리도록 그리워했다. 이따금 그녀는 그들이 함께 머물던 쾌적한 숲속의 빈터에서 오빠 다이론의 피리 소리를 듣는 것 같아 마음이 울적해졌다. 드디어 그녀가 베렌과 후안에게 "나는 집으로 돌아가야만 해요"라고 말하자 이번에는 베렌의 가슴에 슬픔의 먹구름이 끼었다. 그로선 숲에서 개들과 함께하는 그런 삶―이 무렵엔 다른 많은 개들이 후안에게 합세했는데―을 무척 좋아했지만 티누비엘이 거기 없다면 무의미했던 게다.

그럼에도 불구하고, 그는 말했다. "실마릴 하나를 갖지 않고선, 결코 나는 그대와 함께 아르타노르의 땅에 돌아갈 수 없고 또 그 후로도 내내 그대를 찾아 거기에 갈 수 없을 것이오. 사랑스러운 티누비엘이여. 더군다나, 멜코의 궁전에서 도망친 몸으로 혹여 그의 수하 중 어떤 자가 나를 발견하기라도 하면 지독한 고역에 처할 신세인 만큼 이젠 저 과업의 성취도 물 건너간 셈이오." 그가 티누비엘과의 이별을 생각하자 가슴이 찢기는 고통에 휩싸여 이렇게 말하니 베렌을 떠난다는 생각도, 그렇다고 내내 이렇게 망명자 신세로 산다는 것도 견딜 수 없어 그녀의 마음도 두 갈래로 찢었다. 그렇게 그녀가 한참 동안을 슬픈 상념에 잠겨 말이 없자, 베렌이 곁에 와 앉더니 마침내 이렇게 말했다. "티누비엘이여, 우리가 할 수 있는 일은 오직 하나뿐, 가서 실마릴 하나를 얻는 것이오." 그 말을 듣고 그녀가 후안을 찾아 그의 도움과 조언을 청했으나 그는 매우 엄숙한 태도로 어리석은 짓일 뿐이라고 했다. 결국 티누비엘은 그에게 그가 숲속 빈터에서의 격투에서 살해한 오이케로이의 가죽을 달라고 간청했다. 알다시피, 오이케로이는 아주 거대한 고양이였고 후안은 전리품으로 그 가죽을 몸에 지니고 있었다.

목하 티누비엘이 자신의 기예와 요정 마법을 발휘해 베렌을 이 가죽 속에 꿰어 맞춰 그를 거대한 고양이처럼 보이게 한 다음 그에게 고양이처럼 앉고 엎디며 걷고 도약하며 총총걸음 치는 법을 가르치니 마침내 그 광경에 후안의 수염이 곤두섰고 후안의 그런 반응에 베렌과 티누비엘이 웃음을 터뜨렸다. 그럼에도 베렌은 결코 실제의 고양이처럼 새된 소리를 지르거나 가냘프게 울거나 가르랑거리는 것을 배울 수는 없었고, 티누비엘도 고양이 가죽의 죽은 두 눈에 타는 듯한 붉은빛을 되살릴 수는 없었다. 그녀는 다만 이렇게 말할 따름이었다. "우리는 그 정도로 족할 수밖에 없으며, 만약 입만 다문다면 그대에겐 아주 고귀한 고양이의 기품이 감돌아요."

그다음에 그들은 후안과 작별하고 편한 여정을 택해 멜코의 궁전을 향해 출발했다. 편한 길을 택한 건 오이케로이의 모피를 두른 베렌이 큰 불편과 더위를 느낀 때문이었다. 잠시나마 티누비엘의 마음이 이전보다 가벼워져 그녀는 베렌을 쓰다듬거나 그의 꼬리를 당겼고, 그러면 베렌은 그에 반응해 원하는 만큼 사납게 꼬리를 흔들지 못해 화를 냈다. 하지만 마침내 그들은 앙가만디에 접근했으니, 실로 일만一萬 대장장이들의 부단한 노역에서 울리는 굉음들과 낮고 굵은 소음들 및 둔중한 망치질 소리로 능히 알 수 있었다. 그 속박되었던 놀돌리가 산지의 오르크와 고블린 밑에서 비참한 노역에 시달렸던 통한의 방들이 가까이 있었고, 그곳의 음침함과 어둠이 워낙 짙어 그들의 가슴이 멎을 것 같았음에도 티누비엘은 또 한 번 깊은 잠의 어두운 의복을 차려입었다. 앙가만디의 성문들은 흉측하게 세공된 쇠로 만들어진 데다 칼과 대못 들이 박혀 있었고, 그들 앞에는 세상에서 가장 큰 늑대가 있었으니 바로 잠드는 법이 없는 칼 엄니 카르카라스였다. 카르카라스는 티누비엘이 다가오는 것을 보고 으르렁댔지만 그 옆의 고양이에겐 별 신경을 쓰지 않았다. 그가 고양이들을 하찮게 여긴 때문인지 고양이들이 상시로 드나들고 있었다.

"으르렁대지 마오, 오 카르카라스여" 하고 그녀가 말했다. "멜코 폐하를 뵈러 가는 길이며, 테빌도의 이 가신은 내 호위자로 함께 가오." 아른아른 빛나는 그녀의 아름다움이 검은 의복으로 죄다 가려진 만큼 카르카라스는 그리 심란하진 않았지만 그럼에도 불구하고 늘 하던 대로 다가들어 그녀의 풍채와 저 의

복으로도 숨길 수 없을 엘다르의 감미로운 방향芳香을 킁킁거리며 냄새 맡았다. 그러자 즉시 티누비엘이 마법의 춤을 시작해 그 어두운 덮개의 검은 가닥들을 그의 두 눈에 드리우자 그는 졸음에 겨워 네 다리가 후들거리더니 몸을 뒤집고 잠들었다. 그렇지만 그녀는 그가 아직 새끼였을 적 히실로메숲에서의 치열한 추격전의 꿈에 곤히 빠지고 나서야 춤을 멈추었고, 그제야 그 한 쌍은 저 시커먼 입구로 들어가 어둑한 길들을 숱하게 누벼 내리고 나서야 마침내 바로 멜코가 있는 곳으로 접어들었다.

저 어둠 속에서 베렌은 테빌도의 가신으로 쉬이 인정되어—실로, 오이케로이는 이전에 멜코의 궁전을 수시로 드나들었다—누구도 눈여겨보지 않는 가운데 눈에 보이지 않는 아이누의 좌석 아래로 살그머니 들어섰으나, 거기에 웅크린 독사들과 사악한 것들에 기겁해 감히 움직이질 못했다.

한데, 이 모든 사정은 참으로 다행이었던 게, 만약 테빌도가 멜코와 함께 있었더라면 그들의 기만책은 발각되었을 것이기 때문이다. 목하 테빌도가 자신이 당한 낭패가 앙가만디에 짜하게 퍼진다면 어찌 해야 할지를 모르고 자신의 궁전에 앉아 있다는 것을 정녕 그들은 모른 채 저 위험을 생각했던 게다. 그런 참에, 멜코가 티누비엘을 알아채고 말했다. "박쥐처럼 내 궁전을 훨훨 나다니는 너는 누구냐? 필시 이곳 사람이 아닌데 어떻게 들어왔나?"

"예, 저는 아직은 이곳 사람이 아니옵니다, 멜코 폐하. 혹여 이후로 폐하의 은전을 입어 그리 될 수는 있겠사오나. 폐하께선 모르시겠지만, 저는 무법자 틴웰린트의 딸 티누비엘이온데 오만불손한 요정인 그는 제가 자신의 명을 따르지 않는답시고 저를 궁전에서 내쫓았습니다."

틴웰린트의 딸이 이렇듯 제 발로 자신의 처소, 무시무시한 앙가만디로 온 것에 실로 멜코는 깜짝 놀랐지만 무언가 석연치 않은 느낌에 용건을 물었다. "여기엔 네 아비나 그의 족속에게 베풀 아량이란 없으며 너도 내게서 고운 말과 성원을 바랄 수는 없다는 걸 모를 리는 없을 텐데."

"제 부친께서도 그리 말씀하셨죠" 하고 그녀가 말했다. "하지만 왜 제가 그를 믿어야 하나요? 보십시오, 제게는 절묘한 춤 솜씨가 있고 당장이라도 폐하 앞에서 춤을 추겠나이다. 그렇게 하여 폐하의 궁전에서 제가 거처할 어느 누추한 구석이나마 쾌히 허락받을 수도 있을 듯하옵고 폐하께선 두고두고 시름을 더시고자 귀여운 춤꾼 티누비엘을 부를 수 있을 것이옵니다."

"일 없어" 하고 멜코가 말했다. "내겐 그런 것들이 달갑지 않아. 하지만 네가 이리 멀리까지 춤추러 왔으니 춤을 춰 보라. 네 소청은 그다음에 생각해 봄세." 그는 이렇게 말하며 흉물스러운 추파를 던졌으니, 그 음흉한 마음속으로는 모종의 해악을 궁리했던 게다.

그에 티누비엘이 춤을 시작했는데, 그녀 자신을 포함해 그 어느 다른 영이나 정령 혹은 요정도 그 이전이든 그 이후로든 추지 못했거나 추지 못할 그런 춤이었던 고로 얼마쯤 지나자 심지어는 멜코의 눈길에도 경탄의 빛이 어렸다. 그녀는 제비처럼 날렵하게, 박쥐처럼 소리 없이, 오직 티누비엘만이 선보일 기막히게 아름다운 춤사위로 어전을 돌며 나아갔다. 멜코의 곁을 지났는가 하면 어느새 그의 앞을 스쳐갔고 또 어느덧 그의 뒤로 돌아갔으며, 그 와중에도 하늘하늘한 옷 주름들이 그의 얼굴을 스치고 그의 눈앞에 나부꼈으니 사방의 벽 주위에 앉았거나 거기 섰던 이들이 하나하나씩 잠에 휩쓸려 각자의 고약한 심보가 바라 마지않는 갖가지 깊은 꿈속에 빠졌다.

독사들은 그의 왕좌 밑에 돌처럼 누웠고 그의 발치 앞의 늑대들은 하품을 하고 잠들었지만 멜코는 홀린 채 계속 응시했음에도 잠들지 않았다. 그러자 티누비엘은 그의 눈앞에서 한층 날렵한 춤을 추기 시작했고, 춤추면서 동시에 아주 나직하고 탐스러운 목소리로 오래전에 궨델링이 가르쳐 준 노래를 불렀다. 그것은 황금성수가 이미 저물고 실피온이 은은히 빛나고 있을 적에 처녀 총각 들이 로리엔 정원의 삼나무들 밑에서 부른 노래였다. 그녀의 목소리에는 나이팅게일들의 목소리가 담겨 있었고, 그녀가 바람에 날리는 깃털처럼 가벼이 바닥을 지르밟으면 갖가지 미묘한 향내가 그 구린 곳의 공기를 그득 채우는 듯했다. 그리도 아름다운 목소리나 자태는 거기선 두 번 다시 볼 수 없는 것이었기에 아이누 멜코는 그 모든 권세와 위엄에도 불구하고 저 요정 처녀의 마법에 굴하고 말았다. 로리엔이 거기에 자리해 봤더라면 정녕 그의 눈꺼풀조차도 무거워졌을 터였다. 이윽고 멜코가 잠에 취해 앞으로 고꾸라지더니 마침내 완전히 잠들어 왕좌에서 바닥으로 털썩 주저앉았고 뒤이어 그의 강철왕관이 굴러떨어졌다.

티누비엘은 순식간에 춤을 그쳤다. 어전에서는 잠든 숨소리 외엔 아무 소리도 들리지 않았다. 베렌마저 멜코의 왕좌 바로 밑에서 잠들었다가 티누비엘이 흔들어서야 마침내 깨어났다. 그러자 그는 두려움에 몸을 떨며 위장복을 갈기갈기 찢어 몸을 빼내곤 벌떡 일어섰다. 목하 그가 테빌도의 부엌에서 가져온 칼을 빼들고 거대한 강철왕관을 움켜쥐었으나, 티누비엘이 그것을 움직일 수 없는 건 물론이고 베렌의 근력도 그것을 뒤집는 데는 별 소용이 없었다. 잠자는 악의 저 어두운 어전에서 베렌이 칼로 최대한 소리 없이 실마릴 하나를 뽑아내려고 끙끙거릴 동안 그들이 느낀 공포는 광란의 발작에 다름 아니었다. 크나큰 가운데 보석을 헐겁게 했을 즈음 그의 이마에선 땀이 비처럼 쏟아졌고, 그가 그것을 왕관에서 우격으로 빼내는 바로 그 참엔, 아뿔싸, 금이 가는 요란한 소리와 함께 칼이 뚝 부러졌다.

그에 티누비엘이 솟구치는 비명을 간신히 억눌렀고, 베렌은 그 실마릴 하나를 손에 들고 냅다 튀었다. 잠든 이들이 꿈틀거리고 꿈자리가 뒤숭숭한 듯 멜코는 신음 소리를 냈으며 잠든 그의 얼굴 위엔 험악한 표정이 떠올랐다. 이제 그 한 쌍은 번쩍이는 보석 하나에 감지덕지해 숱한 어두운 통로들을 비틀대며 무작정 뛰어내리고 어전에서 필사적으로 도망치다가 마침내 가물거리는 회색빛을 보고서야 성문이 가까웠다는 걸 알았다. 한데, 이게 웬일인가! 카르카라스가 다시 깨어나 감시의 눈을 번득이며 문턱을 가로질러 누워 있었다.

티누비엘이 안 된다고 말했음에도 곧장 베렌은 몸을 던져 그녀 앞으로 나섰는데, 결국엔 이것이 잘못된 처사였다. 카르카라스가 베렌을 보고 이빨을 드러내며 분노에 차 으르렁거리기 전에 티누비엘이 그 야수에게 다시 잠의 주문을 걸 시간이 없었던 게다. "왜 이리 괴팍한가, 카르카라스여?" 하고 티누비엘이 말했다. 칼 엄니는 "왜 들어가지도 않았던 이 그노메가 지금 황급히 뛰쳐나오는 거지?" 하고 말하곤 그와 동시에 베렌에게 껑충 달려들었고, 베렌은 주먹으로 그 늑대의 두 눈 사이를 정통으로 가격하고 다른 손으론 그의 목덜미를 붙들려고 했다.

그러자 카르카라스가 그 무시무시한 턱으로 베렌의 손을 덥석 물었는데, 하필이면 그것이 베렌이 그 불타는 듯한 실마릴을 거머쥔 손이었던지라 카르카라스는 손과 보석 모두를 물어뜯어 자신의 시뻘건 밥통 속에 삼켰다. 베렌의 단말마의 고통과 티누비엘의 공포와 괴로움이 엄청났지만, 그들이 이제야 그 늑대의 이빨을 통렬하게 맛보리라 예감한 바로 그때 기묘하고 끔찍한 새로운 사태가 벌어졌다. 저 실마릴이 제 본래의 하얀 숨겨진 불길로 타오르는 격렬하고 신성한 마법을 지니고 있지 않은가. 그것은 악이 거기로 오기 전 신들과 그노메들의 주문으로 지어져 발리노르와 축복받은땅에서 온 것이라 사악한 육신이나 부정한 손의 접촉을 용납하지 않았다. 목하 그런 것이 카르카라스의 더러운 몸뚱어리 속으로 들어가니 순식간에 저 야수는 끔찍한 고통의 화형에 처해진바, 저 바위투성이의 길들에 메아리치도록 고통에 겨워 울부짖는 그 소리가 어찌나 섬찟했던지 안쪽의 잠든 궁정 전체가 깨어났다. 그 기회를 틈타 바람처럼 성문에서 달아났음에도 카르카라스는 발로그들에 쫓기는 야수처럼 미쳐 날뛰며 그들을 멀찍이 앞질렀다. 나중에 그들이 숨을 돌릴 만하게 되었을 때 티누비엘은 망가진 베렌의 팔에 몇 번이나 입 맞추며 비탄의 눈물을 흘렸는데, 신통하게도 피가 그치고 고통이 사라지며 사랑의 포근한 치유력으로 깨끗이 나았다. 그렇지만 베렌은 이후 내내 모든 이들에게서 에르마브웨드, 외손잡이—외로운섬의 언어로는 엘마보이테—라는 별명으로 불렸다.

어쨌든 이제 그들은 탈출을 꾀해야 했기에—요행히 탈출할 수 있다면—티누비엘은 자신의 검은 옷 한 자락을 베렌에게 둘러 주었다. 그 덕분에, 그들은 야음을 틈타 이 언덕 저 언덕으로 도주하면서도 한동안 누구의 눈에도 띄지 않았다. 물론, 멜코는 그들을 쫓아 가공할 오르크들을 있는 대로 풀어놓은 상태였다. 그 보석을 강탈당한 데 대한 그의 격분은 요정들이 이제껏 경험한 그 어떤 것보다도 대단했던 게다.

그랬다 하더라도, 이내 그들은 추격의 그물이 점점 더 자신들을 옥죄어 오고 있음을 감지했다. 비록 그들이 한결 눈에 익은 삼림의 가장자리에 다다라 타우르푸인숲의 어둠을 지났지만, 왕의 동굴에 닿기까지 아직 위험을 무릅쓰고 나아가야 할 길은 멀고도 멀었다. 게다가, 설사 그들이 요행히 거기 이른다 하더라도 추격대는 그들의 꽁무니를 따라올 테고 그렇게 되면 멜코의 증오가 모든 숲요정들에게 닥칠 수도 있었다. 그 추격의 고함 소리가 어찌나 요란했던지 저 멀리 있는 후안마저도 그것을 알아차렸다. 그는 저 한 쌍의 대담무쌍함에 경탄했지만, 한층 더 경탄한 것은 하여간 그들이 앙가만디에서 탈출했다는 점이었다.

이제 그는 오르크들과 테빌도의 가신들을 사냥하느라 많은 개들과 함께 여기저기의 숲들을 훑으며 숱한 상처를 입으면서도 그들의 다수를 죽이거나 패주시켰는데, 그것은 이 이야기와는 무관하다. 그 와중의 어느 해 질 녘 저녁에 발라들이 이후에

난 둠고르신, 어두운 우상들의 땅으로 불린 아르타노르 북부 지역의 어느 숲속 빈터로 그를 데려왔다. 그렇긴 해도, 그곳은 심지어 당시에도 침울하고 불길하며 어둑한 땅으로 그 음산한 나무들 밑으론 타우르푸인에 못지않게 공포의 그림자가 어슬렁거렸던바, 저 두 요정, 티누비엘과 베렌은 지치고 희망을 잃은 채 거기 누워 있었다. 티누비엘이 눈물을 흘렸지만 베렌은 손끝으로 칼을 만지작거리고 있었다.

후안은 막상 그들을 보자 그들의 사연은 조금도 들으려 하지 않고 곧장 티누비엘을 자신의 크나큰 등에 태우고 베렌에겐 자기 곁에서 최대한 빠르게 달리라고 일렀다. "오르크의 대부대가 신속히 여기로 다가오고 있으며 늑대들이 그들의 사냥감을 정찰하고 탐색하고 있으니까." 곧, 후안의 무리가 에워싸고 달리는 가운데 그들은 저 멀리 틴웰린트 일족의 본거지로 향하는 빠르고 비밀스러운 길을 따라 황급히 달렸다. 이렇게 해서 그들은 용케도 적의 무리를 피했지만 그럼에도 나중엔 유랑하는 악의 졸개들을 숱하게 마주쳤다. 베렌은 티누비엘을 끌고 갈 뻔했던 오르크 하나를 베어 버리는 무용을 발휘하기도 했다. 여전히 추격이 바싹 따라붙는 것을 보고 후안은 또 한 번 그들을 꼬불꼬불한 길로 이끌었다. 아직은 그들을 똑바로 숲요정들의 땅으로 데려갈 엄두가 나지 않았던 것이다. 그렇지만, 그의 인도가 아주 교묘했던지라 여러 날 후 드디어 추격은 멀찌감치 떨어져 나갔으니, 그들은 오르크 떼들의 어떤 기미도 보거나 듣지 못했다. 고블린들이 불쑥 덮치는 일도 없었고, 일부 사악한 늑대들의 울부짖는 소리가 밤공기에 실려 오지도 않았다. 아마도 이미 그들이 궨델링의 마법 권역—악으로부터 길들을 숨기고 숲요정들의 거처를 위해로부터 지키는—속으로 들어선 때문인 듯했다.

그러자 티누비엘은 아버지의 궁전에서 도망친 이후로 하지 못했던 것과는 달리 또다시 안도의 숨을 내쉬었고, 베렌은 속박된 신세의 마지막 쓴맛이 사라질 때까지 앙반드의 어둠에서 멀리 떨어진 햇살 속에서 쉬었다. 초록 잎사귀들 사이로 떨어지는 빛, 청결한 바람의 속삭임 그리고 새들의 노래 덕분에 그들은 또 한 번 두려움을 온전히 떨쳐 냈다.

그럼에도 불구하고 불현듯 마음에 떠오른 행복한 꿈에서 벗어나는 이처럼 베렌이 깊은 잠에서 깨며 후다닥 튀어 일어나는 날이 마침내 다가왔으니, 그는 이렇게 말했다. "오, 안녕, 후안, 참으로 믿음직한 동지여. 그리고 잘 가시오, 그대, 나의 사랑하는 귀여운 티누비엘이여. 내가 그대에게 부탁할 것은 오직 이뿐이오. 이제 곧장 안전한 그대의 집으로 가시오. 착한 후안이 그대를 안내해 줄 것이오. 하지만 나는, 보다시피, 나는 숲의 고독 속으로 떠나야만 하오. 나는 내가 지녔던 저 실마릴을 잃어버렸고, 결코 더는 앙가만디에 접근할 엄두가 나지 않는 만큼 틴웰린트의 궁전에도 들어가지 않겠소." 이윽고 그가 스스로를 한탄하여 눈물을 흘리자 늘 가까이 있으며 그의 상념에 귀 기울여 왔던 티누비엘이 곁에 다가와 말했다. "아니에요, 이제 내 마음이 바뀌었어요. 만약 그대가 숲에 머문다면, 오 베렌 에르마브웨드여, 나도 그렇게 할 것이고, 만약 그대가 인적 없는 곳들을 떠돌 생각이라면 나 또한 거기를 떠돌겠어요, 그대와 함께든 혹은 그대를 찾아서든 말이에요. 그렇지만, 아버지는 결코 다시는 나를 보시지 못할 거예요, 그대가 나를 그에게로 데려가지 않는 한." 베렌은 그녀의 살가운 말에 무척 감동하여 황야의 사냥꾼으로 그녀와 함께 살고 싶은 마음이 굴뚝같았지만, 그녀가 자신으로 인해 겪은 그 모든 고난에 마음이 아린 나머지 그녀를 위해 자신의 자존심은 걷어치웠다. 그녀는 고집을 피우는 것은 어리석은 일이며 아버지는 딸이 아직 살아 있는 것에 감지덕지해 그들을 기쁘게만 맞이할 거라 말하여 그를 설득하고는 "어쩌면, 아버지는 자신의 실없는 농지거리 때문에 그대의 고운 손이 카르카라스의 아가리 속으로 들어간 것을 부끄러워하실 거예요." 그녀는 후안에게도 그들과 함께 잠시나마 돌아가자고 간청했다. "아버지께선 당신에게 아주 큰 빚을 지신 거예요. 자기 딸을 조금이나마 사랑하신다면 말이에요."

이리하여 그 셋은 다시 한번 함께 길을 나서 드디어 일족의 거처들과 자신의 보금자리인 깊은 궁전에서 가까운, 그녀가 익히 알고 사랑한 삼림지로 돌아왔다. 그런데, 그들은 궁전으로 다가들면서도 저 백성들에겐 오랜 세월 동안 없었던 두려움과 동요가 있다는 것을 알았다. 문간에서 우는 어떤 이에게 물었더니 티누비엘이 몰래 도망친 그날 이후로 그들에게는 액운이 닥쳤다는 것이었다. 아닌 밤에 홍두깨 격으로, 깊은 시름에 휩싸인 왕은 예의 신중함과 총기가 떨어져 그 처녀를 찾느라 전사들을 이곳저곳의 꺼림칙한 숲들 깊숙한 데까지 내보냈는데, 그중 많은 수가 죽거나 영구 실종되었으며 북쪽과 동쪽의 모든 국경 부근에서 멜코의 부하들과 전쟁이 벌어져 백성들은 저 아이누가 군사를 일으켜 자신들을 완전히 분쇄하러 닥치면 궨델링의 마법으로도 오르크 대군을 막을 수 없을까 봐 크게 두려워했다. "보시오, 지금의 재앙이야말로 역대 최악인 것이, 궨델링 여왕은 저만치 따로 앉아 미소도 없고 말도 없이 이를테면 퀭한 눈으로 아득히 먼 곳만 바라보고 그녀의 마법의 망은 숲들 주위로 가냘프게 흩날릴 뿐이며 또 그 숲들은, 다이론이 돌아오지 않아 그의 음악이 어느 숲속 오솔길에서도 들리는 법 없어 을씨년스럽기만 하오. 우리의 온갖 흉보凶報들 중에서도 으뜸이 뭐냐면, 거악의 궁전으로부터 사악한 영으로 가득 찬 거대한 회색 늑대 하나가 마구 날뛰며 우리에게 들이닥쳐 어떤 숨겨진 광기의 채찍에 부대끼는 것처럼 난리를 쳐 대니 누군들 안전하지 못하다는 것이오. 이미 그는 물어뜯고 왜장치며 마구잡이로 숲들을 헤집고 다니면서 숱한 이들을 죽인지라 왕의 궁전 앞을 흐르는 개울의 양편 둑은 그 자체가 위험의 잠복처가 되고 말았소. 그 으스스한 늑대가 가끔씩 물을 마시러 거기로 오는데, 핏발 선 두 눈에 축 늘어진 혓바닥의 그 형상은 숫제 악의 제왕 같았고, 어떤 내부의 불길이 그 몸뚱어리를 집어삼키는 것처럼 물에 대한 갈증을 결코 끊지 못했소."

그런 소식을 듣고 티누비엘은 동족에게 닥친 불행에 통탄했으며, 무엇보다도 다이론의 이야기에 가슴이 에였다. 그것에 관해선 스치는 말로라도 들은 적이 전혀 없기 때문이었다. 그럼에도, 그녀로선 베렌이 결코 아르타노르의 땅에 오지 않았더라면 좋았으련만이라고 한탄할 수는 없었으니, 그들은 함께 서둘러 틴웰린트에게로 갔다. 벌써, 숲요정들은 티누비엘이 그들 속으로 무사히 돌아왔으니 해악은 끝난 것으로 여기는 것 같았다. 정녕코, 그들로선 그런 일이 있으리라곤 좀체 기대하지 못했던 것이다.

티누비엘이 거기 들어와 어두운 안개의 옷을 벗어 던지고 예의 진주처럼 눈부시게 빛나는 모습으로 앞에 서자 깊은 수심에 잠겼던 틴웰린트 왕은 언제 그랬냐 싶게 기쁨의 눈물을 하염없이 흘렸고 궨델링은 환희에 차서 다시 노래를 불렀다. 한동안 어전은 환희와 경탄 일색이었는데, 마침내 왕이 베렌에게 눈길을 돌리며 말했다. "그래, 자네도 돌아왔구먼. 자네가 내 땅에 끼친 온갖 해악에 대한 보상으로 어김없이 실마릴 하나를 갖고 왔을 테지. 만약 그렇지 않다면 나는 자네가 뭣 때문에 여기에 온 건지 모르겠네."

그에 티누비엘이 발을 구르며 외치니 왕과 그 주변의 모든 이가 그녀의 대담무쌍한 새로운 분위기에 놀랐다. "부끄러운 줄 아세요, 아버지. 보세요, 아버지의 실없는 농지거리 때문에 어두운 곳들로 내몰려 더러운 종살이를 하다 발라들의 가호를 입어 비참한 죽음을 면한 용자勇者 베렌이 여기 있어요. 그를 매도하기보다는 그에게 보답하는 것이 엘다르의 왕다운 처사일 거라고 저는 생각해요."

"아니오" 하고 베렌이 말했다. "왕이신 그대의 부친께는 그럴 권리가 있으시오. 폐하, 지금에도 저는 제 손에 실마릴 하나를 갖고 있나이다."

"그렇다면 내게 보이라" 하고 왕이 깜짝 놀라 말했다.

"그렇게 할 수가 없나이다" 하고 베렌은 말했다. "제 손이 여기 있지 않기 때문입니다" 하고 말하며 그는 불구가 된 자신의 팔을 내밀었다.

그러자 왕은 그 굳세고도 정중한 품행에 그에게 동정을 보이고 베렌과 티누비엘에게 둘 중 누구에게 일어났든 모든 것을 말하라고 일렀다. 베렌의 말뜻을 온전히 이해할 수 없었기에 그로서는 경청하고 싶은 마음이 간절했던 것이다. 그러나 모든 곡절을 듣고 나자 베렌에 대한 그의 동정은 한결 더했으며, 또 그는 티누비엘의 가슴에 깨어난 사랑에 놀랐다. 그 사랑으로 인해 그녀는 앞뒤를 가리지 않는 대담무쌍함으로 동족의 그 어떤 전사보다도 더 큰 위업을 이루었던 것이다.

"결코 다시는" 하고 그가 말했다. "오 베렌이여, 부탁건대, 이 궁전도 티누비엘의 곁도 떠나지 말게. 그대는 위대한 요정이며 그대의 이름은 친족들 가운데서 언제까지나 위대할 테니까." 그렇지만 베렌은 당당하게 그에게 대답했다. "아니올시다, 오 왕이시여, 저는 저와 당신 사이의 약속을 지켜 당신께 저 실마릴을 안겨 드리고 나서야 당신의 궁전에서 언제까지나 평화로이 거하겠나이다." 그에 왕은 더는 저 어두운 미지의 영역으로 여행하지 말 것을 간청했지만, 베렌은 "그럴 필요는 없나이다. 잘 보소서, 저 보석은 지금도 당신의 동굴 가까이에 있습니다"라고 말하곤 그의 땅을 황폐하게 만든 저 야수가 바로 멜코의 성문을 지키는 늑대 문지기, 카르카라스라는 것을 틴웰린트에게 확인해 주었다. 이 사실을 모두가 아는 것은 아니었지만 베렌은 알았던바, 모든 사냥개들이 흔적과 발자취를 살피는 재주를 갖고 있지만 그중에서도 솜씨가 단연 빼어난 후안이 그에게 가르쳐 주었던 것이다. 실로, 목하 후안이 베렌과 함께 궁전에 자리한 만큼 저 둘이 추격과 일대 사냥을 운위했을 때 자신도 그 무공에 함께하기를 간청했고 그것은 기꺼이 수락되었다. 이제 저 셋은 모든 백성이 그 늑대의 공포에서 벗어나며, 베렌이 실마릴을 가져와 요정나라에서 다시 찬연히 빛나게 해 자신의 약속을 지키게끔 저 야수를 공격할 채비를 했다. 틴웰린트 왕이 친히 그 추격을 이끌었고 베렌이 그의 곁에 섰으며 왕의 총사령관인 묵직한손 마블룽이 벌떡 일어나 창 하나—저 멀리의 오르크들과의 전투에서 획득한 강력한 무기였다—를 꼬나 잡았다. 이들 셋과 더불어 개들 중에서 가장 힘센 후안이 성큼성큼 걸었던바, "지옥의 늑대라 하더라도 그놈을 베는 일에 넷이면 충분하다"고 말한 왕의 뜻에 따라 그들은 다른 이들을 덧붙이려 하지 않았다. 하지만, 저 야수가 그 얼마나 무시무시한지는 오로지 제 눈으로 직접 본 자들만 알았으니, 그 크기가 인간들 속의 말馬만큼 했거니와 작열하듯 뜨거운 그 숨결은 닿는 것은 무엇이든 그슬려 버릴 만큼 엄청났다. 그들은 해 뜰 무렵에 출정했는데 얼마 안 되어 후안이 왕의 성문에서 멀지 않은 개울 곁에서 새로운 발자국 하나를 찾아내더니 "이것은 카르카라스의 발자국이오"라고 말했다. 그 후로 그들은 온종일 그 개울을 뒤졌는데, 양쪽 둑의 많은 곳이 새로이 짓밟혀 뜯겼고 부근 웅덩이들의 물은 마치 광기에 사로잡힌 어떤 야수들이 얼마 전에 거기서 마구 뒹굴며 싸운 것처럼 엉망진창이었다.

이제 해는 떨어져 서쪽 나무들 너머로 뉘엿뉘엿해 가고 히실로메로부터 어둠이 내려 깔리고 있어 숲의 빛은 사라졌다. 그렇더라도 그들은 자취가 개울에서 빗나가거나 아마도 개울물 속에 사라져 후안이 더는 자취를 좇을 수 없을 한 곳에 다다랐다. 따라서 그들은 여기 진을 치고 개울가에서 번갈아 잠을 잤고, 이른 밤은 그렇게 흘러갔다.

베렌이 불침번을 서고 있을 때 느닷없이 저 멀리서 소스라치게 무서운 소리가 솟구쳤다. 발광한 일흔 마리의 늑대들이 울부짖는 소리 같았다. 한데, 보라! 그 공포의 대상이 접근하면서 덤불이 으스러지고 어린나무들이 뚝뚝 부러졌다. 베렌은 카르카라스가 그들을 덮쳐 오고 있음을 알았다. 그에게 다른 이들을 깨울 겨를이 없었음에도, 그들은 잠이 덜 깬 채로 가까스로 벌떡 일어났다. 그 순간 거기에 스며드는 깜박이는 달빛 속에 거대한 형체 하나가 아련히 떠올랐다. 그것은 미친 듯이 질주하고 있었는데, 그 진로는 개울물 쪽이었다. 그걸 보고 후안이 마구 짖자 그 야수는 방향을 틀어 그들을 향했는데, 그의 아가리에선 거품이 뚝뚝 떨어지고 있었고 눈에선 시뻘건 빛이 번쩍였으며 얼굴은 공포와 분노가 뒤섞여 흉측하게 일그러져 있었다. 그가 나무들을 벗어나자마자 후안이 대담무쌍하게 그에게 달려들었다. 그러나 그는 한 번의 엄청난 도약으로 그 거대한 개의 머리 위를 훌쩍 뛰어넘었다. 그 뒤에 선 베렌을 알아보고 순식간에 그의 모든 격정이 그를 겨눠 타올랐던바, 그의 우매한 생각엔 자신의 모든 고통의 원인이 거기 있는 것 같았다. 곧이어 베렌이 날래게 창으로 그의 목덜미를 치켜올려 찌르고 후안이 다시 뛰쳐 올라 그의 뒷다리 한 쪽을 물자 카르카라스가 돌멩이처럼 무너졌다. 바로 그와 동시에 왕의 창이 그의 심장을 꿰뚫었던 고로, 그의 사악한 영이 분출해 힘없이 울부짖으며 어두운 산지를 넘어 만도스로 쏜살같이 내달렸다. 그동안에도 베렌은 그 육신에 짓눌린 채 밑에 깔려 있었다. 이에 그들은 그 시체를 뒤로 굴리곤 그것을 갈라 열기 시작했지만 후안은 피가 흐르는 베렌의 얼굴 부위를 핥았다. 이내, 베렌의 말이 참이라는 게 명백해졌다. 마치 거기에 내부의 불길이 오래도록 들끓었던 듯 그 늑대의 오장육부는 반쯤 타 버린 상태였다. 마블룽이 그 실마릴을 꺼내자 일순에 밤은 어슴푸레하고 비밀스러운 색채들이 스민 불가사의한 광채로 가득 찼다. 이윽고 그가 그것을 내밀며 "보소서, 오 왕이시여" 하고 말했으나 틴웰린트는 "아니야, 베렌이 그것을 내게 주지 않는 한 결단코 나는 그것에 손대지 않을 것이다"라고 말했다. 그 와중에, 후안이 "우리가 속히 그를 돌보지 않는다면 그런 일은 결코 있을 것 같지 않소. 내가 보기에 그는 중상을 입었소"라고 말하자 마블룽과 왕은 그만 머쓱해지고 말았다.

그 말에 따라 이제 그들이 베렌을 조심스럽게 일으켜 돌보고 씻기자 그가 숨을 쉬긴 했지만 말을 하지도 눈을 뜨지도 않았다. 해가 떠오르고 그들도 좀 쉬고 났을 때 그들은 나뭇가지로 엮은 들것에 올린 그를 최대한 조심스럽게 옮겨 도로 삼림을 헤치고 나아가 정오경 일족의 본거지 가까이로 이르렀다. 그때쯤엔 그들도 녹초가 된 상태였고, 베렌은 움직임도 말도 없이 신음 소리만 세 번 냈다.

그들이 다가온다는 소식이 널리 퍼지자 모든 백성이 그들을 배웅하러 몰려들었는데, 일부는 그들에게 음식과 찬 음료 그리고 그들의 상처를 치유할 고약과 약제를 가져왔다. 베렌이 입은 부상만 빼면 그들의 기쁨은 정녕 엄청난 것이었다. 그다음에 그들은 그가 드러누운 잎 많은 나뭇가지들을 부드러운 옷가지로 덮어 왕의 궁전으로 운반해 갔는데, 거기선 티누비엘이 온 마음을 졸이며 그들을 기다리고 있었다. 그녀가 베렌의 가슴 위로 엎어져 울며 그에게 입을 맞추자 그가 깨어나 그녀를 알아보았고, 마블룽이 저 실마릴을 건네주자 그는 그것의 아름다움을 황홀하게 쳐다보며 자신의 머리 위로 치켜든 다음 천천히 그리고 통증을 느끼며 말했다. "보십시오, 오 왕이시여, 저는 당신께 당신이 바라 마지않았던 참으로 놀라운 보석을 드립니다만, 그것은 길가에서 주운 하찮은 것에 불과하기도 합니다. 일찍이 저는 당신이 그것보다 상상도 하지 못할 만큼 아름다운 보석을 가졌다고 생각했던바, 이제 그녀는 제 것입니다." 그렇지만, 그가 그리 말하는 바로 그 참에 만도스의 어둠이 그의 얼굴에 드리워졌고, 그의 영이 그 즉시 세상의 가장자리로 쏜살같이 내달리니 티누비엘의 애틋한 입맞춤도 그를 되불러 내진 못했다.

※

[여기서 갑자기 베안네는 말을 그치고 눈물을 흘리고는 잠시 후 이렇게 말했다. "아니, 저것으로 그 이야기가 끝나는 것은 아니지만 내가 제대로 아는 것이라곤 여기서 끝나오." 뒤이은 대화에서 아우시르라고 하는 이가 이렇게 말했다. "내가 듣기론, 티누비엘의 애틋한 입맞춤의 마법이 베렌을 치유해 그의 영을 만도스의 성문에서 불러냈고, 그는 길잃은요정들 속에서 오래도록 살았어요⋯⋯."]

그러나 또 다른 이는 이렇게 말했다. "아니야, 오 아우시르, 그게 그렇지 않다고. 만약 네가 귀 기울여 듣겠다면, 내가 참되고도 놀라운 얘길 들려주지. 베안네가 말한 그대로 베렌은 거기 티누비엘의 품에서 죽었고, 티누비엘은 비탄에 잠겨 온 세상 어디서도 위안이나 빛을 찾지 못하고 모두가 홀로 밟아 가야만 하는 저 어두운 길들을 따라 곧장 그를 뒤따랐어. 자, 그녀의 아름다움과 애틋한 성품은 만도스의 냉혹한 가슴조차도 움직였으니, 그는 그녀가 베렌을 인도해 다시 한번 세상 속으로 가는 것을 허락했어. 이후론 인간이나 요정에게 이런 일이 결코 없었으니까 만도스의 어좌 앞에서의 그녀의 기구祈求에 관한 노래와 이야기가 숱하게 있는 거야. 그것들을 내가 아주 똑똑히 기억하진 못하지만 말이야. 한데, 만도스는 저 한 쌍에게 이렇게 말했지. "자, 오 요정들이여, 내가 너희를 예서 내보내 살게끔 하는 것은 완벽한 기쁨의 삶이 아니니라. 사악한 심보의 멜코가 틀고 앉은 그 세상에선 어디서고 그런 것을 찾을 수 없을 테니까. 그리고 너희는 인간들과 똑같이 죽을 수밖에 없으리라는 것을 알아 두라. 너희가 다시 여기로 올 때면 신들이 너희를 정녕 발리노르로 소환하지 않는 한, 그것은 영원한 것일지니라." 그럼에도 불구하고, 저 한 쌍은 서로의 손을 잡고 떠나 북부의 숲들을 함께 돌아다닌 바, 그들이 구릉지를 따라 마법의 춤을 추는 모습이 간간이 보였으며 그들의 이름은 드넓리 떨쳐졌지."

[그러자 베안네가 말했다.] "옳거니, 그리고 그들은 춤만 춘 게 아니오. 그들의 이후 행적이 아주 위대했던 고로, 오 에리올 멜리논이여, 다음 번 이야기 시간에 들어야 할 그에 관한 얘기가

숱하다오. 이쿠일와르손, 즉 다시 사는 사자死者들이란 이름의 이야기들이 바로 이 한 쌍에 관한 것인데, 그들은 시리온강 북부 주변의 땅에서 대단한 요정이 되었소. 자, 이번 참의 이야기는 이것으로 끝이오. 마음에 들었소?"

[그 물음에 에리올이 베안네 같은 분에게서 그처럼 놀라운 이야기를 들을 줄은 생각도 못 했노라고 말하자 그녀는 이렇게 대답했다.]

"그렇지가 않소, 난 그것을 나 자신의 말로 지어낸 게 아니오. 하지만 그것은 나에게 소중하며—실로, 모든 아이들이 그 이야기 속의 행적들에 대해 알잖소—또 나는 위대한 책들에서 그것을 읽으면서 달달 외우게끔 되었어도 그 속에 담긴 모든 걸 이해하진 못하오."

*

1920년대 동안 내 아버지는 투람바르와 티누비엘의 잃어버린 이야기들을 운문으로 옮기는 일에 몰두했다. 이 시詩들 중 첫째로, 고대 영시의 두운체頭韻體 가락에 실린 「후린의 아이들의 노래」는 1918년에 시작되었지만, 완성에 한참 못 미친 상태에서 그는 그것을 작파하고 말았다. 십중팔구 아버지가 리즈대학교를 떠날 무렵이었을 것이다. 1925년 여름 옥스퍼드대학교의 앵글로색슨어 교수로 부임했을 때 그는 「레이시안의 노래」로 불린 '티누비엘의 시'를 시작했다. 그는 이것을 '구속으로부터의 해방'으로 번역했지만 그 제목에 대해 설명한 적은 일절 없었다.

아버지답진 않지만 주목할 만한 점으로, 그는 많은 지점에 일자를 끼워 넣었다. 그중 첫째로 557행—시 전체의 행 매김으로—의 것은 1925년 8월 23일이고, 1931년 9월 17일로 표시된 마지막 것은 4,085행의 맞은편에 적혀 있다. 여기서 멀리 나아가지 않은 4,223행에서 그 시는 중단되었는데, 이야기 속의 지점으로는 베렌이 앙반드에서 도주할 때 '카르카로스의 엄니들이 올가미처럼 와락' 실마릴을 쥔 그의 손을 덮친 대목이다. 결코 쓰이지 않은 그 시의 나머지에 대해선 산문으로 된 개요들이 남아 있을 뿐이다.

1926년에 아버지는 자신의 많은 시를 버밍엄 소재 에드워드 왕립학교 시절의 은사 R.W. 레이놀즈에게 보냈다. 그해에 그는 「'후린의 아이들'에 특별히 연관된 신화 스케치」라는 제목의 실속 있는 텍스트를 지었고, 나중에는 이 원고를 담은 봉투에다 이 텍스트가 '원본 실마릴리온'이며 '투린과 용에 관한 "두운체 판본"의 배경을 설명할' 목적으로 레이놀즈 선생을 위해 쓴 것이라고 적었다.

이 「신화 스케치」가 '원본 실마릴리온'인 까닭은 거기서부터 발달의 직선이 시작되었기 때문이다. 반면에 그것과 잃어버린 이야기들 간에 문체상의 연속성은 없다. 「스케치」의 내용은 그 이름이 시사하는 그대로 현재시제의 간결한 방식으로 짜여진 하나의 개요이다. 여기서 나는 베렌과 루시엔의 이야기를 가장 간략한 형태로 들려주는 그 텍스트 속의 대목을 제시한다.

「신화 스케치」로부터의 발췌 대목

모르고스의 권세가 한 번 더 뻗치기 시작한다. 그는 북부의 인간들과 요정들을 하나하나씩 타도한다. 이들 중 인간들의 이름난 우두머리 하나가 바라히르였던바, 그는 나르고스론드의 켈레고름의 친구였었다.

바라히르는 쫓겨 숨었다가 그 은신처가 누설되어 살해된다. 그의 아들 베렌은 무법자의 삶을 살다가 남쪽으로 도주해 어둠산맥을 넘고, 모진 고난을 겪은 후 도리아스에 이른다. 이런 사연과 여타의 모험은 「레이시안의 노래」에 전해진다. 그는 싱골의 딸, 티누비엘 '나이팅게일'—그가 루시엔에게 붙인 이름—의 사랑을 얻는다. 싱골은 그에게 조롱조로, 그녀를 아내로 맞으려면 모르고스의 왕관에서 실마릴 하나를 가져오라고 한다. 베렌은 이 일을 이루기 위해 떠났다가 사로잡혀 앙반드의 지하 감옥에 갇히지만 자신의 정체를 숨긴 채 사냥꾼 수에게 노예로 주어진다. 루시엔은 싱골에 의해 감금되지만 탈출해 베렌을 찾으러

간다. 그녀는 개들의 왕 후안의 도움으로 베렌을 구출해 앙반드로 들어가고 거기서 모르고스는 그녀의 춤에 홀려 결국 잠에 빠진다. 그들은 실마릴 하나를 얻어 탈출하지만 앙반드의 성문에서 늑대 문지기 카르카라스에게 막힌다. 그는 실마릴을 쥔 베렌의 손을 물어뜯고는 그것이 자신의 몸속에서 불타는 고통으로 광란한다.

탈출 후 그들은 숱한 방랑을 거쳐 도리아스로 돌아간다. 카르카라스는 숲들을 뒤져 노략질하며 도리아스로 난입한다. 뒤이어 도리아스의 늑대 사냥이 시작되고, 거기서 카르카라스는 살해되지만 베렌을 지키다 후안도 죽음을 맞는다. 하지만, 베렌은 치명상을 입고 루시엔의 품에서 죽는다. 일부의 노래에서는, 루시엔이 거룩한 어머니 멜리안의 권능에 힘입어 살을에는얼음마저 넘어 만도스의 궁정으로 가 그를 도로 데려왔다고 하지만, 또 다른 노래들에 따르면 만도스가 그의 사연을 듣고 그를 방면했다고 한다. 확실한 것은, 필멸자들 중에서 오직 그만이 만도스에서 돌아와 루시엔과 더불어 도리아스의 삼림과 나르고스론드 서쪽 사냥꾼의 고원에서 살면서 다시는 인간들과 말을 섞지 않았다는 것이다.

그 전설에 크나큰 변경들이 있었다는 것이 보이겠지만 즉각적으로 가장 뚜렷한 것은 베렌의 나포자가 바뀌는 것이고 이와 관련하여 우리는 사냥꾼 '수'를 마주친다. 「스케치」의 종결부에서 수는 모르고스의 '참모장'이고 '최후의 전투에서 도망쳐 여전히 어둠 속에 거하며 인간들을 타

락시켜 두려운 마음으로 자신을 숭배케 한다'고 기술된다.
「레이시안의 노래」에서 수는 요정 파수탑이 있는 시리온
강의 섬, 톨 시리온—후에 톨인가우르호스, 늑대인간들의
섬이 된—에 거한 늑대들의 왕이자 무시무시한 강령술사
로 부상한다. 그는 사우론이거나 사우론이 될 것이다. 테빌
도와 그의 고양이들의 왕국은 사라져 버렸다.

그러나 「티누비엘의 이야기」가 쓰인 후 눈에 띄지 않던
그 전설의 또 다른 의미심장한 요소가 떠올랐으니, 그것은
베렌의 아버지에 관한 것이다. "히실로메 북쪽의 어두컴컴
한 일대에서 사냥했던"(72쪽) 사냥터지기, 그노메 에그노
르가 사라졌다. 그런데, 방금 제시된 「스케치」로부터의 발
췌 대목에서 그의 아버지는 모르고스의 점증하는 적대적
권세에 쫓겨 숨었다가 그 은신처가 누설되어 살해된 "인간
들의 이름난 우두머리 하나", 바라히르였다. "그의 아들 베
렌은 무법자의 삶을 살다가 남쪽으로 도주해 어둠산맥을
넘고, 모진 고난을 겪은 후 도리아스에 이른다. 이런 사연
과 여타의 모험은 「레이시안의 노래」에 전해진다."

「레이시안의 노래」로부터의 발췌 대목

여기서 나는 모르고스에게 바라히르와 그 동지들의 은신처를 밀고한 고를림—불운아 고를림으로 알려진—의 배반과 그 여파를 기술하는 「노래」 속의 대목(1925년에 쓰임, 127~128쪽 참고)을 제시한다. 나는 여기서 이 시의 원문에 관련된 세부 사정이 매우 복잡하다는 것을 마땅히 언급해 두지만, 여러 단계에 걸친 그 전설의 서사적 발전상을 보여 주는 쉬이 읽을 만한 텍스트를 만드는 것이 이 책에서의 나의 (야심찬) 목적이기에 사실상 나는 그 목적을 혼란시킬 뿐인 이런 성격의 모든 세목을 무시했다. 그렇게 하지 않을 경우, 그 목적은 혼란스러워질 수밖에 없기 때문이다. 이 시의 원문 변천에 대한 설명은 내가 쓴 『벨레리안드의 노래』(『가운데땅의 역사』 제3권, 1985)에서 볼 수 있을 것이다. 이 책에 실린 「노래」로부터의 발췌본들은 내가 『벨레리안드의 노래』를 위해 마련한 텍스트로부터 그대로 따온 것이

다. 행수行數는 발췌본들의 행수일 뿐, 전체 시의 행수와는
무관하다.

　이어지는 발췌본은 「노래」의 제2편에서 따온 것이다.
그에 앞서, 베렌이 아르타노르(도리아스)로 들어올 무렵 북
부 땅에 대한 모르고스의 모진 전제專制, 그리고 드디어
"그 발길이 모르고스의 덫에 걸려들기"까지 숨어 지내던
바라히르, 베렌 및 나머지 열 명의 생존―모르고스가 여러
해 동안 사냥했지만 허사였던―이 서술된다.

　어느 밤 고를림은
　고생, 도주 및 불시 습격에 지쳐
　계곡에 숨은 친구들 몰래 만나고자
　불쑥 어두운 들판 위로 발길 돌리던 중
　안개 낀 별들 아래　　　　　　　　　　　　　　　5
　창백하게 드러난 농가를 보았다.
　온통 어두운 가운데
　꺼질 듯 말 듯 촐랑이는 촛불 한 가닥
　작은 창으로 삐져나왔다.
　언뜻 들여다보니,　　　　　　　　　　　　　　　10
　염원이 잠든 가슴 기만하는 깊은 꿈속인 양,
　아내가 스러지는 불가에서 사라진 그를
　한탄하는데, 그로선 제 눈을
　믿을 수 없더라. 허름한 입성,
　희끗해지는 머리칼, 핼쑥해지는 볼에서　　　　　　15

그녀의 눈물과 외로움 알았다.
'오래전 어둑한 지옥에 감금된 줄로만 알았던
아! 아리땁고 온화한 에일리넬이여!
귀히 여긴 모든 걸 잃은 저 느닷없던 공포의 밤에
나는 달아나기 전 칼에 베여 죽은   20
그대를 본 걸로 여겼거늘.'
그는 바깥 어둠 속에 아연히 바라보며
침울한 마음으로 이렇게 생각했다.
하나, 감히 그녀 이름 부르거나
그녀가 탈출해 산지 밑 이 먼   25
계곡까지 온 사연 묻기 전에
산지 밑에서 웬 큰 소리 들렸더라!
사냥 올빼미 하나 가까이서
불길한 목소리로 부엉부엉 울었다.
칙칙한 어둠 헤치며 그를 뒤밟아 쫓은   30
야생 늑대들의 울부짖음도 들렸다.
모르고스의 추격이 가차 없이 따라붙음을
그는 익히 알고 있었다.
그들이 에일리넬마저 죽일까 봐
그는 한 마디 말 없이 발길 돌려   35
한 마리 야생동물처럼
이리저리 방향 바꾸며
개울 돌바닥과 흔들리는 늪지 위로
꾸불꾸불 길을 잡아 나가

마침내 인가에서 멀리 떨어진   40
어느 은밀한 곳에서 얼마 안 되는
동지들 곁에 누웠다.
어둠이 짙어지다 엷어지곤 했지만
그는 잠들지 않고 계속 망보던 중
음침한 나무들 위 축축한 하늘에서   45
음울한 새벽이 기어오는 걸 봤다.
아내를 다시 볼 수만 있다면 그는
속박의 사슬마저 감수할 만큼
안락과 희망에의 애타는 그리움에 사로잡혔다.
하지만 주군에의 사랑과 혐오스러운 왕에 대한 증오,   50
외로이 시름에 잠긴 아리따운 에일리넬에 대한 고뇌,
그 사이를 오가며 아무리 생각한들 무슨 말을 하랴?

    그러다 마침내 숱한 날의 숙고 끝에
그 마음 돌변했으니
왕의 부하들을 찾아가   55
그는 용자勇子 바라히르의 소식과
밤이든 낮이든 그의 은신처와 요새를
어김없이 찾을 수 있는 정보로
혹여 용서를 얻을 수 있다면,
용서를 구하는 이 반역자를 부디   60
그들 주군에게 데려가 달라고 청했다.
이리하여 괘씸하기 이를 데 없는 고를림은

135

깊이 파인 어두운 궁전으로 인도되어

모르고스 앞에 머리 조아리고

진실이라곤 발붙일 데 없는   65

저 흉포한 가슴을 믿었도다.

모르고스 일러 말했다. "너는 틀림없이

아리따운 에일리넬 찾아

그녀가 거하며 너를 기다리는 거기서

두고두고 함께하며   70

더는 서로 갈라져 한숨짓지 않으리라.

이처럼 기쁜 소식을 전해 준 자에게

내리는 포상이니라, 오 친애하는 배반자여!

에일리넬은 여기 없나니,

그녀는 남편과 집을 잃은 채   75

소망과 욕구의 육신 잃은 망령으로

황천黃泉을 떠도는바,

네가 본 것이 바로 그것이로다!

목하 너는 고통의 문들을 지나

네가 한사코 바란 그 땅에 이르리니,   80

달 없는 안개 같은 지옥에나 내려가

네 에일리넬을 찾거라."

　　이렇게 고를림은 비참한 죽음을 맞아

꺼져 가는 숨결로 자신을 저주했고,

바라히르도 붙잡혀 살해되니   85

모든 위용威容이 허사였더라.
하지만 모르고스의 간지奸智는
언제까지나 낭패하고
또 적들을 완전히 압도하진 못한지라
악의가 공들여 만든 것을 도로 폐하며   90
여전히 싸우는 이들은 늘 있었도다.
이런 까닭에, 인간들은 모르고스가
고를림의 영혼 속인 극악한 환영 꾸며
외딴 숲에 존속한 쓸쓸하나마 끈질긴
희망을 망쳐 놓았다고 믿었다.   95
한데, 그날 베렌은 운 좋게도
밖으로 멀리 나가 오래도록 사냥하다가
날 저물자 동지들에게서 먼 낯선 데서 잤다.
잠 속에서 그는 무서운 어둠이
천천히 가슴에 다가듦을 느끼며,   100
음산한 산들바람에 나무들이
살풍경스레 굽은 걸 요상하다 여겼다.
잎사귀 하나 없는 나무들의
가지와 껍질에 가무잡잡한 까마귀들이
잎인 양 빽빽히 앉아 깍깍 울어 댔다.   105
울 때마다 각각의 부리에선 핏방울이 떨어졌다.
보이지 않는 거미줄이 그의 수족 휘감으니
마침내 그는 기진맥진해
물 고인 웅덩이 가에 누워 덜덜 떨었더라.

그런 중에, 저 멀리 파리한 물 위에　　　　　110
그림자 하나가 떨리더니 점차 커져
희미한 형체로 고요한 호수 위를
미끄러지듯 천천히 다가와
나직하고 슬프게 말했다.
"보라! 지금 여기 네 앞에 선 이는　　　　　115
배신당한 배반자, 고를림이라!
두려워 말고 다만 서두르라! 모르고스의 손가락들이
네 아비의 목을 죄어들고 있으니.
그가 너희의 밀회 장소, 너희의 비밀 소굴을 알고 있어."
그러고는 자신이 제안하고 모르고스가 실행한　　　　　120
모든 악행들을 털어놓았다.
이윽고 베렌은 즉각 잠에서 깨 칼과 활을 들고
가을 나무의 얼마 남지 않은 가지들을
칼날로 베는 바람처럼 쏜살같이 달렸더라.
마침내, 그가 뜨거운 격정으로 타오르는 가슴 안고　　　　　125
아버지 바라히르가 누운 곳에 다다랐으나,
너무 늦었다. 동터 오는 빛 속에서
사냥당한 이들의 본거지,
습지 속의 나무 우거진 섬이 보였는데,
새들이 느닷없이 떼 지어 솟구쳐　　　　　130
늪지의 새가 아님에도 요란하게 울고 있었다.
갈까마귀와 썩은 고기 먹는 까마귀가
오리나무들에 여러 줄로 앉아 있었다.

그중 하나가 깍깍대며

"하! 베렌이 너무 늦게 온 거야"라고 말하자   135

"너무 늦었지! 너무 늦었다고!" 하고 모두가 화답했다.

거기서 베렌은 아비의 유골을 묻고

그 위에 둥근 돌들을 쌓아 올리며

모르고스의 이름을 세 번 저주하면서도

얼음장 같은 가슴으로 울지 않았다.   140

    그다음 그는 습지와 들판과 산을 넘어

뒤를 쫓던 중 아래의 불길에서

뜨겁게 용솟음치는 어느 분수 곁에서

원수인 그 살인자들,

곧 왕의 흉포한 병사들을 발견했다.   145

거기서 한 놈이 웃으며 바라히르의 죽은 손에서

탈취한 반지 하나를 내보였다.

"여보게들, 잘 들어 봐, 이 반지는 말이야

저 멀리 벨레리안드에서 공들여 만들어진 걸로

이런 물건은 황금으로도 살 수가 없어.   150

들리는 말로는, 내가 죽인 바로 그 바라히르,

그 얼치기 강도가 오래전에

펠라군드를 도와 큰 전공을 세웠다는 거야.

그 말이 그럴싸한 게, 모르고스가

내게 그걸 되찾아오라 명했으니 말이야.   155

그런데, 그의 보고엔 그보다 값진

보물이 그득하잖아. 그런 탐욕이

그 대단한 주군에겐 걸맞지 않은 고로,

나는 바라히르의 손에는

아무것도 없었다고 공언할 참이야!"　　　　　　　　　160

한데, 그가 그리 말할 때 화살 하나가

휭 하고 날아드니 그는 가슴이 쪼개져 죽어 나자빠졌다.

제 명령을 어긴 자에게 자신의 적수가

대신 처벌의 일격 가했으니

모르고스에겐 기꺼운 일이었다.　　　　　　　　　　165

하지만 베렌이 샘 곁 저 야영지의

어느 돌 뒤에서 외로운 늑대처럼

미친 듯 뛰쳐나와 그 반지를 움켜잡고는

나머지가 분노와 격앙의 고함을

지르기도 전에 내뺐다는 것을 듣고는　　　　　　　　170

모르고스도 웃지 못했다.

베렌의 번쩍이는 갑옷은 난쟁이들이

쇠사슬로 교묘하게 만든 것이니

어떤 창으로도 꿰뚫을 수 없었으나,

베렌은 바위와 가시덤불 속으로 유유히 사라졌다.　　　175

그는 마법의 가호를 받은 시각에 태어난 고로,

그들이 기를 쓰고 추격했건만 종내

그 용맹한 발길이 나아간 길을 알지 못했더라.

　아직 바라히르가 살아 싸울 적에

지상의 가장 강인한 인간으로   180

대담무쌍한 베렌의 명성 쟁쟁했건만,

비탄으로 인해 이제 그의 영혼

캄캄한 절망으로 치달아 살아갈 낙이 없자

그는 고통을 끝내고자

칼이나 창, 검을 열망했고   185

두려운 거라곤 노예의 사슬뿐이었다.

그는 위험을 찾고 죽음을 쫓음으로써

자신이 구애한 운명을 피했고,

숨 막히게 경이로운 무공을 감행하여

그 영광 귀엣말로 널리 퍼진 고로,   190

그가 안개나 달 때문에 길 잃은 밤이나

벌건 대낮의 햇빛 아래

적들로 에워싸였을 때

언젠가 단신으로 이뤄 낸 위업들을 기리는 노래들이

해 질 녘이면 나직이 불려졌다네.   195

그가 북향의 삼림을 모르고스 족속과의

가차 없는 싸움과 모진 살육으로

그득 채울 때면 너도밤나무와 참나무,

그리고 모피, 수피 및 깃 달린 날개 지닌

많은 것들이 그를 저버리지 않는   200

듬직한 동지가 되었으니,

오랜 산과 황야의 돌 속에서만

거하고 떠도는 많은 영들이 그의 친구였도다.

그렇지만 무법자 신세는

좀체 좋게 끝나는 법이 없고,   205

모르고스는 세상이 이제껏 노래 속에 기록한

그 어떤 이보다 강대한 왕인지라

그는 그 널리 뻗치는 지혜로 자신에게 도전한 자를

서서히 그리고 어김없이 에워쌌더라.

이런즉, 드디어 베렌은   210

아비가 습지 아래 갈대의 애도 속에 누운

자신이 사랑한 땅과 숲에서

달아나지 않을 수 없었다.

한때 내로라하는 강골이었던 육신도

이끼 낀 돌 더미 아래 바스라지고 말았으니.   215

어느 가을밤 베렌은 벗 없는 북부를

살그머니 떠나 적의 감시망을 피해

조용히 나아갔다. 그의 숨겨진 활시위

더는 쌩하고 울리지 않았고

더는 짧게 깎은 화살도 날지 않았으며   220

더는 쫓기는 그의 머리도

하늘 밑 히스 위에 눕지 못했다.

안개 속에서 소나무들을 내다보는 달도,

헤더와 양치류 사이로 쉿 스치는 바람도

더는 그를 찾지 못했다.   225

쌀쌀한 대기 속 북부 주위로

은빛 불꽃으로 타오르는 별들,

까마득한 시절에 인간들이 이름 지은
불타는 가시나무(북두칠성—역자 주)가
그의 등 뒤에서 지곤   230
땅, 호수, 어둑해진 언덕
버려진 습지와 산 개울 위에서 빛났더라.

　　그는 공포의 땅에서 불길한 길들만 뻗은
남쪽으로 길을 잡았으니,
오직 가장 담찬 인간의 발만이   235
저 차가운 어둠산맥 넘을 수 있었으라.
그 북쪽 비탈에는 고난과 악
그리고 불구대천의 적들이 득실거렸고
뿌리가 기만으로 엮이고
달고 쓰린 물줄기들에 씻긴   240
험준한 봉우리와 네모 기둥 속에
남쪽 사면이 깎아지른 듯 솟았다.
깊숙이 갈라진 틈과 협곡 속에도
마법은 도사렸으니,
독수리들만이 살며 울어 대는   245
허공을 찌른 듯 아찔하게 높은 탑에서는
제아무리 예리한 눈으로도 닿을 수 없는
저 멀리에 벨레리안드가,
요정 땅의 경계 벨레리안드가
잿빛으로 가물거리는 게 어렴풋이나마 보였도다.   250

「퀜타 놀도린와」

「신화 스케치」 다음에는, 내가 '퀜타'('역사'란 뜻의 퀘냐 단어—역자 주)로 지칭할 이 텍스트가 내 아버지가 이룬 '실마릴리온'의 완전하고 완결된 유일본으로 (확실해 보이건대) 1930년에 만든 타자 원고이다. 그보다 앞서 작성된 초고들이나 개요들은 없으며 혹 있었다 하더라도 남아 있지 않다. 다만, 작품을 상당한 길이까지 진척시킬 동안 아버지가 「스케치」를 앞에 두고 있었던 것은 분명하다. 이 원고가 「스케치」보다 길고 또 '실마릴리온 문체'가 선명하게 나타남에도 불구하고, 이것은 어디까지나 하나의 압축본이고 하나의 간명한 설명일 뿐이다. 부제에는 에리올[앨프위네]이 쓴 『잃어버린 이야기들의 책』에서 가져온 '놀돌리 혹은 그노메들에 관한 간략한 역사'라고 적혀 있다. 상당한 길이지만 미완성 부분이 꽤 많은 장시長詩들이 그때도 당연히 현존한 상태에서, 아버지는 여전히 「레이시안의

144

노래」에 매달리고 있었다.

「퀜타」에서는 놀도르 군주인 핀로드의 아들 펠라군드의 등장에 따라 베렌과 루시엔의 전설에도 주요한 변화가 생긴다. 어떻게 이런 일이 생길 수 있었는지를 설명하기 위해 여기서 나는 이 텍스트로부터의 한 대목을 제시하겠지만, 그에 앞서 이름들에 대한 주석이 필요하다. 동쪽 끝머리의 눈뜸의 호수, 쿠이비에넨에서 시작된 요정들의 대장정에서 놀도르의 지도자는 핀웨였고, 그의 세 아들은 페아노르, 핑골핀 및 핀로드였으며 핀로드는 펠라군드의 아버지였다. (나중에는 그 이름들이 바뀌는바, 핀웨의 삼남이 '피나르핀'이 되고 '핀로드'는 그의 아들 이름이 되는데, 핀로드는 또한 '펠라군드'이기도 했다. 이 이름은 난쟁이들의 언어로 '동굴의 군주' 혹은 '동굴을 파는 자'를 뜻했는데, 그가 나르고스론드의 창건자였기 때문이다. 핀로드 펠라군드의 누이가 갈라드리엘이었다.)

「퀜타」로부터의 발췌 대목

이때는 노래 속에서 앙반드 공성이라 불리는 시절이었다. 당시엔 그노메들의 검이 모르고스의 파멸 공작으로부터 대지를 지켜 낸지라 그의 권세는 앙반드의 벽 뒤에 갇혀 있었다. 그노메들은 큰소리치기를, 결코 그는 그들의 포위망을 깰 수 없으며 그의족속 중 누구도 밖으로 나와 예전처럼 악행을 저지를 수는 없노라고 했다. [...]

그 시절에 인간들이 청색산맥을 넘어 벨레리안드로 들어왔으니 그들의 종족 가운데 가장 용감하고 아름다운 이들이었다. 그들을 발견한 것이 바로 펠라군드였으며, 그는 언제까지나 그들의 친구였다. 언젠가 그는 동부에 거하던 켈레고름의 손님이 되어 그와 함께 말을 타고 사냥에 나섰다. 그러나 그는 다른 이들에게서 떨어져 헤매다 밤 무렵 청색산맥 서편 기슭의 어느 계곡에 닿았다. 계곡 속에는 여기저기 불빛이 있었고 투박한 노랫소리도 들렸다. 펠라군드는 그것을 기이하게 여겼으니, 그 노랫말이 엘다르나 난쟁이들의 말이 아니었던 것이다. 처음엔 오르크들의 말이 아닌가 미심쩍어 했지만 그것도 아니었다. 거기엔 인간들 중의 강대한 전사 베오르의 백성이 진을 치고 있었고, 베오르의 아들이 용자 바라히르였다. 그들은 벨레리안드로 들어온 첫 인간들이었다. […]

그날 밤 펠라군드는 베오르 무리 중 잠자고 있는 자들 속으로 가 사그라져 가는 화톳불 곁에 앉았다. 망보는 자도 없어 그는 베오르가 한쪽에 치워 놓은 하프를 들고 어둠의 요정들에게서만 노랫가락을 배운 죽을 운명의 귀로선 결코 들어 본 적이 없는 음악을 연주했다. 그에 인간들이 잠에서 깨 귀를 기울이곤 크게 놀라워했다. 그 노래 속에는 아름다움뿐 아니라 위대한 지혜가 담겼던 데다 그것을 경청한 이의 마음이 지혜로워졌던 것이다. 이 때문에, 인간들은 놀돌리 중에서 처음 만난 펠라군드를 지혜라 불렀고, 또 그 이름을 따서 우리가 그노메들이라고 부르는 그의 종족을 현자들이라 불렀다.

베오르는 죽을 때까지 펠라군드와 더불어 살았고, 그의 아들 바라히르는 핀로드의 아들들의 가장 가까운 친구였다.

목하 그노메들에게 파멸의 때가 시작되었다. 권세가 커진 데다 아주 용맹한 기질에 어둠의 요정들과 인간들 중에 동맹군들도 무리도 많고 대담했던 고로 파멸이 닥치기까진 오랜 시간이 걸리긴 했지만 말이다.

하지만 그들 운명의 형세는 일거에 급변했다. 모르고스는 오래도록 비밀리에 자신의 군세를 준비해 왔었다. 어느 겨울밤 그가 엄청난 양의 화염을 방출하자 그것은 강철산맥 앞의 온 평원 위로 쏟아져 그것을 시커멓게 태워 황량한 폐허로 만들었다. 저 화형火刑 속에서 핀로드의 아들들이 거느린 그노메들이 숱하게 비명횡사했고, 그 연기는 모르고스의 적들에게 암흑과 혼돈을 일으켰다. 그 화공火攻에 잇따라 그노메들로선 일찍이 보거나 상상한 적이 없던 규모로 오르크의 검은 대군이 들이닥쳤다. 이렇게 모르고스는 앙반드 공성을 깨뜨리고 오르크들의 손으로 공성 부대들의 가장 용감한 이들을 대량 살육했다. 그의 적들, 그노메들, 일코린들 그리고 인간들은 산지사방으로 뿔뿔이 흩어졌다. 그는 인간들 대부분을 청색산맥 너머로 내몰았다. 다만, 어둠산맥 너머 히슬룸에 피난했던 베오르와 하도르의 자손들은 제외되었던바, 거기로는 아직 오르크들이 몰려오지 않았던 것이다. 어둠의 요정들은 남쪽으로 벨레리안드와 그 너머로 달아났지만 다수는 도리아스로 갔다. 그때 싱골의 왕국과 권세가 크게 강성해진 고로, 마침내 그는 요정들의 보루이자 의지依支가 되었다. 도리아스 국경 주위로 둘러쳐진 멜리안의 마법은 그의 궁정과 왕국을 악의 세력으로부터 막아 주었다.

모르고스는 소나무 숲을 점거해 그곳을 공포의 장소로 바꾸었고 시리온의 파수탑을 점령해선 그곳을 악과 위협의 요새로 만들었다. 거기에 모르고스의 심복으로 가공할 권능의 마술사이자 늑대들의 왕, 수가 상주했다. 그노메들의 두 번째 전투이자 첫 번째 패배였던 저 무시무시한 전투의 무거운 짐은 핀로드의 아들들에게 가장 혹독하게 닥쳤다. 앙그로드와 에그노르가 살해된 것이었다. 바라히르가 전 병력을 끌고 와 그노메들의 왕을 구하고 그의 주위로 창들로 방패막을 만들지 않았던들 펠라군드도 거기서 사로잡히거나 살해되었을 것이었다. 비록 입은 피해가 막심했지만 그들은 분투하여 오르크들을 떨치고 길을 열어 남쪽의 시리온습지로 도망쳤다. 거기서 펠라군드는 바라히르와 그의 모든 친족과 자손이 곤경에 처할 시 영원한 우정과 원조를 다짐하는 맹세를 하고 그 맹세의 증표로 바라히르에게 자신의 반지를 주었다.

그 후, 펠라군드는 남쪽으로 가 나로그강의 제방 위에 싱골의 방식을 본따 숨은 동굴 도시와 왕국을 창건했다. 그 깊은 일대一帶는 나르고스론드로 불렸다. 거기로 한때의 숨 돌릴 틈 없는 도주와 위태로운 방랑 끝에 오로드레스[핀로드의 아들이자 펠라군드의 아우]가 왔고, 그의 친구들인 페아노르의 아들들, 켈레고름과 쿠루핀도 함께 왔다. 켈레고름의 백성들이 펠라군드의 세력을 증대시켰지만, 그들은 도리아스 동쪽의 힘링언덕을 요새화하고 아글론협곡을 숨겨진 무기로 가득 쟁여 놓은 자신들의 친족에게 갔더라면 더 좋았을 것이었다. […]

[돌발화염의 전투] 이후 이 의심과 두려움의 시절에 많은 섬찟한 일이 벌어졌지만 여기서는 그중 몇 가지만 말하겠다. 베오르가 살해되었어도 바라히르는 모르고스에게 굴하지 않았다고 했지만, 그럼에도 그는 모든 땅을 빼앗겼고 백성들은 뿔뿔히 흩어져 노예가 되거나 죽었으며 그 자신은 아들 베렌과 열 명의 충직한 전사와 함께 무법자의 신세로 떠돌았다. 오랫동안 그들은

오르크들을 매복 공격하는 은밀하고 용맹스러운 무공을 떨쳤다. 하지만 결국엔, 루시엔과 베렌의 노래 초두에서 기술되듯이, 바라히르의 은거지는 발각되고 요행히도 그날 사냥하러 멀리 떠났던 베렌을 제외하곤 그와 그의 동지들 모두가 죽음을 맞았다. 그 후로 베렌은, 자신이 무척 좋아했던 새들과 짐승들로부터 얻은 도움을 빼곤, 무법자로 홀로 살았다. 그는 자포자기의 몸부림으로 죽음을 청했지만 이루지 못하고 오히려 도망자들과 모르고스의 숨은 적들의 은밀한 노래들 속에서 영광과 명성을 얻으니 그의 무용담은 심지어 벨레리안드까지 닿아 도리아스에도 퍼지기에 이르렀다. 드디어, 베렌은 자신을 추격하는 자들의 점점 죄어드는 포위망을 피해 남쪽으로 도주해 공포의 어둠산맥을 넘어 마침내 야위고 초췌한 몰골로 도리아스로 들어섰다. 거기서 그는 은밀히 싱골의 딸, 루시엔의 사랑을 얻고 그녀에게 티누비엘, 즉 나이팅게일이라는 이름을 지어 주었다. 멜리안의 딸인 만큼, 나무들 아래의 어스름 속에서 부르는 그녀의 노래가 아름다웠던 때문이다.

그러나 싱골은 대노하고 그를 업신여겨 내쳤지만 자기 딸에게 맹세를 했던지라 그를 죽이진 않았다. 그럼에도 불구하고, 그는 그를 사지로 보내고자 했다. 그는 곰곰 궁리하다 이루어질 수 없는 한 가지 원정을 생각해 내곤 이렇게 말했다. "만약 자네가 모르고스의 왕관에서 실마릴 하나를 내게 가져온다면, 나는 루시엔이 자네와 혼인하는 것을 허락할 것이다, 그녀가 그렇게 하겠다면." 그에 베렌은 이 일을 이루겠노라고 서약하곤 바라히르의 반지를 지니고 도리아스에서 나르고스론드로 갔다. 거기

서 실마릴 원정은 페아노르의 아들들이 했었던 맹세를 오랜 잠
에서 깨워 냈고 그와 동시에 그 맹세로부터 악이 싹트기 시작했
다. 펠라군드는 그 원정이 그의 힘으로는 어림없는 일이라는 것
을 알면서도 바라히르에게 했던 자신의 맹세 때문에 베렌에게
기꺼이 모든 도움을 주고자 했다. 하지만, 켈레고름과 쿠루핀은
백성들을 꼬드겨 그에 대한 반란을 선동했다. 그리 되자, 그들의
가슴에 흉측한 생각들이 되살아난바, 종가宗家의 혈통을 이어받
은 아들들로서 그들은 나르고스론드의 왕위 찬탈을 꾀했다. 그
들로선 싱골이 획득된 실마릴을 차지하느니 차라리 도리아스와
나르고스론드의 권력을 무너뜨리고자 했다.

하여, 펠라군드는 왕관을 오로드레스에게 물려주고 베렌은
물론이고 자신과 동고동락한 열 명의 충직한 전사와 함께 백성
들을 떠났다. 그들은 어느 오르크 무리를 요격해 살해한 다음 펠
라군드의 마법에 힘입어 오르크들로 위장했다. 그러나 그들은
파수탑—한때 펠라군드의 것이었던—에서 내다보던 수에게 발
각되어 심문을 당했고, 수와 펠라군드의 대결에서 그들의 마법
은 타도되었다. 이렇듯 요정이란 그들의 정체가 드러났지만, 펠
라군드의 주문呪文 덕분에 그들의 이름과 원정 목적은 숨겨졌
다. 그들은 수의 지하 감옥에서 오래도록 고문을 당했지만 그 누
구도 다른 이를 배신하지 않았다.

이 일절의 끝에서 언급된 맹세는 페아노르와 그의 일곱
아들이 서약한 것으로 「퀜타」의 표현으로는 "그들의 뜻
에 반해 실마릴 하나를 소지하거나 탈취하거나 보유한 자

는, 발라, 악마, 요정, 인간과 오르크를 불문하고 증오와 복수심으로 세상 끝까지 쫓겠노라"는 것이었다. 161쪽의 171~180행을 참고하라.

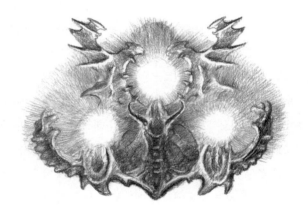

「레이시안의 노래」로부터의 두 번째 발췌

이제 나는 방금 「퀜타」에서 아주 압축된 형식으로 제시된 이야기를 들려주는 「레이시안의 노래」의 또 다른 대목(130~131, 132쪽 참조)을 제시한다. 다음의 시詩는 앙반드 공성이 이후에 돌발화염의 전투로 불린 것으로 끝나는 지점에서 따온 것이다. 내 아버지가 원고에 적어 놓은 일자들에 따르면, 그 대목 전체가 1928년 3월과 4월에 지어졌다. 246행에서 「노래」의 제6편이 끝나고 제7편이 시작된다.

어느덧 운명이 바뀌어 모르고스의
복수의 화염이 타오르고
그가 제 요새에서 은밀히 준비한
모든 완력이 솟구쳐 목마른평원을 휩쓸고
검은 대군이 그의 뒤를 따랐을 때   5
드디어 종말이 닥쳤노라.

　　모르고스가 앙반드 공성을 깨뜨리니

그의 적들은 불길과 연기 속에 흩어지고

그에 오르크들이 베고 또 베니

이윽고 잔혹하고 굽은 칼날마다　　　　　　　　　　10

이슬인 양 피가 똑똑 떨어졌다.

그에 용자 바라히르가 거대한 창과 방패 들고

전사들과 함께 부상당한 펠라군드를 도왔으라.

그들은 습지로 탈출하며

거기서 굳은 언약 맺었으니　　　　　　　　　　　15

펠라군드는 그의 친족과 자손에 대한

위급 시의 우의, 사랑과 구조를

온 마음으로 맹세했다.

하지만 핀로드의 네 자식 가운데

앙그로드와 의기양양하던 에그노르가 쓰러졌다.　　　20

그러자 펠라군드와 오로드레스는

남은 전사들과 처녀들,

어여쁜 아이들을 모아,

전쟁을 포기하고 남쪽 저 먼 곳에

은신처 겸 동굴 요새를 만들었다.　　　　　　　　25

나로그강 어귀가 우뚝 솟은 강둑으로 통하니

그것을 숨기어 가리고

눈에 잘 띄지 않는 침침한 나무들로

투린의 시절이 올 때까지 난공불락으로

방대하고 굳세게 버틴 강고한 문들을 세웠다.　　　30

거기서 쿠루핀과 가인佳人 켈레고름이

그들과 함께 오래도록 거할 동안

나로그강의 비밀스러운 궁전과 땅에는

그들의 지휘 하에 힘센 일족 자라났다.

　이렇듯 용자 바라히르에게 유대를 맹세한　　　　　　35

숨은 왕, 펠라군드는 여전히

나르고스론드를 다스렸다.

그동안 바라히르의 아들은 꿈결인 듯

추운 숲들을 헤치며 떠돌았더라.

그는 에스갈두인강의 어둡고 감춰진 물길 따라　　　　40

그 혹한의 물결이 시리온강,

바다로 장대하게 굽이쳐 드는

드넓고 유유하며 서리로 덮인

은백의 시리온강과 합류하는 데로 나아갔다.

　이제 베렌은 시리온강이　　　　　　　　　　　45

갈대 무성한 강둑들에 부대껴 갈라져

거대한 늪지를 흠뻑 적신 후

몇십 리에 걸쳐 물길이 길게 굽어 드는

지하의 방대한 틈들 속으로 뛰어들기 전

별빛 아래 불어난 물결을　　　　　　　　　　50

가라앉히는 물웅덩이들,

즉 넓고 얕은 못들에 이르렀다.

당시 요정들은 눈물처럼 잿빛을 띤 그 드넓은 수역을

움보스무일린, 황혼의 호수로 이름 지었으라.

거기서부터 베렌은 파수평원을   55

휩쓰는 세찬 빗줄기를 뚫고

서풍에 시달려 알몸의 꼭대기가

황량하고 을씨년스레 드러난

사냥꾼의 언덕을 보았으나,

번득이고 쉭쉭대며 호수로 떨어지는   60

끝없이 이어지는 빗발들의 연무 속에서도

그 구릉지 밑에 나로그강의 갈라진 물길이,

그리고 고원에서 굴러떨어지는 잉궐폭포 곁엔

경계를 게을리하지 않는

펠라군드의 궁전이 놓여 있음을 알았다.   65

나르고스론드의 그노메들은

물샐틈없는 경계로 호號가 났던바,

모든 언덕에 파수탑이 세워지고

물살 센 나로그강과 어슴푸레한 시리온강 사이의

평원과 모든 길들을 파수꾼들이 지키며   70

밤낮없이 경계의 눈초리를 번득이고,

백발백중의 궁수들은 숲들을 순찰하며

허락 없이 거기로 기어 오는 모든 자를

감쪽같이 사살했더라.

　　그럼에도 목하 베렌은 손에 은은히 빛나는   75

펠라군드의 반지를 지니고

그 땅으로 쑥 들어서서 이따금 이렇게 외쳤다.

"어떤 떠돌이 오르크나 밀정도 올 수 없는 여기에

한때 펠라군드가 친애했던

바라히르의 아들 베렌이 왔도다."   80

　그러자 그가 검은 옥돌들 위로 거품 일으키며

세차게 흐르는 나로그강의 동쪽 강변에 닿기도 전에

초록 차림새의 궁수들이 다가와 그를 에워쌌다.

그의 행색이 초라한 거지꼴이었음에도

그들은 그 반지를 보자 그 앞에서 머리를 조아렸다.   85

다음에 그들은 야음을 틈타

그를 북쪽으로 인도했으니,

나로그강이 나르고스론드의 성문 앞으로

쏟아지는 곳에는 여울목이나 다리가 없어

친구든 적이든 강을 건널 수 없기 때문이었다.   90

　그들은 짧은 황금빛 급류가 끝나며

나로그강에 합류할 때 깅글리스강이 에워싸는

거품 철벅이는 곶 모양의 땅 아래로

저 나로그강의 물줄기가 아직은 여리고 가늘게 흐르는

북쪽으로 가 거기서 강을 걸어서 건넜다.   95

거기서부터 그들은 이제 나르고스론드의

가파른 단구段丘들과 침침하게 드러난

거대한 왕궁으로 빠르게 나아갔다.

낮 모양의 달 아래 그들은 거기 어둑하게 걸린

육중한 돌과 거대한 재목을 깎아 만든 기둥과   100

상인방上引枋들이 달린 문들에 이르렀다.

157

금방 크게 벌어진 성문을 활짝 열어젖히고
그들은 펠라군드가 왕좌에 좌정한 곳으로
성큼성큼 걸어 들어갔다.

    베렌에게 건넨 나로그 왕의 말이 정겨웠던지라   105
이내 방랑 생활과 가슴속에 켜켜이 쌓인
온갖 숙원宿怨과 쓰디쓴 전쟁이 하염없이 풀려나왔다.
베렌이 도리아스에서의 사연을 말할 동안엔
그들은 문을 닫아걸고 아무도 들이지 않았다.
머리에 흰 들장미를 꽂은 채   110
아름답게 춤추던 루시엔을 회상하고
어스름 속에 그녀 주위에 별들이 내걸린 가운데
울려 퍼지던 그녀의 요정 목소리를 기억할 때는
말이 안 나와 그저 먹먹하기만 했다.
그는 마법으로 불 밝혀진   115
싱골의 경이로운 궁전을 언급하면서
분수들이 떨어질 때면 언제나 나이팅게일이
멜리안과 왕에게 노래를 부른다고 했다.
그는 싱골이 자신을 업신여겨
자신에게 지운 원정을 털어놓으며   120
일찍이 인간들 속에 태어난 그 어느 처녀보다도
아름다운 처녀, 티누비엘, 루시엔에 대한 사랑 때문에
자신은 타는 듯한 불모지도 마다 않고 가
필시 죽음과 지극한 고통을 겪어야만 한다고 했노라.

펠라군드가 큰 놀라움 속에 이런 말을 듣더니   125
마침내 침울하게 말했다.
"싱골은 그대의 죽음을 바라는 것 같네.
모두가 알듯이, 저 마법에 들린
보석들의 영원한 불길에는
끝없는 재앙의 저주가 들러붙어,   130
응당 페아노르의 아들들만이
그 빛을 다루고 다스릴 수 있네.
싱골은 자신의 보고 속에
이 보석을 간직하길 바랄 수 없으며,
또 그는 모든 요정들의 왕도 아닐세.   135
그러함에도 그대는 그것을 획득해야만
도리아스로 돌아갈 수 있다고 말하는 겐가?
실로, 그대의 발길 앞에는
무시무시한 길들이 숱하게 놓였으며
내가 잘 아는바, 그대가 모르고스를 제압하더라도   140
날래고도 모진 증오가 그대를 하늘에서 지옥까지
줄기차게 쫓을 걸세. 게다가 페아노르의 아들들은
할 수만 있다면 그대를 죽이려 들 것인데,
대체 그대가 어찌 싱골의 숲에 다다르거나
그의 무릎에 저 불덩이를 놓거나   145
그런대로 그대가 애틋하게 원하는 이를 취한다는 겐가.
보게! 켈레고름과 쿠루핀은
여기 바로 이 왕국 속에 거하면서도

핀로드의 아들인 내가 왕임에도 불구하고

막강한 권세를 쥐고   150

자기 백성의 다수를 이끈다네.

위급할 때마다 그들이 아직은

내게 우의를 내보였네만,

일단 그대의 무시무시한 원정을 안다면

그들은 바라히르의 아들 베렌에게   155

자비나 사랑을 내보이지 않을 거라네."

　　그가 참된 울림의 말을 했노라.

왕이 모든 백성에게 이 일을 알리고,

바라히르에게 했던 맹세와 더불어

오래전 북녘 전장에서   160

저 필멸의 방패와 창이

모르고스와 재앙으로부터

그들을 구해 준 사연을 얘기하자

많은 이들의 가슴엔 또 한 번 전의가 타올랐다.

그때 군중 속에서 펄쩍 뛰어올라   165

큰 목소리로 발언권을 청하는 이가 있었으니,

이글거리는 두 눈에 번득이는 머리칼과

빛나는 검을 지닌 의기양양한 켈레고름이었다.

그에, 모든 전사들이 그의 엄하고 단호한 얼굴을

빤히 쳐다봤고, 그 자리엔 깊은 침묵이 깔렸다.   170

    "친구든 적이든, 혹은 모르고스의 난폭한 악마,
요정, 죽을 운명의 아이든,
또는 여기 대지에 거하는 그 어떤 자든
그 어떤 법, 사랑, 지옥의 패거리,
신들의 힘, 영험한 주문도   175
실마릴을 탈취하거나 훔치거나 그것을 찾아내
보유하는 자를 페아노르의 아들들의
모진 증오로부터 지켜 줄 수 없도다.
신묘한 마법을 간직한 우리의 찬란한 보석 셋,
이것들은 오로지 우리만의 것이라."   180

    그는 힘차고 열광적인 말을 줄줄이 토해 냈던바,
예전에 툰에서 그 아비의 목소리가
그들 가슴에 격정을 불러일으켰듯
이제 그는 친구와 친구 사이의 전쟁을 슬쩍 비추며
군중에게 음산한 두려움과 뿌리 깊은 분노를   185
환기시켰다. 그러자 그들은 나로그의 주민들이
베렌과 함께 간다면 나르고스론드에
사자死者들 주위로 퍼질 피바다를,
위대한 싱골이 페아노르의 치명적인 보석을 얻는다면
그가 다스리는 도리아스에서 필시 일어날   190
전투, 폐허 및 재난을 마음속에 그려 보았다.
펠라군드에게도 그런 사태가 불을 보듯 뻔했기에
그는 자신의 맹세를 후회했고,

완력으로든 간계로든

모르고스의 소굴로 가는 것을   195

공포스럽고 절망적인 일로 여겼다.

형이 말을 그치자, 뒤이어

쿠루핀이 이런 참혹한 사태를

그들의 마음에 더욱더 각인시켰는데,

그가 그들을 어찌나 구워삶았던지   200

나르그의 그노메들은 투린의 시절 전까지는

두 번 다시 야전野戰 태세로

싸우러 나갈 엄두를 내지 못했더라.

은밀함, 매복, 밀정들 및 전승轉承의 마법으로,

매사에 조심스럽고 방심하지 않으며   205

무엇 하나 놓치지 않으려는

야생동물과 유령 같은 사냥꾼, 독 묻은 단창短槍,

보이지 않게 살며시 다가드는 수법이 결합된

무언의 포위망으로,

그리고 먹잇감을 온종일 조용한 발소리로   210

시야에서 사라질 때까지 가차 없이 뒤쫓다가

밤에 감쪽같이 죽이는 증오의 발걸음으로

이렇듯 그들은 나르고스론드를 방비했으며

쿠루핀이 교묘하게 그들 가슴속에 심은

모르고스에 대한 두려움 탓에   215

그들의 친족도 엄숙한 유대도 잊어버렸다.

그렇듯 저 분노의 날에 그들은 자신들의 주군,
펠라군드 왕의 말을 따르려 하지 않고
핀로드도 그의 아들도 신神은 아니잖냐고
볼멘소리로 투덜거렸다.   220
이 지경에 이르자, 펠라군드는 왕관,
나르고스론드의 은銀 투구를 벗어
발치에 내던지며 말했다.
"너희는 너희가 한 약속을 깰지 몰라도,
나는 내 약속을 지켜야만 하기에   225
이 자리에서 나는 왕국을 저버리노라.
만약 여기에 흔들리지 않거나
핀로드의 아들에게 충직한 마음들이 있다면,
그러면 나는 퇴짜 맞은 처량한 신세의 거지와는 달리
업신여김을 견디고 내 성문에서 발길 돌려   230
내 도성, 내 백성 그리고 내 왕국과 왕관을 떠나
나와 동행할 자를 하다못해 서넛은 얻으리라!"
이런 말을 듣고 그의 곁에 열 명의
훌륭하고 믿음직한 전사들이 잽싸게 섰으니,
그의 깃발 가는 곳이면 어디서든 싸운   235
그의 가병家兵들이었다.
그중 하나가 허리 굽혀 그의 왕관을 치켜들고 말했다.
"오 왕이시여, 목하 이 도성을 떠나면서도
당신의 정통正統 지배권을
잃지 않는 것이 우리의 운명이올시다.   240

당신을 대신할 섭정을 정하소서."
그에, 펠라군드가 오로드레스의 머리 위에
왕관을 얹으며 말했노라. "내 아우여,
내가 돌아올 때까지 이 왕관은 그대의 것이로다."
그제야 켈레고름은 더는 뻗대려 하지 않았고,   245
쿠루핀도 빙긋 웃고는 등을 돌렸다.

* * * * *

이리하여 거기 남은 열둘만이 감연히
나르고스론드를 나서
말 없는 은밀한 발길을 북쪽으로 틀어
저물어 가는 빛 속에 사라졌다.   250
나팔 소리 울리지 않고 노래하는 목소리 없는 채
그들은 정교한 쇠사슬 갑옷에
잿빛 투구와 칙칙한 외투를 걸쳐
시커메진 모습으로 남몰래 떠났다.
  그들은 나로그강의 세찬 물길을 따라   255
멀리 여행하다 이윽고 그 수원水源인
하늘거리는 폭포에 이르러 보니,
그 더럼 없는 눈석임물이 유리처럼 깨끗한
미광微光의 웅덩이를 수정 같은 물로
그득 채웠더라. 달빛 아래 어둠산맥의   260
휑하고 험악하며 핼쑥한,

어렴풋이 비추는 이브린호수에서
흔들리고 떨려 내리는 물이었다.

　　이제 그들은 오르크와 악마
그리고 모르고스의 힘에 대한 두려움을　　　　　265
몸소 맞닥뜨릴 영역 속으로 쑥 들어왔다.
그들은 고지대의 그늘진 삼림에서
숱한 밤을 망보며 기다렸던바,
이윽고 황급히 내닫는 구름에 달과 별자리가 가리고
가을을 여는 거센 바람이 나뭇가지에 윙윙대며　　270
잎새들이 나직이 와삭대는
어두운 회오리에 휩쓸려 뱅뱅 돌아가던 어느 때
멀리서 귀에 거슬리는 얄은 중얼거림이
들렸는데 그 목쉰 웃음소리는 다가오면서
일순 커지기도 했다.　　　　　275
다음에는 지친 대지를 쿵쿵 짓밟는
흉측한 발소리가 둔중하게 들렸다.
뒤이어, 그들은 음침한 붉은색의 많은 횃불이
이리저리 흔들리고 창과 언월도에 부딪쳐
번쩍이며 다가오는 걸 보았다.　　　280
그들은 거기 가까이에 숨은 채
가무잡잡하고 더러운 고블린의 얼굴을 한
오르크 무리가 지나치는 것도 보았다.
그들의 주위엔 박쥐들이 날았고

쓸쓸한 유령 같은 밤새, 올빼미가   285
저 위의 숲에서 울어 댔다.
그 목소리들이 희미해지고
돌과 쇠가 부딪치는 것 같은 웃음소리도
지나치며 스러졌다. 요정들과 베렌은
먹잇감을 찾아 농장을 몰래 파고드는 야수보다도   290
조용히 살금살금 그들의 뒤를 따랐다.
그렇게 그들은 깜박이는 화톳불과
햇불로 밝혀진 야영지에 몰래 다가가
타는 장작의 너울대는 붉은 불빛에 헤아려 보니
거기 앉은 오르크들이 꼬박 서른이었더라.   295
그들은 각기 나무 그림자에 몸을 숨긴 채
소리 없이 하나하나씩 조용히 둘러서서
각자가 천천히, 엄하게, 은밀하게
활을 굽혀 시위를 당겼다.

   들어 보라! 펠라군드가 고함을 내지르자   300
느닷없이 화살들이 윙하고 울리며 날아가니
순식간에 오르크 열둘이 고꾸라져 죽는 것을.
그에 그들이 활을 내던지고 내쳐 뛰어들었다.
눈부신 칼을 빼 들자마자 그 칼부림 날렵했도다!
급습당한 오르크들은 빛 없는 지옥 깊은 데서   305
길 잃은 것들마냥 아우성치고 비명을 내질렀다.
나무들 아래서 모질고 날랜 전투가 벌어졌건만

오르크는 단 한 명도 달아나지 못했더라.

그 떠돌이 무리는 거기서 목숨 저버리고

더는 비탄의 땅을 약탈과 살육으로 더럽히지 못했다.　　　310

함에도, 거기서 요정들은 악을 겪은 환희와

개가의 그 어떤 노래도 부르지 않았다.

그처럼 작은 오르크 무리가 단독으로

싸우러 나서는 법은 없는 고로,

자신들이 절박한 위험에 처했음을 알았던 게다.　　　315

그들은 신속하게 오르크들의 복장을 벗기고

시체들은 구덩이에 던졌다.

이 필사적인 계책은 펠라군드가

동지들을 위해 궁리한 것으로

오르크들로 위장하려는 것이었다.　　　320

　　그들은 적들이 갖고 다닌

독 묻은 창들, 뿔활들, 꼬부라진 검들을

탈취하고선, 각자가 치를 떨며

더럽고 역겨운 앙반드의 복장을 착용했다.

그들은 자신들의 손과 고운 얼굴을　　　325

거무칙칙한 안료로 문지르고, 고블린의 머리에서

검고 길게 늘어진 엉킨 머리카락을 잘라 내어

그것을 그노메의 솜씨로 한 올 한 올 이어 붙였다.

낭패감에 서로서로를 힐끗힐끗

곁눈질하며 각자는 진저리를 치며　　　330

양쪽 귀 언저리에 그 역한 것을 걸었다.

　다음에, 펠라군드가 천변만화의 주문을 읊자,

그 느릿느릿한 읊조림에 따라

그들의 귀는 흉측해지고

입은 쩍 벌어지고　　　　　　　　　　　　　　　　　335

하나하나의 이빨이 엄니처럼 변했다.

뒤이어 그들은 그노메식 의복을 숨기곤

한 명 한 명씩 어느새 그의 뒤에,

한때 아름다운 요정이자 왕이었지만

이젠 더러운 고블린 꼴을 한 자의 뒤에 줄지어 섰다.　　340

　그들은 북쪽으로 갔는데, 지나치는 오르크들을 만나도

오르크들은 통행을 저지하긴커녕

외려 반갑게 인삿말을 건네는 등,

그 먼 거리를 답파하면서 그들은 점차 대담해졌다.

　마침내 그들은 지친 발을 끌고　　　　　　　　　　345

벨레리안드를 넘어섰다.

잔물결 일고 파리한 은빛을 띤 시리온강의

날래고 쌩쌩한 유수流水가,

저쪽 계곡을 부리나케 관류했는데,

거기서 소나무 빽빽하고 길 없는 고지의 숲,　　　　　350

타우르나푸인, 즉 죽음 같은 밤은 음산하고 으스스하게

동쪽으로 서서히 떨어져 내리고 반면 서쪽으로는

북쪽으로 굽은 산맥이 잿빛으로 위압하듯 우뚝 솟아

서쪽으로 기우는 빛을 가로막았다.

그 계곡 속에는 언덕 하나가   355
거인들이 떠들썩하게 돌진해 지나칠 때
방대한 산맥에서 굴러떨어진 하나의 돌인 양
외딴 작은 섬처럼 외로이 서 있었다.
강에 휘감긴 그 기슭 주위로
개울 하나가 돌출된 모서리들을 움푹 파   360
동굴들을 만들어 내곤 두 줄기로 갈라졌다.
거기서 시리온강의 물결은 잠시 몸을 뒤채다
보다 깨끗한 건너편 기슭으로 내달렸다.
   거기에 지난 시절의 요정 파수탑 하나가
여전히 튼튼하고 아름다웠음에도   365
이젠 한쪽으론 창백한 벨레리안드를
위협하듯 험상궂게 응시하고
다른 쪽으론 계곡 북쪽 어귀 너머의
저 음산한 땅을 빤히 내다봤다.
거기서 목 타는 들판, 메마른 모래 언덕과   370
드넓은 사막이 흘끗 보였으며,
더 멀리로는 천둥이라도 칠 것 같은
상고로드림의 탑들을 못마땅하게 흘기는 듯
낮게 깔린 구름도 식별되었다.

   목하 저 언덕에 가장 사악한 자의   375
처소가 있었던바, 그는 잠드는 법 없는
불꽃 같은 두 눈으로 벨레리안드에서

거기로 이르는 길을 감시했다.

　　인간들은 그를 수라고 불렀지만,
훗날에는 그의 압제에 현혹된 나머지　　　　　　　　380
신처럼 섬겨 앞에서 머리를 조아리더니
급기야 그늘진 곳에 그를 받드는
소름 끼치는 사원을 만들었으라.
아직은 홀린 인간들의
경배의 대상은 아니었지만,　　　　　　　　　　385
목하 그는 모르고스의 최고 지배자요,
그 오싹하게 울부짖는 소리가 산지에
영구히 메아리치는 늑대들의 왕으로
못된 마법과 음험한 요술을 부리고 휘둘렀노라.
저 강령술사는 떼지어 몰려든 환영과 떠도는 유령,　　390
서출이거나 실패한 주문으로 낳은
괴물들의 대군을 마법으로 사로잡아
자신의 음험하고 비열한 분부를 수행케 했으니,
그들이 곧 마법사의 섬의 늑대인간들이었도다.

　　수는 그들의 접근을 모르지 않았다.　　　　　395
비록 그들이 어둑하게 걸린 나뭇가지들을 골라
숲 처마 밑으로 살며시 다가들었지만
그는 멀리서도 그들을 보고 늑대들을 분기시켰다.
"가라! 마치 뭐가 두려운 듯 이렇듯
수상하게 걸으면서도 모든 오르크의 습성과　　　　400

수명受命대로 와서 내게, 수에게
자신의 모든 행적을 알리지 않는
저 살금살금대는 오르크들을 내게 데려오라."

   그는 탑에서 유심히 내다보았고,
그들이 끌려올 때까지 기다리고 곁눈질하면서   405
그의 마음엔 의심과 골똘한 생각이 커 갔다.
이제, 그들은 늑대들에게 빙 둘러싸여 선 채
자신들의 운명을 두려워했다.
아아! 두고 온 땅, 나로그의 땅이여!
그들이 낙담해 머뭇거리며 발길을 옮겨   410
마법사의 섬에 이르는 비탄의 돌다리를 건너
거기 피로 얼룩진 돌로 만들어진 왕좌로
가야만 했을 때 곧 닥칠 재앙에
그들의 마음은 천근만근으로 무거웠다.

   "너희는 어디에 있었나? 무엇을 보았나?"   415

   "요정나라에, 그리고 눈물과 고난,
바람에 날리는 불길과 강물처럼 흐르는 피를,
이것을 보았사옵고, 거기에 있었는뎁쇼.
저희는 서른 명을 죽여 그 시체들을 어두운 구덩이 속에
던졌습죠. 저희가 헤쳐 온 길에는   420
갈까마귀들이 앉아 댔고 올빼미가 울어 댔습죠."

"자, 사실대로 말하라, 오 모르고스의 노예들이여,
그렇다면 요정나라에는 무슨 일이 있나?
나르고스론드의 사정은? 거기는 누가 다스리는가?
너희의 발은 저 왕국에 들어갈 용기가 있었던가?"   425

"저희는 그 국경까지만 갈 용기가 있었습죠.
거기는 가인佳人 펠라군드 왕이 다스립죠."

"그렇다면 너흰 그가 사라졌다는 것을,
켈레고름이 즉위한 것을 듣지 못했나?"

"그것은 사실이 아니옵니다! 만약 그가 사라졌다면,   430
그렇다면 오로드레스가 즉위했을 것입니다."

"너희의 귀가 밝기도 하군, 들어가지도 않은
왕국들의 소식을 재바르게 꿰뚫었으니!
너희의 이름은 무엇이냐, 오 담찬 창수들이여?
너희 대장이 누군지 너흰 말하지 않았어."   435

"저희는 네레브Nereb와 둥갈레브Dungalef
그리고 열 명의 전사들로 불리고,
산맥 아래의 저희 소굴은 심히 어둡습죠.
저희는 급박한 용무로 황야를 누비며 행군하는 중이온데,
모닥불이 밑에서부터 연기를 내며 너울거리는   440

거기서 대장 볼도그가 저희를 기다립죠."

"도적 싱골과 무법자 일당이
황량한 도리아스의 느릅나무와 참나무 밑을
움츠려 기어다니는 저 일대의 경계에서
최근 볼도그가 싸우다 죽었다는 걸 들었다.　　　　　445
그렇다면 너희는 저 아리따운 정령,
루시엔에 대해 듣지 못했느냐?
그녀의 몸은 아름다워, 아주 희고 아름답지.
모르고스는 그녀를 자신의 소굴에 두고 싶어 하지.
그래서 볼도그를 보냈는데, 볼도그는 죽어 버렸어.　　　450
너희가 볼도그를 따르지 않은 게 수상해.
　　네레브는 사나워 보이는 데다 얼굴을 독하게도 찡그리는군.
귀여운 루시엔! 이 말에 그가 심란해할 게 뭔가?
한때 깨끗했던 것이 더러워지고
빛이 있던 곳이 어두워지는 게 만고의 이치거늘　　　　455
처녀 하나를 보고에 채워 넣으려는 주군을 두고
왜 웃질 않는 거지?
　　너희는 빛과 암흑 중 누구를 섬기는가?
참으로 장대한 작품인 이 세상을 만드신 이는 누군가?
현세의 왕 중 왕이요,　　　　　　　　　　　　　460
가장 위대한 황금과 반지의 수여자가 누군가?
드넓은 대지의 주인이 누군가?
누가 탐욕스러운 신들, 그들로부터 낙을 앗아 버렸던가!

너희의 맹세를 복창하라,
바우글리르의 오르크들이여!   465
눈살 찌푸리지 말라!
빛에, 법에, 사랑에 죽음을!
창공의 달과 별들에게 저주를!
저 밖 굽이치는 차가운 바닷속에 잠복한 장구한 어둠이
만웨, 바르다 및 태양을 휩쓸어 버리길!   470
광막한 바다의 신음 속에서
만물이 증오로 시작되고
만물이 악으로 끝장나기를!"

   그러나 아직 자유로운 참된 인간이나 요정으로선
감히 저런 신성모독을 발설할 수 없었기에,   475
베렌이 중얼거렸다. "수가 누구관데
해야 할 일을 막습니까?
저희는 그를 섬기지 않고 경의를 표해야 할
이유도 없으니 이제 가 보렵니다."

   수가 웃음을 터뜨렸다. "가만 있으라!   480
그리 오래 머물진 않을 테니. 먼저 너희에게,
경청할 자들에게 노래 하나를 불러 주련다."
이내 그의 이글거리는 두 눈이 그들에게 쏠렸고,
그들 주위에 시커먼 어둠이 깔렸다.
그들은 소용돌이치는 연막을 통해 보는 듯   485

그 속에서 그들의 의식이 질식하고 익사할 것만 같은
저 심원한 두 눈을 볼 뿐이었다.

   그는 불렀다. 마법의 노래,
찌르고 터뜨리는 노래, 배반의 노래,
드러내고, 파헤치는 노래, 배신의 노래.   490
그러자 별안간 펠라군드가 몸을 흔들며 버티고
대항의 답가 불렀다.
권세에 맞서 저항하며 싸우는 노래,
비밀 엄수, 성채와 같은 무력,
항구적인 신의, 자유와 탈출의 노래.   495
바꾸고 또 바뀌는 형상,
덫은 피하고, 함정은 부수고,
감옥문이 열리고, 쇠사슬이 끊어지는 노래.
   일진일퇴 식의 노래 공방이 펼쳐졌다.
수의 노래가 절름거리고 비틀대면서도   500
점차 격해짐에 따라 펠라군드도 싸웠다.
그가 가사 속에 불러들인 것은
요정나라의 모든 마법과 힘.
저 멀리 나르고스론드에서 새들의 노랫소리,
그 너머, 서쪽 세계 너머 바다가   505
모래에, 요정나라의 진줏빛 모래에
살랑대는 소리가
어둠 속에서 아련히 들렸다.

　이윽고 어둠이 밀려들었다.
발리노르에 어둠이 불어나고,　　　　　　　　　　　510
바닷가에는 붉은 피가 흘렀다.
그노메들이 파도 타는 요정들을 살해하고
등불 밝힌 항구에서 흰 돛의 하얀 배들을
몰래 훔쳐 갔다.
늑대가 울부짖는다. 갈까마귀들이 달아난다.　　　　515
바다의 어귀들에선 얼음장이 쩡쩡거리며 갈라진다.
비탄에 잠긴 앙반드의 포로들은 신세를 한탄한다.
천둥이 우르릉대고, 불꽃이 타오르고,
엄청난 연기가 분출하며 포효하니—
마침내 펠라군드가 혼절해 바닥에 쓰러진다.　　　　520

　이게 어찌 된 일인가! 그들이 흰 살결에
빛나는 눈매로 본래의 고운 모습이라니.
더는 오르크처럼 입을 크게 벌리지도 않는다.
목하, 그들은 속아 마법사의 손아귀에 든 것이라.
이렇듯 그들은 비참한 재앙을 맞아　　　　　　　525
희망도 가물거리는 빛도 없는 지하 감옥에 떨어져
살을 죄어드는 사슬에 매이고
질식할 듯한 그물망에 엮여
잊힌 채 절망 속에 놓였다.

　그렇지만 펠라군드의 주문이　　　　　　　　530

모두 헛된 건 아니었으니,

수는 그들의 이름도 목적도 몰랐던 게다.

그는 그것들을 알아내려 궁리하고 숙고하다

사슬에 묶인 가련한 그들을 찾아

한 명이라도 배신자가 되어 이실직고하지 않으면   535

모두를 극형에 처하겠다고 협박했다.

늑대들이 다가와 나머지가 보는 앞에서

서서히 하나하나씩 잡아먹으면

종내 질겁한 하나만이 남을 것인바,

그리 되면 그는 모든 걸 토설할 때까지   540

격심한 고통 속에 공포의 장소에

매달려 사지가 주리 틀리고

대지의 창자 속에서

서서히, 끝없이, 잔혹하게

갖은 고문에 시달릴 거라고 말했노라.   545

   협박한 바로 그 참부터 일은 진행되었다.

아무것도 뵈지 않는 어둠 속에서

이따금 두 개의 눈이 점점 커지며

섬뜩한 비명들을 즐거이 음미하다

이윽고 살 찢는 소리 들리고   550

바닥에 침 흐르는 가운데 흐르는 피 냄새를 맡곤 했다.

함에도, 굴하는 이, 실토하는 이가 아무도 없더라.

여기서 제7편은 끝난다. 이제 나는 「퀜타」로 돌아가 이전 발췌문의 끝 대목—"그들은 수의 지하 감옥에서 오래도록 고문을 당했지만 그 누구도 다른 이를 배신하지 않았다"(151쪽)—에서부터 이야기를 이어 가고, 앞서 그랬듯이 「퀜타」의 설명에 그와는 대단히 다른 「노래」 속의 대목을 덧붙인다.

「퀜타」로부터의 추가 발췌

그사이, 루시엔은 멜리안의 멀리 내다보는 시야 덕에 베렌이 수의 수중에 떨어졌다는 것을 알고 절망한 가운데서도 도리아스로부터의 탈출을 꾀했다. 싱골은 이런 낌새를 알게 되자 지상에서 우뚝 솟은 가장 키 큰 너도밤나무 속의 집에 그녀를 가두었다. 그녀가 탈출해 그 숲에 들어섰다가 도리아스의 국경에서 사냥하던 켈레고름 일행에게 발견된 내력은 「레이시안의 노래」에서 기술되었다. 그들은 흑심을 품고 그녀를 나르고스론드로 데려갔는데, 교활한 쿠루핀이 그만 그녀의 아름다움에 반했다. 그들은 그녀의 얘기를 통해 펠라군드가 수의 수중에 있다는 것을 알고도 그가 거기서 죽게 내버려 두고, 루시엔을 끼고 있으면서 우격다짐으로 싱골로 하여금 루시엔을 쿠루핀과 혼인케 해 권세를 키우고 나르고스론드를 강탈해 그노메족의 군주들 중 가장 강대한 군주가 되기로 작정했다. 그들은 요정들의 모든 권력을 장악해 요정들이 자신들에게 순종할 때까지는 실마릴들을 찾아 나서거나 어떤 다른 이들이 그렇게 하도록 내버려 둘 생각이 없었다. 하지만 그들의 이런 계략은 수포로 돌아가고 요정 왕국들 간의 이간과 원한을 부추길 뿐이었다.

후안은 켈레고름이 부리는 사냥개들 중 대장의 이름이었다. 그는 오로메의 사냥터 출신으로 불사의 존재였다. 오로메는 오래전 발리노르에서 그를 켈레고름에게 주었던바, 켈레고름이 종종 그 신을 따라나서 그의 뿔나팔 소리를 쫓던 즈음이었다. 단검도 무기도 주문도 독毒도 주인과 함께 큰땅으로 넘어온 그를 해칠 수 없었던 만큼 그는 주인과 더불어 전장에 나서 숱하게 그의 목숨을 구했다. 세상에서 가장 강력한 늑대에게게서가 아니고선 죽음을 맞지 않는다는 게 그의 정해진 운명이었다.

충직했던 후안은 처음 숲에서 루시엔을 발견하고 켈레고름에게 데려간 그 시각부터 그녀를 사랑했다. 그는 주인의 배신에 크게 상심해 루시엔을 풀어 주고 그녀와 함께 북쪽으로 갔다.

거기서는 수가 자신의 포로들을 하나하나씩 죽여 나가 마침내 펠라군드와 베렌만이 남았다. 베렌에게 죽음의 시각이 닥쳤을 때 펠라군드는 모든 힘을 다 쏟아 속박을 끊어 버리고 베렌을 죽이러 온 늑대인간과 격투를 벌였다. 그는 늑대를 죽였지만 자신도 어둠 속에서 살해되었다. 그에, 베렌은 넋을 잃고 애통해하며 죽음을 기다렸다. 그러나 루시엔이 와서 지하 감옥 밖에서 노래를 불렀다. 루시엔의 어여쁨과 절창의 명성이 모든 땅에 자자했던 고로, 이렇게 그녀는 수를 현혹시켜 선뜻 나서게 했다. 모르고스조차도 그녀를 탐하여 누구든 그녀를 붙잡아 오는 자에게 최고의 보상을 내리겠다고 약속했다. 수가 늑대를 내보내는 족족 후안이 소리 없이 해치우니 마침내 그가 거느린 최강의 늑대 드라우글루인이 나섰다. 이윽고 맹렬한 전투가 벌어지자 그제야 수는 루시엔이 홀몸이 아니라는 걸 알았다. 그러나 그는 후안의 운명을 상기하고는 스스로가 세상에서 가장 강대한 늑대가 되어 나섰다. 그럼에도, 후안은 그를 쓰러뜨리고 그에게서 마법의 벽과 탑 들을 통할하는 열쇠와 주문 들을 탈취했다. 그렇게 요새는 부서지고 탑들은 허물어지고 지하 감옥들이 열렸다. 많은 포로들이 석방되었지만, 수는 박쥐 형상으로 타우르나푸인으로 훌쩍 달아났다. 거기서 루시엔은 베렌이 펠라군드 곁에서 애통해하고 있는 것을 발견하고 그의 비탄과 감금으로 인한 기력 소모를 치유해 주었다. 그들은 펠라군드를 그가 아끼던 섬의 언덕 꼭대기에 묻어 주었고, 수도 더는 거기에 오지 않았다.

그다음에 후안이 주인에게 돌아갔지만 이후 그들 간의 애정은 예전만 못했다. 베렌과 루시엔은 행복에 젖어 홀가분하게 떠돌다 마침내 또 한 번 도리아스의 국경 가까이에 이르렀다. 거기서 베렌은 자신의 맹세를 기억하고 루시엔에게 작별을 고했으나 그녀는 그와 갈라지려 하지 않았다. 나르고스론드에는 일대 소동이 일었다. 수의 포로였던 많은 이들과 후안이 루시엔의 행적과 펠라군드의 죽음에 관한 기별을 가져온 데다 켈레고름과 쿠루핀의 배신 행각이 까발려졌던 것이다. 게다가, 그들이 루시엔이 탈출하기 전 싱골에게 밀사를 보냈건만, 싱골은 수하 편에 그들의 서한을 오로드레스에게 돌려보냈다는 말도 돌았다. 그런 까닭에 이제 나로그 백성의 민심은 핀로드 가문에게로 되돌아갔고, 그들은 자신들이 저버렸던 왕 펠라군드를 애도하고 오로드레스의 분부대로 행했다.

하지만 오로드레스는 백성들이 자신들의 바람대로 페아노르의 아들들을 죽이게 내버려 두진 않았다. 대신, 그는 그들을 나르고스론드에서 추방시키고는 이후 나로그와 페아노르의 그 어떤 아들 간에도 애정이란 없을 것임을 엄숙히 천명했다. 그리고 사태는 정녕 그러했다.

켈레고름과 쿠루핀은 격노하여 힘링으로 가고자 숲들을 헤치며 황급히 말을 달리던 중 막 베렌이 사랑하는 이와 헤어지려 애쓰는 참의 그 둘을 맞닥뜨렸다. 그들은 내쳐 그들에게 닥쳐들다가 그들을 알아보곤 베렌을 말발굽 아래 짓밟아 버리고자 했다.

그 총중에, 쿠루핀이 루시엔을 안장에 번쩍 들어 올렸다. 그에, 베렌의 도약, 필멸의 인간들이 할 수 있는 가장 큰 도약이 일어났다. 그가 한 마리 사자처럼 냉큼 질주하는 쿠루핀의 말 위로 뛰어올라 그 목덜미 언저리를 움켜쥐자 말과 기수가 어쩔 줄을 모르고 땅에 떨어졌고, 루시엔은 저 멀리 날아가 혼절해 땅바닥에 누웠다. 그 사품에 베렌이 쿠루핀의 목을 졸랐지만 외려 자신의 목숨이 위태로웠던바, 켈레고름이 창을 치켜들고 도로 달려왔던 것이다. 바로 그때 후안이 켈레고름에 대한 섬김을 저버리고 그에게 펄쩍 덤벼드니 그 말은 옆으로 비켜 났고 거대한 사냥개의 가공할 위세에 질려 누구도 감히 가까이 가려 하지 않았다. 루시엔이 쿠루핀을 죽이는 걸 금했기에 베렌은 그에게서 말과 무기만 앗았는데, 그 무기 중 가장 값진 게 난쟁이들이 만든 그의 이름난 칼로, 쇠를 장작처럼 벤다는 칼이었다. 이윽고, 그 형제들이 말을 타고 달아났는데, 달아나면서도 그들은 몸을 돌려 후안과 루시엔에게 화살을 쏘았다. 단, 후안에게 쏜 화살은 주인에 대한 배신을 겨냥한 것이었다. 후안은 다치지 않았고, 루시엔 앞으로 몸을 날린 베렌이 부상을 입었는데, 그 사건이 알려지자 인간들은 그 상처를 페아노르의 아들들 소행으로 길이 기억했다.

후안은 루시엔과 함께 지내며 그들의 난감한 처지와 앙반드로 가겠다는 베렌의 여전한 결심을 듣고선 가서 폐허가 된 수의 궁전에서 늑대인간의 가죽과 박쥐 가죽을 가져다주었다. 후안은 딱 세 번 요정이나 인간의 언어로 말했다. 그가 나르고스론드의 루시엔에게 왔을 때가 첫 번째였다. 두 번째인 지금, 그는 궁리 끝에 그들의 원정을 위한 필사적인 조언을 일러 주었다. 그에 따라 그들은 말을 타고선 더 이상은 안전하게 갈 수 없는 곳까지 북쪽으로 달렸다. 그 지점에 이르자 그들은 늑대와 박쥐의 외피를 둘러썼고, 루시엔은 사악한 정령의 차림새로 그 늑대인간 위에 올라탔다.

그들이 앙반드의 성문으로 갔다가 성문 경비가 새롭게 강화되었음을 알게 된 내력은 「레이시안의 노래」에 죄다 기술된바, 그런 변화가 생긴 것은 요정들 사이엔 퍼졌으나 모르고스로선 몰랐던 어떤 기도企圖에 관한 소문이 마침내 그에게도 닥친 때문이었다. 그 때문에 그는 최강의 늑대, 칼 엄니 카르카라스로 하여금 성문을 지키도록 했다. 그러나 루시엔이 그를 마법으로 꼼짝 못 하게 했기에 그들은 모르고스의 면전까지 나아갔으며 베렌은 그의 왕좌 밑에 살며시 숨어들었다. 이윽고 루시엔이 일찍이 그 어떤 요정도 감히 해내지 못한 참으로 무시무시하고 용

감한 행동을 감행했으니, 그것은 핑골핀의 도전에 필적하는 것
으로 간주되며 그녀가 절반은 신적神的 존재라는 것을 도외시한
다면 어쩌면 그보다도 위대한 것일 터였다. 그녀는 위장복을 벗
어 던지고 제 이름도 밝히곤 수의 늑대들에게 붙들려 온 포로인
체했다. 다음에, 그녀는 마음속으로 가증스러운 악행을 궁리하
고 있는 모르고스를 미혹시키고 그 앞에서 춤을 추어 궁정의 모
든 자들을 잠들게 했고, 그에게 노래를 불러 주며 자신이 도리아
스에서 짰던 마법의 의복을 그의 얼굴에 내던져 그를 거역할 수
없는 꿈에 빠져들게 했다. 그 어떤 노래가 저 경이로운 위업이
나 모르고스의 격노와 굴욕을 노래할 수 있으랴. 모르고스가 왕
좌에서 나동그라지고 그의 강철왕관이 바닥에 데굴데굴 구르던
모습을 떠올리며 얘기할 적엔 하물며 오르크들마저 남몰래 웃
어 젖혔으니.

그리 되자 베렌이 늑대 옷을 내던지며 앞으로 뛰쳐나와 쿠루
핀의 칼을 뽑아냈다. 그는 그것으로 실마릴 하나를 잘라 냈다. 그
는 더욱 대담하게도 모든 실마릴들을 얻고자 했다. 그때 아니나
다를까 싶게 난쟁이들의 칼이 뚝 부러졌고 울려 퍼지는 그 소리
에 잠든 무리들이 몸을 꿈틀거리고 모르고스는 신음 소리를 냈
다. 베렌과 루시엔은 별안간 공포에 사로잡혀 앙반드의 어둑한
길을 따라 도망쳤다. 이제 막 루시엔의 주문에서 깨어난 카르카
라스가 성문을 가로막았다. 베렌이 루시엔 앞으로 나섰지만 그
것은 불운한 행동이 되고 말았다. 그녀가 그 늑대를 자신의 의복
으로 건드리거나 마법의 말을 외기도 전에 그가 베렌에게 달려
들었는데, 그때 그에겐 아무런 무기가 없었던 것이다. 그가 오른

손으로 카르카라스의 두 눈을 강타했지만 늑대는 그 손을 아가리에 덥석 물고 잘라 버렸다. 하필이면, 실마릴을 쥔 손이었다. 실마릴이 그 사악한 살에 닿자 카르카라스의 위胃가 고통과 고문의 불길로 화끈거렸다. 그가 그들 앞에서부터 울부짖으며 내빼는데, 온 산맥이 전율할 만큼, 그 앙반드 늑대의 광란은 일찍이 북부에 닥친 모든 공포들 중에서도 가장 비참하고도 끔찍한 것이었다. 루시엔과 베렌이 탈출하자마자 앙반드 전체가 분기했다.

그들의 방랑과 절망, 베렌의 치유—그는 이후로 내내 베렌 에르마브웨드, 외손잡이 베렌으로 불렸다—, 후안에 의한 그들의 구출—후안은 그들이 앙반드에 이르기 전에 갑자기 그들에게서 사라졌었다—, 그리고 그들이 또 한 번 도리아스로 다다른 것에 대해선 여기서 말할 것이 별로 없다. 그렇지만 도리아스에서는 많은 일들이 벌어졌었다. 루시엔이 달아난 이래 거기선 하는 일마다 동티가 났다. 대대적인 수색에도 불구하고 그녀를 찾지 못하자 모든 백성들이 비탄에 빠졌고 그들의 노랫소리는 일시에 잠잠해졌다. 장기간에 걸친 수색 중에 도리아스의 피리 가객 다이론이 길을 잃었는데, 그는 베렌이 도리아스로 오기 전에 루시엔을 사랑했었다. 그는 요정들 가운데 페아노르의 아들 마글로르와 소리꾼 틴팡을 제외하곤 가장 위대한 음악가였다. 하지만 그는 다시는 도리아스에 돌아오지 않고 세상의 동쪽으로 길을 잘못 들어섰다.

루시엔이 길을 잃었다는 소문이 앙반드에도 닿았던지라 도리아스의 국경에 대한 공세가 펼쳐지기도 했다. 오르크 대장 볼도 그가 그런 전투 중에 싱골에게 살해되었으며 싱골의 빼어난 전사들, 명궁 벨레그와 묵직한손 마블룽이 저 전투에서 싱골과 함께했다. 이런 까닭에 싱골은 루시엔이 아직 모르고스에게 붙잡히지 않았다는 걸 알았지만 그녀의 방랑 소식을 듣고는 마음에 근심이 가득했다. 그렇게 근심에 싸여 있던 중에 켈레고름의 사절이 은밀히 찾아와 베렌은 펠라군드와 함께 죽었으며 루시엔은 나르고스론드에 있다고 말했다. 그 기별을 듣자 싱골에게는 베렌의 죽음을 애도하는 마음이 슬며시 일었으며, 넌지시 퉁겨진 핀로드 가문에 대한 켈레고름의 배신과 그가 루시엔을 붙잡고 집으로 돌려보내지 않는 것에 격분이 치밀었다. 그래서 그는 밀정들을 나르고스론드 땅에 보내고는 전쟁을 준비했다. 그 와중에, 그는 루시엔이 도망쳤으며 켈레고름과 그의 아우는 아글론으로 떠나 버렸다는 것을 알았다. 이제 그는 사절을 아글론으로 파견했다. 자신의 세력이 일곱 형제 모두를 들이칠 만큼 강대하지 못하기도 했지만 자신이 싸워야 할 상대는 다른 형제들이 아니고 켈레고름과 쿠루핀이기 때문이었다. 그런데, 이 사절이 숲속을 지나치다가 카르카라스의 습격을 받았다. 저 대단한 늑대는 광란에 휩싸여 북부의 모든 숲들을 들쑤셔 날뛰었고 그가 가는 길에는 죽음과 참화가 뒤따랐다. 마블룽이 홀로 탈출해 늑대가 온다는 소식을 싱골에게 전했다. 운명 때문이든, 혹은 모진 고통을 안기는 몸속 실마릴의 마법 때문이든 그는 멜리안의 주문에도 구애받지 않고 도리아스의 신성한 숲속에 난입했고, 공포와 파괴가 산지사방으로 퍼졌다.

도리아스의 참상이 극에 달한 바로 그 참에 루시엔과 베렌과 후안이 도리아스로 돌아왔다. 그에, 싱골의 마음이 가벼워지긴 했어도 그는 그 모든 재앙의 원인이라 여긴 베렌을 곱게 보지 않았다. 그는 베렌이 수에게서 탈출한 경위를 듣고 깜짝 놀라면서도 이렇게 말했다. "필멸자여, 그대의 원정과 그대의 맹세는 어찌 되었나?" 그 물음에 베렌이 대답했다. "지금도 저는 제 손에 실마릴 하나를 갖고 있습니다." "그것을 내게 보이라" 하고 싱골이 말했다. "제 손이 여기에 없어 그렇게 할 수 없나이다" 하고 베렌이 말했다. 그가 모든 곡절을 술회해 카르카라스의 광란의 원인을 이해시키자 싱골은 그의 용감한 언사, 그의 인내심 그리고 자신이 실감한 자기 딸과 참으로 용맹스러운 이 인간 사이의 대단한 사랑에 마음이 누그러졌다.

따라서 이제 그들은 카르카라스에 대한 늑대 사냥을 계획했다. 그 사냥에는 후안, 싱골, 마블룽, 벨레그 및 베렌이 나섰고, 더 이상의 가담자는 없었다. 그 애처로운 이야기는 다른 데서 보다 충실하게 기술되는 고로 여기서는 짧게 할 수밖에 없다. 그들이 사냥에 나설 때 루시엔은 불길한 예감 속에 뒤에 남았다. 카르카라스는 살해되었지만, 같은 시각에 후안이 죽었고 그것도 베렌을 구하느라 죽었으니 루시엔의 불길한 예감은 적중했다. 베렌은 어땠냐 하면, 그는 치명상을 입고도 숨이 붙어 있을 동안 마블룽이 늑대의 배 속에서 잘라 낸 실마릴을 싱골의 손에 넘겨주었다. 그러곤 그가 다시는 말이 없었기에 그들은 그를 곁에 누운 후안과 더불어 도로 싱골의 궁전으로 옮겼다. 거기 예전에 자신이 감금되었던 너도밤나무 아래서 루시엔은 그들을 맞이했고 그 영혼이 기다림의 궁전으로 떠나기 전에 베렌에게 입을 맞췄다. 루시엔과 베렌의 긴 이야기는 그렇게 끝났다. 하지만, 구속으로부터의 해방, 「레이시안의 노래」는 아직 다하지 않았다. 일부의 노래들에 의하면, 멜리안이 소론도르를 호출하자 그가 그녀를 산 채로 발리노르로 데려갔다고도 하나 루시엔이 빠르게 쇠하고 시들어 대지에서 사라졌다는 말이 오래도록 전해졌다. 그렇게 그녀는 만도스의 궁정으로 가 그에게 심금을 울리는 사랑 이야기를 어찌나 아름답게 노래했던지 그가 감동해 연민을 느꼈던바, 그것은 이후로 두 번 다시 없는 일이었다. 그가 베렌을 소환하자 그들은, 죽음의 시각에 그에게 입 맞출 때 루시엔이 맹세한 대로, 이렇듯 서쪽 바다 너머에서 만났다. 그리고 만도스는 그들로 하여금 떠나게 해 주면서 루시엔이 그녀의 연인과 똑같이 죽음을 면할 수 없고 필멸의 여인네처럼 또 한 번 대지를 떠나며 그녀의 아름다움은 단지 노래 속 기억이 되리라고 말했다. 그 말대로 되었지만, 만도스는 보상으로 그로부터 베렌과 루시엔에게 생명과 기쁨의 긴 시간을 주었다. 그들은 아름다운 벨레리안드 땅에서 갈증도 추위도 모른 채 떠돌았고, 그 후로 그 어떤 필멸의 인간도 베렌이나 그 배우자에게 말을 건넨 적이 없었다.

끝맺음까지의 「레이시안의 노래」 속 이야기

시의 상당한 분량을 차지하는 이 대목은 「레이시안의 노래」의 제7편 마지막 행—"함에도, 굴하는 이, 실토하는 이가 아무도 없더라"(177쪽)—에서 계속되며, 제8편의 시작은 켈레고름과 쿠루핀이 루시엔에게 강제한 대로 그녀가 나르고스론드에 감금되고 그 내력이 밝혀지는, 후안이 감금된 그녀를 구출하는 사정을 아주 간결하게 설명하는 「퀜타」 속의 대목에 상응한다. 「노래」의 본문 속 별 모양의 행은 후속편의 시작을 표시하는바, 제9편은 329행, 제10편은 619행, 제11편은 1009행, 제12편은 1301행, 제13편은 1603행, 마지막 제14편은 1939행에서 시작한다.

발리노르에 은 목걸이를 두른
사냥개들이 있었다. 거기 초록의 숲들엔
수사슴과 멧돼지, 여우, 산토끼와

민첩한 노루가 돌아다녔으라.
오로메가 그 모든 숲들의 거룩한   5
주인이었다. 그의 궁전에선
사냥 노래에 독한 술이 어우러졌더라.
오래전 그 뿔나팔이 산맥 곳곳에 울려 퍼지고
달과 해의 깃발들이 펼쳐지기 전
신들 가운데 홀로 세상을 사랑한 신을 기려   10
그노메들이 그에게 타브로스라는
새 이름을 지어 준 지 오래였고,
그의 준마들은 발굽에 황금 편자 박혔으라.
그는 서녘 저 편의 숲들에서 짖는
불사의 사냥개를 무수히 거느린바,   15
잿빛의 유연한 것, 검고 튼실한 것,
길고 보드라운 털의 흰 것,
갈색 얼룩빼기에
주목朱木 활로 쏜 화살처럼
날래고 어김없는 것 등이 있었고,   20
그들의 목소리는 발마르의 성채들에 울리는
낮고 굵은 종소리 같고 그 눈은 생명 있는
보석 같으며 그 이빨은 상아 같았도다.
칼집에서 나온 칼처럼 그들이 가죽끈을 벗어나
번개처럼 내달아 사냥감 쫓으니   25
타브로스가 보기에 기쁘고 흥겨웠노라.

일찍이 후안은 타브로스의 강어귀와
초록 목장의 어린 새끼였다.
그가 자라 날랜 것들 중 으뜸이 되자
오로메는 위대한 신의 뿔나팔 소리를 좇아   30
즐겨 언덕과 계곡을 누비던 켈레고름에게
그를 선물로 주었다.
　　페아노르의 아들들이 도망쳐
북부로 왔을 적에 주인 곁에 머문 건
빛의 땅의 사냥개들 중   35
오직 그뿐이었다.
그는 모든 난폭한 습격과 약탈에 가담했고
사투도 마다하지 않았다.
그가 오르크, 늑대 및 날아드는 칼로부터
그노메 주인을 구한 것도 여러 번.   40
지칠 줄 모르는 사나운 잿빛 늑대사냥개로
자라니 번득이는 두 눈은
모든 어둠과 안개를 꿰뚫고, 늪지와 초원,
살랑대는 나뭇잎과 먼지 자욱한 모래밭 뒤져
몇 달 묵은 냄새도 찾아내는 등   45
드넓은 벨레리안드의 모든 길들을 꿰었다.
하지만 그가 제일 좋아한 것은 늑대들이었던바,
그는 그들의 목덜미를 찾아 그 으르렁대는 목숨과
사악한 숨결 낚아채기를 즐겼노라.
수의 늑대 떼들이 그를 죽음처럼 두려워했다.   50

　흑마술이 부리는 그 어떤 주술, 주문, 단창,
엄니와 독毒에도 그는 끄떡없었으니,
그의 운명이 이미 정해진 것이라.
그럼에도 그는 저 운명이 공포公布되어
모두가 알게 되는 걸 두려워하지 않았으니,　　　　　　55
그는 오로지 최강자에게만,
일찍이 석굴 속에서 태어난 것들 중
최강의 늑대에게만 쓰러질 것이었다.

　들어라! 저 멀리 나르고스론드에
시리온강의 도처와 그 너머에서　　　　　　　　　　60
희미한 고함 소리와 뿔나팔 소리 울리고
짖어 대는 사냥개들이 나무들을 헤쳐 달린다.
　사냥이 시작되고 숲들이 꿈틀댄다.
오늘은 누가 사냥 나섰나? 그대는
켈레고름과 쿠루핀이　　　　　　　　　　　　　65
개들을 풀었다는 걸 듣지 못했던가?
해 뜨기 전 그들이 흥겨운 소음 속에
말에 올라 창과 활을 잡았노라.
근자에 수의 늑대들이 뱃심 좋게도
산지사방을 나돌았으라.　　　　　　　　　　　70
밤이면 나로그강의 노호하는 물결 가로질러
그 눈들 번쩍번쩍 빛났으니.
혹여 그들의 주인이 속 검은 술수와 계략,

요정 영주들이 쉬쉬하는 비밀들, 그노메 왕국의 동정과
너도밤나무와 느릅나무 아래의 용무에 대해   75
꿈이라도 꾼 겐가?

　쿠루핀이 말했다. "훌륭하신 형님,
전 이 상황이 달갑지 않아요.
무슨 흉계가 담긴 걸까요?
우린 이 사악한 것들과 그놈들의 배회를   80
속히 끝장내야 해요! 게다가, 한바탕 사냥으로
늑대들을 죄다 베어야만 속이 후련하겠습니다."
곧이어 그는 몸을 기울여 작은 소리로 속삭이길,
왕이 사라진 지 오래고
아무 소문이나 기별도 오지 않는 판에   85
오로드레스는 손 놓고만 있는 멍청이라고 했다.
　"하다 못해 왕이 죽은 건지 자유의 몸인지를 알아내고
병사들을 모아 전열을 가다듬는 게
형님께 이로울 것입니다.
'나는 사냥을 하련다'고 형님은 말하실 테고   90
백성들은 형님이 마음 쓰시는 한
나로그가 좋다고 생각할 테죠. 물론 숲속에서
알게 될 것들이 있겠지만요.
만일 은총이나 어떤 눈먼 행운으로,
왕이 정신 나간 발걸음을 되짚어 온다면,   95
그리고 만일에 실마릴 하나를 가져온다면

저로선 더 이상 왈가왈부할 필요가 없죠. 응당 하나는,
그러니까 빛의 보석은 형님의 (그리고 우리의) 것이고
또 하나는 쟁취할 수 있을 겝니다―왕좌 말이죠.
우리 가문이 장자의 혈통을 갖고 있으니까요." 100

   켈레고름은 경청했지만, 아무 말도 하지 않고
큰 무리를 이끌어 나갔고,
사냥개들의 우두머리 겸 대장, 후안이
그 반가운 소리에 발바투 달려들었다.
   그들은 수의 늑대들을 쫓아 죽이고자 105
사흘 동안 잡목림과 언덕을 달려
많은 수급首級과 회색 수피獸皮를 얻고
많은 놈들을 내몰다가
도리아스의 서쪽 변경 부근에서
잠시 쉬었다. 110

   희미한 고함 소리와 뿔나팔 소리 울리고
짖어 대는 사냥개들이 나무들을 헤쳐 달린다.
사냥이 시작되었고 숲들이 꿈틀댔고,
거기서 무엇 하나가 깜짝 놀란 새처럼 달아났는데
그녀의 춤추는 발엔 겁이 실렸다. 115
그녀는 누가 숲을 뒤지는지 몰랐다.
집을 떠나 멀리 핼쑥한 모습으로 떠돌던
그녀는 유령처럼 계곡을 휘젓고 다녔다.

그녀는 계속 움직여야 한다고 내내 마음먹었지만

사지는 풀렸고, 두 눈은 퀭했다.   120

　그림자 하나가 흔들리더니 언뜻 스민

대낮의 빛에 혹한 저녁 안개처럼

숲속 빈터를 따라 휙 내닫고 기겁해

화급히 멀어지는 걸 후안의 두 눈이 보았다.

그가 컹컹 짖더니 힘줄 불거진 사지로 뛰쳐나가   125

수상하고 흐릿한 그 겁 많은 것을 추격했다.

높은 데서 와락 덤벼드는 새에게 쫓기는 나비처럼

그녀는 혼비백산해 이리 퍼덕거리고 저리 돌진하고

공중에 떠 있는가 하면 금세 공중을 휙 가로질렀지만

모든 게 허사였다. 마침내 그녀가   130

나무 하나에 기대어 헐떡거렸다.

그가 껑충 뛰어올랐다. 비통함에 숨이 막혀

어떤 마법의 말도 나오지 않았고

자신이 알거나 검은 의복에 휘감은

어떤 요정의 비법도 그 순종 사냥개에겐 소용 없었다. 135

어떤 주문으로도 쫓아 버리거나

꼼짝 못 하게 할 수 없는

고래로부터의 불멸의 종種이었다.

일찍이 그녀가 마주친 상대 중에

마법도 주문도 아예 통하지 않은 건   140

오직 후안뿐이었다. 한데, 그 어여쁜 얼굴,

부드러운 목소리, 곤궁에 처한 창백한 표정

그리고 눈물로 흐려진 별빛 같은 두 눈에
죽음도 괴물도 두려워하지 않는 그가 유순해졌다.

    그는 그녀를 가볍게 들어 올려   145
와들와들 떠는 자신의 짐을 가벼이 옮겼다.
켈레고름은 그런 포획물을 처음 보았다.
"나무랄 데 없는 후안이여, 무엇을 가져온 겐가!
어둠요정의 처녀, 악령 혹은 정령인가?
오늘 우리가 사냥하러 온 건 그런 게 아니야."   150

    "도리아스의 루시엔입니다"
하고 그 처녀가 말했다. "소녀는 처량하게도
숲요정들의 볕 바른 숲속 오솔길을 멀리 벗어나
종작없는 길을 누비던 중 용기가 꺾이고
희망이 시든 처지올시다." 그렇게 말하며 그녀가   155
슬쩍 어둑한 외투를 미끄러져 내리게 하자
은백색 차림의 자태가 드러났다.
솟은 해 속에서 별 같은 그녀의 보석들이
아침 이슬처럼 환히 반짝였고
푸른 망토 위의 황금빛 나리꽃들이   160
은은히 빛나고 번득였다. 그 아리따운
얼굴을 쳐다보고서 누군들 경탄하지 않으랴?
쿠루핀이 동그랗게 뜬 눈으로 오래도록 응시했다.
그는 꽃 장식된 머리칼의 향기, 나긋나긋한 사지,

요정 같은 얼굴에 온통 마음을 뺏긴 채   165
그 자리에 사슬에 매인 듯 서 있었다.
"오 왕녀시여, 오 아리따운 숙녀시여,
무슨 연고로 이런 험하고 외로운 여정에
나서신 것이오? 도리아스에 전쟁과 재앙에 대한
무슨 무서운 소식이라도 닥친 것이오?   170
자, 말해 보시오! 운명은 그대의 발길을 잘 인도해 주었소.
그대는 친구들을 만나셨으니 말이오."
켈레고름은 이렇게 말하고 나서
그녀의 요정 같은 자태를 빤히 쳐다보았다.

  그는 그녀의 말 없는 사연을 웬만큼 미루어   175
짐작했지만, 그녀는 빙긋 웃는 그의 얼굴에서
그 어떤 계교의 기미도 알아차리지 못했다.
  "이 위태로운 숲을 뒤지는 당당한
사냥에 나선 분들께선 뉘신지요?" 하고 그녀가 물었다.
그들의 그럴싸한 대답이 돌아왔다.   180
"분부만 내리소서, 사랑스러운 숙녀시여,
나르고스론드의 영주들이 인사드리며
잠시 시름을 잊고 희망과 휴식을 찾아
저희와 함께 저희 구릉지로
돌아갈 것을 청하나이다.   185
이제 그대의 사연을 듣고 싶나이다."

   그리하여 루시엔은 북쪽 땅에서의 베렌의 행적,
운명이 그를 도리아스로 이끈 내력,
싱골의 분노, 그녀의 아버지가 베렌에게 선포한
저 가공할 심부름에 대해 말했다.   190
형제들은 자신이 들었거나 자신과 이해관계가 깊은 것은
그 무엇도 내색하거나 귀띔하지 않았다.
그녀는 자신의 탈출과
자신이 만든 놀라운 망토에 대해선
마음 편히 얘기했지만,   195
베렌이 그 위험한 길에 오르기 전
계곡의 햇살, 도리아스의 달빛과 별빛을
회상할 때는 말이 나오지 않았다.
   "예하猊下들이시여, 서둘러야 합니다!
안락과 휴식으로 시간을 허비할 때가 아닙니다.   200
예리한 혜안을 지닌 멜리안 여왕께서
멀리 내다보고 근심하여 제게 일러 주시길
베렌이 속박된 몸으로 비참하게 사노라고 한 지
벌써 며칠이 지났습니다.
늑대들의 군주가 어두운 감옥에서   205
잔인하고 혹독한 사슬과 마법을 부리는 가운데
올가미에 걸린 베렌이 시름시름 시들고 있습니다.
혹시 더 끔찍한 어떤 일로 인해
그가 죽었거나 죽음을 희구하지 않았다면 말입니다."
이 말끝에 그녀는 비탄에 잠겨 숨도 제대로 쉬지 못했다.   210

　쿠루핀이 따로 켈레고름에게
얕은 소리로 말했다. "이제 우리는
펠라군드의 소식을 들은 데다
수의 졸개들이 헤매며 돌아다니는 까닭도 알았습니다."
덧붙여 그는 귀엣말로 여러 계책을 전하고　　　　　　215
그가 해야 할 대답도 넌지시 일러 주었다.
　"숙녀시여" 하고 켈레고름이 말했다.
"보시다시피, 우리는 배회하는 야수를 사냥하는 참이오.
우리의 무리가 뛰어나고 담대하다고 하나
마법사의 요새와 섬의 성채를 공격할　　　　　　　　220
준비는 제대로 되어 있지 않소.
우리의 용기와 의지가 모자란다고 생각진 마시오.
자! 이제 우리는 여기서 사냥을 접고
가장 빠른 길로 본채로 돌아가
고통에 시달리는 베렌을 구출할　　　　　　　　　　225
계획과 원조를 궁리하겠소."
　그들은 심히 미심쩍어하는
루시엔을 데리고 나르고스론드로 갔다.
그녀에겐 한순간 한순간이 절박했건만,
그녀의 어림으로는　　　　　　　　　　　　　　　230
그들은 최대한 신속하게 달리지 않았다.
후안은 밤낮없이 날 듯이 앞서 달리며
뒤를 돌아볼 때마다 마음이 어지러웠다.
그는 주인이 무엇을 추구하며

왜 그가 화급히 달리지 않는지   235
왜 쿠루핀이 뜨거운 욕망의 눈길로
루시엔을 쳐다보는지를 깊이 숙고하며
고래의 저주의 어떤 불길한 그림자가
요정나라에 서서히 밀려오는 걸 느꼈다.
용맹한 베렌, 사랑스러운 루시엔 그리고   240
두려움을 모르는 펠라군드가 겪을 고난 탓에
그의 가슴은 찢어지는 듯했더라.

    나르고스론드에는 햇불들이 환히 타오르고
연회와 음악이 준비되어 있었다.
루시엔은 진수성찬엔 손대지 않고 울기만 했다.   245
그녀가 취할 방책이 그물에 걸렸고,
그녀는 새장에 갇힌 꼴로 날 수 없었나니.
그녀의 마법 의복이 감춰지고 간원懇願은 무시되며
간절한 물음에도 아무 대꾸가 없었다.
저 멀리 막다른 지하 감옥에   250
비참하게 갇힌 채 고난 속에
한탄하는 이들이 마음에서 멀어지는 듯했다.
그녀는 그들의 배반을 너무 늦게 알았다.
페아노르의 아들들이 그녀를 붙들어 두었다는 게
나르고스론드에서 비밀이 아니었다.   255
그들은 베렌에 대해선 개의치 않았으며,
사랑하지 않는 것은 물론 그 원정을 떠올리면

가슴속 묵은 증오의 맹세가

새록새록 되살아나는 왕을

수의 수중에서 애써 빼낼 이유가 없었다.   260

펠라군드 왕을 죽게 내버려 두고

싱골 왕의 혈통과 결연하여 우격다짐이든

협상을 통해서든 페아노르의 가문이

지배하려는 그들의 음험한 속셈을

오로드레스는 알고 있었다.   265

그렇지만 그에겐 그들의 진로를 막을

힘이 없었다. 아직은 그 형제들이

자신의 모든 백성을 좌지우지했고

모두가 아직은 그들의 지시를 따랐던 게다.

오르드레스의 권고를 무시하여 스스로의 수치심을   270

억눌러 온 터라 백성들은 지난한 곤경에 처한

펠라군드의 사정도 돌아보지 않았다.

　　나르고스론드의 사냥개 후안이

낮에는 거기 루시엔의 발치에

밤이면 그 침상 곁에 머무르곤 했던 고로,   275

그녀가 부드럽고 다정한 말을 그에게 건넸으라.

"오 후안, 후안, 필멸의 땅을 달리는 것 중

가장 날랜 사냥개여,

네 주인들은 무슨 악에 들렸길래

내 눈물에도 고난에도 아랑곳하지 않는가?   280

일찍이 바라히르는 나무랄 데 없는 사냥개들을
모든 인간들보다 더 아끼고 사랑했거늘.
일찍이 베렌은 친구라곤 없던 북부에서
거친 무법자로 떠돌던 시절
모피와 가죽 그리고 깃과 날개 지닌 것들에게서   285
그리고 여태도 오랜 산들과 황야의 돌 속에만
거하는 영들에게서 어김없는 친구들을 얻었거늘.
하지만 이젠 멜리안의 자식 외엔
어느 요정, 어느 인간인들
모르고스에 맞서 싸우면서도   290
결코 비열한 노예로 전락하지 않은
그를 기억하지 않다니.”

　후안은 아무 말이 없었다. 그렇지만 그 후로
쿠루핀은 후안의 엄니들이 무서워
그를 꺼린 나머지 루시엔 곁에 얼씬거리지도   295
저 처녀에게 손대지도 못했다.
　그러던 중, 가을 냉기가 파리하게 어른거리는
달빛 주위를 에워싸고 깜박대는 별들이
질주하는 구름장들 사이로 날리며 겨울 초승달의
한쪽 끝이 벌써 쓸쓸한 나무들 위에 걸린 어느 밤   300
어찌 된 일인지 후안이 사라졌다.
그때 루시엔은 새로운 나쁜 짓을 걱정하며 누웠는데,
이윽고 동트기 직전 사위四圍가 죽은 듯

숨소리도 없이 고요하고 형체 없는 두려움들이

잠 못 드는 이들의 가슴을 그득 채울 때　　　　　　305

그림자 하나가 벽을 따라 다가왔다.

다음 순간 무언가가 그녀의 마법 옷을

거기 침상 곁에 살그머니 떨어뜨렸다.

그녀는 벌벌 떠는 와중에도

그 거대한 사냥개가 곁에 웅크린 걸 보았고　　　　310

종탑에서 들리는 아주 느린 종소리인 양

낮고 굵은 목소리가 점점 커지는 걸 들었다.

　후안은 이렇게 말했다.

예전에 결코 말을 한 적이 없지만

추후에 두 번 더 요정 언어로 말한 그였다.　　　　315

"모든 인간들, 모든 요정들, 그리고

모피와 가죽 깃과 날개를 지닌 모든 것들이

섬기고 사랑해 마땅한 사랑스러운 숙녀여,

일어나시오! 떠나시오! 그대의 옷을 입으시오!

나르고스론드에 날이 밝기 전에　　　　　　　　320

우리가 북쪽의 위태로운 곳으로

나는 듯이 갈 것이오, 그대와 내가."

그리고 말을 마치기 전에 그는

그들이 좇는 목적을 성취하기 위한 계획을 일러 주었다.

루시엔은 아연히 놀란 가운데서도 경청하고선　　　325

부드러운 눈길로 후안을 지그시 바라보았다.

그녀가 두 팔로 그의 목을 감쌌으니,
목숨이 다하도록 이어질 우정이 거기 실렸더라.

＊ ＊ ＊ ＊ ＊

마법사의 섬에는 여태도 두 동지가
차갑고 문도 빛도 없는 지긋지긋한   330
저 석굴에 갇혀 갖은 고초를 겪으며
끝없는 밤을 멍한 눈길로 응시하며
잊힌 채 누워 있었다. 이제 그들은 홀로 남았다.
다른 이들은 벌써 이 세상을 떠났고
다만 그 부서진 뼈들이 휑하니 널려   335
열 명이 얼마나 충직하게 주인을 섬겼는지 말해 주었다.

   그런 중에 베렌이 펠라군드에게 말했다.
"내가 죽은들 아쉬울 게 뭐 있겠소.
하여, 나는 모든 걸 털어놓아
혹여 가능하다면 당신의 목숨을   340
이 어두운 지옥에서 놓아줄 생각이오.
당신이 나 때문에 받아 마땅한 이상의 고통을 겪었으니
당신을 그 오랜 맹세로부터 놓아주겠소."

   "아! 베렌이여, 베렌은 모르고스 족속의 약속이란 게
숨결처럼 덧없다는 걸 깨치지 못한 것 같네.   345

수가 우리의 이름을 알아내든 말든
둘 중 누구도 그의 승낙 하에
이 암담한 고통의 멍에를 벗어날 수 없네.
만약 그가 여기 바라히르의 아들과
펠라군드가 사로잡혀 있다는 걸 안다면   350
우리는 더 많은 고통, 한층 모진 고문을
각오해야 할 테고, 만일 그가
우리 원정의 무시무시한 목적을 안다면
고문은 가일층 악독해질 것이네."

　그들은 악마의 웃음이 구덩이 속에   355
울려 퍼지는 것을 들었다.
"내가 들은 너희의 말은 참이로군, 참이고말고"
하고 이윽고 한 목소리가 말했다.
"그가 죽은들 아쉬울 게 뭐 있겠나, 필멸의 무법자 주제에.
그러나 왕은, 죽지 않는 요정은   360
어떤 인간도 견딜 수 없는
많은 것들을 참아 낼 수 있을 게야.
혹시 네 일족이 이 벽 속에 가둬진
끔찍한 고통을 안다면, 힘찬 기백일랑 꼬리를 사리고
황금과 보석으로 왕의 몸값을 치르고 싶어 할 거야.   365
혹은, 아마 오만한 켈레고름이라면
경쟁자의 감옥살이쯤은 하찮게 여기고
제 자신이 왕관과 황금을 차지하려 들 게야.

어쩌면, 모든 일이 끝나기 전에
내가 너희 원정의 목적을 알아낼 거야.   370
늑대는 굶주려 있고, 때는 가까웠으니.
베렌도 더는 빨리 죽고 싶어 할 필요가 없다니까."

    시간은 느리게 흘러갔다. 이윽고 거기 어둠 속에
두 눈이 빨갛게 타올랐다. 베렌은 죽을 힘을 다해
몸을 뒤틀어도 어김없이 옥죄어 드는 사슬을 느끼며   375
조용히 자신의 운명을 깨달았다.
한데, 보라! 별안간 사슬이 갈라지고 풀리며
그물이 찢기는 굉음이 울렸노라.
그에, 신의를 굳게 지키는 펠라군드가
엄니나 치명상은 아랑곳없이   380
어둠 속에 몰래 다가드는 늑대 같은 것에
단숨에 달려들었다. 거기 어둠 속에서 그들은
천천히, 가차 없이, 으르렁대며, 일진일퇴로,
살에 이빨이 박히고, 목덜미를 움켜쥐며,
손가락들이 털북숭이 가죽을 파고드는   385
일대 드잡이를 벌였고 그 총중에 걸어 차인
베렌은 거기 드러누운 채 늑대인간이
숨을 헐떡이며 죽어 가는 소리를 들었다.
뒤이어 그는 하나의 목소리를 들었다.
"잘 있게! 나는 더는 대지에 거할 필요가 없네,   390
친구이자 동지인 용맹한 베렌이여.

내 가슴은 터지고 사지는 차갑네.

여기서 나는 모든 힘을 다 쏟아 속박을 끊었으며,

내 가슴엔 독이빨의 끔찍한 균열이 생겼네.

목하 나는 신들이 포도주를 마시고   395

환히 빛나는 바다에 빛이 떨어지는

무시간의 궁전 속 팀브렌팅 아래서

영면에 들어야만 하네.”

아직도 하프를 켜는 요정들이 노래하는 대로

왕은 이렇게 죽었더라.   400

   베렌은 거기 누워 있었다. 비통했지만

눈물이 나지 않았고, 절망했지만

발자국, 어느 목소리, 운명을 기다리느라

공포도 두려움도 몰랐으라.

관棺 위에 무수히 덮인 세월의 모래 아래   405

영원의 깊이로 묻힌

잊힌 지 오랜 왕들의 무덤보다도 더 심원한 정적이

서서히 끊김없이 그의 주위를 휘감았노라.

   느닷없이 정적이 은빛 파편들로 산산이 부서졌다.

이내 바위벽, 마법의 언덕, 빗장과 자물쇠 그리고   410

어둠의 권세를 빛으로 꿰뚫는

노래하는 목소리 하나가 가냘프게 떨렸다.

그는 주변에 별 총총한 부드러운 밤이 감도는 걸 느꼈다.

대기엔 살랑이는 소리와

진기한 향내가 떠돌았고,   415

나무들 속엔 나이팅게일들이 있었으며

달 아래 가녀린 손가락들이 피리와 비올을 쥐었다.

그러고는 일찍이 있었거나

지금 있는 모든 이들보다

더 아리따운 한 이가 외딴   420

둥그런 돌 언덕에서 은은히 빛나는

옷을 입고 홀로 춤을 추었으라.

　　하여, 그는 스스로가 꿈속에서 노래하는 것 같았고,

그의 노랫소리 힘차고 거세게 울려 퍼졌다.

북부의 전투, 아슬아슬했던 위업,   425

절대적 열세를 무릅쓰고 진군해

열강烈强과 탑 들을 깨뜨리고

강고한 성벽을 허무는 옛 노래들이었다.

옛적에 인간들이 불타는 가시나무로

이름 지은 모든 은빛 불꽃 위로   430

바르다가 북쪽 주변에 박은

일곱 별들이 아직 타오르고 있었으니,

어둠 속의 빛이요, 환난 속의 희망이자

모르고스에 대적하는 이의 방대한 표상이었노라.

　　"후안, 후안! 저 아래서   435

노래가 샘솟는 게 들리네.

베렌이 드높이 전하는 멀지만 힘찬 노랠세.

그의 목소리가 들린다네.

꿈속에서 그리고 방랑 중에 종종 그 소릴 들었거든."

루시엔이 낮은 속삭임으로 이렇게 말했다.   440

그녀가 괴괴한 한밤중에 망토를 둘러�쓴 채

환난의 다리에 앉아 노래하니

마법사 섬의 꼭대기부터 심부에 이르기까지

층층의 바위와 겹겹의 말뚝이

바르르 떨리며 메아리쳤다.   445

늑대인간들이 울부짖었고, 후안은 어둠 속에

경계의 귀를 기울이며 잔혹하고 적나라한

전투에 대비해 몸을 숨기고 으르렁댔다.

　수가 저 목소리를 듣고 망토와 검은 두건을

둘러쓰고 높은 탑 속에서 벌떡 일어섰다.   450

오래도록 귀 기울이다 득의의 미소를 지었으니,

저 요정의 노래를 알아본 것이었다.

"아! 귀여운 루시엔이여! 청치도 않았는데

어찌 어리석은 파리가 거미줄로 찾아든 게야?

모르고스여! 당신의 보고에 이 보석이 더해지면   455

내게 크고 풍성한 보답을 해야 할 것이외다."

곧장 그는 아래로 내려가

사자使者들을 내보냈다.

　　루시엔은 계속 노래했다. 피에 물든 혀에
아가리가 쩍 벌어진 섬뜩한 형체 하나가　　　　　　　460
슬그머니 다리 위로 들어섰다. 그럼에도, 그녀는
사지를 떨고 둥그렇게 뜬 두 눈이 질린 가운데서도
노래를 계속했다. 그 섬찟한 형체가 그녀 쪽으로 펄쩍
뛰어오르더니 숨을 헐떡이다 느닷없이 고꾸라져 죽었다.

　　그래도 그들은 하나하나씩 계속 왔지만,　　　　465
오는 족족 처치된 고로,
사뿐한 발걸음으로 돌아가 사납고 잔인한
그림자 하나가 다리 끝에 잠복해 있으며
그 밑에는 후안이 죽인 잿빛 시체들 위로
전율하는 강물이 진저리쳐 흐르노라고　　　　　　470
알리는 자가 없더라.

　　보다 강력한 그림자 하나가 좁은 다리를
서서히 가득 채웠다. 침을 질질 흘리는 증오의 화신,
거대하고 흉포해 보기만 해도 섬뜩한 늑대인간,
곧 창백한 드라우글루인으로,　　　　　　　　　475
늑대들과 혐오스러운 핏줄을 이은 야수들의
오랜 잿빛 왕초로 수의 옥좌 밑에서
인간과 요정의 살을 받아먹고 살아온 자였다.

　　그들은 더 이상 침묵 속에 싸우지 않았다.
밤공기를 찢어발기도록 으르렁대고 짖던　　　　480
늑대인간이 마침내 킹킹거리며 먹이를 받아먹던

옥좌 곁으로 달아나 죽었더라.

"저기 후안이 있습니다" 하고 그가 숨을 헐떡이다 죽자

수의 온몸이 격분과 오만으로 부풀었다.

'그는 오로지 최강자에게만,   485

최강의 늑대에게만 쓰러질 것이라.'

그는 이렇게 생각하며 오래전에 밝혀진 운명이

어떻게 실현될지 알 것 같았다.

　　목하 긴 머리털에 독에 흠뻑 젖고

늑대처럼 굶주린 섬뜩한 두 눈을 지닌 형체 하나가   490

천천히 나아와 밤 속을 노려보았다.

그러나 그 속엔 일찍이

그 어떤 늑대의 눈에 어렸던 것보다도

잔인하고 무서운 빛이 서려 있었다.

그 사지는 보다 엄청났고 아가리는 보다 넓으며   495

엄니들은 번득일 듯 보다 날카로운 데다

독액, 고문 및 죽음이 묻어 있었다.

그 숨결의 치명적인 독기가

거침없이 사방을 휩쓸었다.

루시엔의 노래는 점점 약해져 사라졌고,   500

차갑고 유독하며 음산한 두려움에 질려

두 눈은 흐려지고 어두워졌다.

　　이렇듯 수가 늑대로 나타났으라.

일찍이 앙반드의 성문으로부터

불타는 남쪽까지에서 목격된 그 어떤 것보다도,   505

일찍이 필멸의 땅에 잠복해 살인을 자행한

그 어떤 것보다도 거대한 늑대였도다.

별안간 그가 뛰어오르자 후안은 옆으로 훌쩍 뛰어

그림자 속에 들었다. 그는 그 기세대로 휩쓸고 나가

혼절하여 맥없이 누운 루시엔에게로 갔다.   510

희미해져 가는 감각에 그의 역겨운 숨 냄새가 다가오자

그녀가 꿈틀거렸다. 눈앞이 아찔한 가운데서도

그녀가 숨소리로 한마디 말을 내뱉자

그녀의 망토가 그의 얼굴을 스쳤다.

그에, 그가 발걸음을 허청거리며 곱드러졌다.   515

후안이 뛰쳐나왔다. 그가 뒤로 훌쩍 물러났다.

궁지에 처한 사냥 늑대들의 비명과

용맹무쌍하게 살해하는 사냥개들의 아우성이

거기 별빛 아래 오싹하게 울려 퍼졌다.

그들은 이리저리로 도약하고 도망치는 척하다 내달으며   520

빙글빙글 돌다간 물고 맞붙어 싸우느라 꺼졌다간 솟았다.

    그런 와중에 돌연 후안이 그 지긋지긋한 적을 붙들어

내동댕이치고 그 숨통을 죄며 목덜미를 찢었다.

그랬다고 해서 싸움이 끝나진 않았다.

수는 늑대에서 벌레로,   525

괴물에서 본래의 악마 형상으로

이리저리 모습을 바꿨지만,

그 필사의 악력을 떨쳐 내지도

또 그것으로부터 슬쩍 벗어나지도 못했다.
그 어떤 주술, 주문, 단창, 엄니도 독毒과 흑마술도   530
한때 발리노르에서 수사슴과 멧돼지를 사냥했던
저 사냥개를 해칠 수는 없었다.

    모르고스가 악惡에서 만들고 기른
가증스러운 영이 몸서리치며 그 어두운 집에서
벗어날 즈음, 그때 루시엔이 일어나   535
그의 단말마의 고통을 전율하며 바라보았다.

    "오 사특한 악마여, 악랄함과 거짓 및
간지로 배태된 음험한 환영이여,
예서 너는 죽고, 네 영은 벌벌 떨며 떠돌다
네 주인의 본거지로 돌아가   540
그의 경멸과 격분을 견뎌야 하리라.
그는 너를 신음하는 대지의 심연에
가둘 것인바, 그 깊은 구덩이 속에서
네 벌거벗은 영혼은
영구히 울부짖고 깩깩대리라.   545
네가 내게 네 검은 요새의 열쇠를 바치고
돌과 돌을 동여매는 주문을 실토하고
개문開門의 암호를 이르지 않으면
정녕 그리 되리라."

그가 숨을 헐떡이고 진저리치며 550
하는 수 없이 그 말에 굴해 뜻을 꺾고 말하니
자기 주인의 믿음을 저버렸더라.

보라! 한 줄기 미광이 별들처럼
밤하늘에서 다리 곁으로 내려와
이 지상에서 빛나고 떨었으라. 555
그에, 루시엔이 두 팔을 넓게 펼치고
소리 높여 불렀다. 온 세상이 고요할 때
때때로 요정의 긴 나팔 소리가 언덕 너머로
메아리치는 걸 필멸의 인간이 들을 때만큼
맑고 고요한 목소리로 불렀더라. 560
    희미한 산맥 위로 새벽이 살짝 모습을 드러냈다.
그 즉시 잿빛 꼭대기들이 잠잠해진 듯했다.
언덕이 진동하고 성채가 허물어지며
그 탑들이 죄다 무너졌다.
바위들이 입을 쩍 벌리고 다리가 부서지며 565
난데없는 연기 속에 시리온강이 거품을 내뿜었다.
    여명 속에 올빼미들 부엉부엉 울며
유령처럼 나는 게 보였고, 불결한 박쥐들은
가냘픈 비명 지르며 찬 대기를 스치듯 날아
섬뜩한 죽음 같은 밤그늘의 가지들 속에 570
새 잠자리를 찾았다. 늑대들은 구슬피 애처로이 울며
음침한 어둠처럼 달아났다.

저쪽에선 창백하고 텁수룩한 형체들이
잠에서 깬 듯 부신 눈을 가리며
구물구물 기어 나왔던바, 몸에 찰싹 달라붙은   575
밤 속의 오랜 비애에서 풀려나
빛에 무방비로 노출된 나머지
두려움과 놀라움에 휩싸인 포로들이었더라.

　　방대한 날개 지닌 흡혈귀 형상 하나가
새된 소리 내지르며 바닥에서 솟구쳐 쓱 하고 지나치니   580
그것의 검은 피가 나무들 위에 똑똑 떨어졌다.
후안은 자신의 몸 밑에서 생명이 빠져나간
늑대 시체 하나를 보았다. 수가
새 왕좌와 보다 은밀한 요새를 구축하고자
타우르나푸인으로 날아간 것이었다.   585
　　포로들이 와서 울며 감사와 찬양의 말을
애처로이 소리 높여 쏟아 냈다.
하지만 루시엔은 불안한 눈길 거두질 못했으니,
베렌이 나오지 않은 것이었다.
마침내 그녀가 말했다. "후안, 후안, 그렇다면   590
우리는 갖은 고생과 싸움을 마다 않고 찾아 헤맨
그를 사자死者들 속에서 찾아야만 하나?"
　　이윽고 그들은 나란히 이 돌 저 돌로
발걸음 옮기며 시리온강의 곳곳을 기어올랐다.
그들은 홀로 꼼짝도 않는 그를 발견했는데,   595

그는 펠라군드 곁에서 애도하느라 뉘 발길이 주저하며
다가온 건지 알고자 고개 한 번 돌리질 않더라.

"아! 베렌, 베렌이여!" 하고 그녀가 외쳤네.
"나 그대를 찾은 게 너무 늦은 셈인가요?
아아! 여기 지상에서   600
고귀한 종족 중에서도 가장 고귀한 이를
그대가 고뇌에 차 껴안은 게 허사라니!
아아! 일찍이 만남을 지극히 귀하게 여긴
우리가 눈물 속에 만나다니!"
　　그 목소리에 크나큰 사랑과 갈망이 그득했던바,   605
그가 애도를 그치며 올려다보자
그의 가슴엔 위험을 무릅쓰고 자신에게 온
그녀에 대한 사랑의 불길이 새로이 타올랐다.

　　"오 루시엔, 오 루시엔이여,
인간들의 어느 자식보다 어여쁘고   610
요정나라에서 제일 사랑스러운 처녀여,
대체 그대는 어떤 사랑의 힘을 지녔길래
여기 공포의 소굴을 찾아든 것입니까!
오, 이 새로운 빛 속에서 그대의 유연한 사지,
꿈같은 머릿결, 꽃단장한 눈부시게 흰 이마,   615
가녀린 두 손을 보게 되다니!"

막 날이 밝아 올 무렵
그녀는 그의 품에 안겨 기진했으라.

* * * * *

루시엔과 베렌이 시리온의 강둑을 배회한 내력은
요정들이 이젠 잊힌 상고上古의 요정 언어로   620
부른 노래들 속에 전해져 왔다.
그들이 많은 숲속 오솔길을 기쁨으로 채웠으니
거기를 지나는 그들의 발걸음 가볍고
나날이 즐거웠다.
비록 겨울이 숲속까지 파고들었어도   625
그녀가 있는 곳엔 꽃들이 떠날 줄을 몰랐더라.
티누비엘! 티누비엘이여!
베렌과 루시엔이 가는 곳이면
새들도 눈 덮인 봉우리 밑인들
머물러 노래하길 마다치 않더라.   630

　그들이 시리온강의 섬을 뒤로했지만
거기 언덕 꼭대기에는
초록 무덤과 돌무더기 보이고
거기에는 핀로드의 아들,
펠라군드의 하얀 유골 아직 묻혀 있노라.   635
저 땅이 변해 사라지거나

깊이를 알 수 없는 바닷속에 가라앉지 않는 한,
그리고 펠라군드가 발리노르의 나무들 아래서
웃으며 더는 눈물과 전쟁의
이 잿빛 세상에 오지 않을 동안은.   640

   펠라군드가 더는 나르고스론드에 오지 않았어도,
그들의 왕이 죽고 수가 타도되며
그 돌탑들이 무너졌다는 소문은
거기에도 빠르게 퍼졌다.
오래전 그 어두운 곳으로 갔던   645
많은 이들이 이제 마침내 귀향했던 게다.
사냥개 후안은 그림자처럼 돌아왔다.
자신의 용약勇躍에 대해
그가 받은 칭찬이나 감사는 빈약했건만,
그는 내키진 않았어도 여전히 충직했다.   650
켈레고름의 잠재우려는 노력도 헛되이
나로그의 궁전엔 소리 높은 불평이 들끓었다.
거기서 백성들은 페아노르의 아들들도
할 수 없을 저 일을 대담하게도 한 처녀가
해냈다고 외치며 그들 왕의 죽음을 몹시 슬퍼했다.   655
"이 신의 없고 불충한 영주들을 죽여 버리자!"
목하 변덕스러운 백성들은
더는 말 타고 달릴 수 없는
펠라군드를 지지하여 소리 높여 외쳤다.

오로드레스가 말했다.   660

"이제 왕국은 오로지 나의 것이다.

나는 동족상잔의 유혈을 용납하지 않을 것이다.

그러나 핀로드 가문을 무시한 이 형제들은

예서 빵도 휴식도 얻을 수 없다." 그들이 끌려왔다.

켈레고름이 경멸에 찬 표정으로   665

머리도 숙이지 않고 뻔뻔하게 섰다.

그의 눈에는 위협의 빛이 이글거렸다.

쿠루핀은 교활하고 얇은 입으로 빙긋 웃었다.

"영원히 사라지라,

일광이 바닷속으로 떨어지기 전에.   670

너희는 두 번 다시 여기로 올 수 없다,

페아노르의 그 어떤 아들도.

향후 내내 너희와 나르고스론드 사이엔

사랑의 유대란 없으리라."

"우리는 그 말씀을 유념하겠소" 하고   675

그들은 말하고 홱 돌아서 속히 걸어

아직 그들을 따르는 이들과 함께 말에 올랐다.

그들은 아무 말도 하지 않았지만

뿔나팔을 울리고 화급히 말을 달려

독한 분노 속에 떠났다.   680

　　이제 그 방랑자들은 도리아스 쪽으로
다가들고 있었다. 헐벗은 나뭇가지에
바람 차고 겨울 냉기가 스산하게 잿빛 풀밭을
스쳤음에도 그들은 머리 위로
창백하고 드높게 치솟은 쌀쌀한 하늘　　　　　　　685
아래서 노래했다. 그들은 구릉지에서 내달아
서쪽 국경 가까이서 언뜻 보이는
민데브강의 좁은 물길에 다다랐다.
싱골 왕의 땅을 에두르며
이방인의 발걸음을 어쩔 줄 모르게　　　　　　　690
그 거미줄에 친친 감는
멜리안의 마법이 시작되는 곳이었다.

　　거기서 불현듯 베렌의 마음이 서글퍼졌으라.
"아아, 티누비엘이여, 여기서 우린 헤어지고
함께했던 우리의 짧은 노래를 끝내며　　　　　　695
각기 제 갈 길을 외로이 가야 합니다!"

　　"왜 예서 우리가 헤어져요? 보다 환한 날이 새어 오는
바로 이 참에 무슨 말씀이에요?"

　　"그대가 무사히 국경지에 이른 만큼,
그 너머론 멜리안의 가호에 힘입어　　　　　　　700
편히 걸어 그대의 집과 사랑해 마지않는

나무들에 다다를 겁니다."

　"저 멀리 도리아스의 고운 나무들이
본디의 회색으로 일어서는 걸 보니
정녕 내 가슴 벅차올라요. 그렇지만 나는　　　　　705
마음으로부터 도리아스를 미워하기에,
도리아스에 발을 들이지 않고
내 집, 내 친족을 저버립니다.
당신이 내 곁에 있지 않고선
나는 영구히 거기의 풀도 잎도 보지 않겠어요.　　　710
깊고 세찬 에스갈두인강의 기슭도 음침할 뿐!
그럴진대, 왜 내가 이제 와서
굽이쳐 지나는 끝없는 물길 곁에
홀로 속절없이 앉아 노래도 저버리고
비탄과 외로움에 젖은 채　　　　　　　　　　715
저 무정한 물결을 지켜봐야만 하나요?"

　"설령 싱골께서 원하거나 허락하더라도
베렌이 두 번 다시는 도리아스로 가는
굽이진 길을 잡을 순 없으니까요.
나는 거기서 당신 아버지께 맹세하길,　　　　　720
찬란한 실마릴의 원정을 완수해
무훈을 통해 내가 바라던 것을 손에 넣지 않고는
돌아오지 않겠노라고 했으니까요.

'바위도 강철도 모르고스의 불길도

요정나라의 그 모든 권세도   725

내가 차지하려는 보석을 막을 순 없소.'

예전에 나는 인간들의 그 어떤 자식보다도

어여쁜 루시엔을 두고 이렇게 맹세했더랬지요.

아아! 슬픔으로 내 가슴 찢어지고 이별에 비탄할지언정

나는 내 서언誓言을 지켜야만 합니다."   730

  "그렇다면 루시엔은 집에 가지 않고

위험을 무릅쓰고 웃음도 모른 채

울며 숲속을 배회하겠어요.

그리고 만약 소녀가 당신의 뜻에 반해

당신 곁에서 함께 갈 수 없다면 베렌과 루시엔,   735

그들이 대지에서 혹은 그늘진 강가에서 만나

다시 한번 사랑할 때까지

당신의 무모한 발길을 좇아가겠어요."

  "아니오, 정녕 대담한 루시엔이여,

그대는 이별을 더 힘들게 만듭니다.   740

그대의 사랑이 나를 음산한 속박에서 끌어냈지만

결코 당신의 참으로 복된 빛이

저 먼 공포로, 모두가 두려워하는 저 캄캄하기

이를 데 없는 처소로 향할 순 없어요."

"결코, 결단코!" 하고 그가 몸서리치며 말했다.   745

한데, 마침 그녀가 그의 품에 안겨 항변하던 그때

마구 몰려오는 폭풍처럼 어떤 소리가 들렸다.

쿠루핀과 켈레고름이 난데없는 법석 속에

말을 타고 바람처럼 거기로 닥쳐왔다.

대지를 밟는 말발굽 소리가   750

귀가 멍멍할 만큼 요란했다.

지금 그들은 찾아야 할 도리아스와 타우르나푸인의

섬찟하도록 짙게 엉킨 어둠 사이로 난 길을 통해

북쪽으로 화급한 기세로 맹렬히 질주하는 중이었다.

그것이 그들의 친족이 거주하는 동쪽으로   755

가는 지름길이었던바,

그곳에는 경계 삼엄한 힘링언덕이

아글론협곡 위로 높고 고요히 걸려 있었다.

    그들이 그 방랑자들을 보았다. 그들이

환성을 지르며 황급한 궤주의 발길을 획 돌려   760

마치 맹렬한 말발굽 아래 그 연인들을 찢어발기고

그들의 사랑을 끝장낼 듯 곧바로 그들에게 들이닥쳤다.

그런데 그들이 다가오는 중에

말들이 콧구멍을 벌렁이고

도도한 목덜미를 구부리며 진로를 벗어나자   765

쿠루핀은 몸을 수그려 힘센 팔로

루시엔을 안장 앞가지로 들어 올리곤 웃어 젖혔다.

하지만 쾌재를 부르기엔 너무 일렀다. 그 즉시 베렌이

날카로운 미늘이 달린 화살에 맞아

마구 날뛰는 황갈색의 왕초 사자보다 더 사납고   770

뿔 달린 붉은 수사슴이 깊은 구렁까지 쫓겨

저편으로 껑충 뛰는 것보다 훨씬 높이 도약하여

포효하며 쿠루핀을 덮쳤던 게다.

베렌의 두 팔이 그의 목을 휘감으니

말과 기수 모두가 황망 중에 바닥에 떨어졌고,   775

거기서 그들은 소리도 내지 않고 싸웠도다.

루시엔은 벌거벗은 가지들과 하늘 아래

혼미한 정신으로 풀밭에 드러누웠다.

그 그노메는 베렌의 손가락들이

자신의 목을 모질게 움켜잡고   780

질식시키자 두 눈이 튀어나오고

헐떡이는 혀가 입에서 축 늘어졌다.

　　켈레고름이 창을 들고 달려들자

베렌에겐 비참한 죽음이 임박했더라.

루시엔이 가망 없던 사슬로부터 구해 낸   785

그가 요정의 창에 살해될 뻔할 순간

별안간 후안이 짖으며

엄니를 희게 번득이고 털을 곤두세운 채

그 주인의 얼굴 앞으로 튀어나와

마치 멧돼지나 늑대를 대하듯 노려보았으라.   790

　　말이 질겁하여 훌쩍 뛰어 비키자

켈레고름이 격분해 소리쳤다.

"빌어먹을 놈, 천한 태생의 개 주제에

감히 네 주인에 맞서 이빨을 드러내다니!"

그러나 개도 말도 담찬 기사騎士도   795

궁지에 몰려 흉포한 데다 차가운 분노를 내뿜는

강대한 후안에게 감히 다가들질 못했더라.

그의 아가리가 피에 물들어 있었던 게다.

그들은 뒷걸음질로 물러나 멀찍이서

겁에 질린 채 그를 노려보았다.   800

후안은 검, 칼, 언월도든, 활쏘기와 창던지기든

주인이든 하인이든 그 무엇도 두려워하지 않았으라.

　　루시엔이 저 싸움을 멈추지 않았더라면

거기서 쿠루핀은 죽고 말았을 게다.

혼절에서 깬 그녀가 일어나 베렌의 곁에   805

서서 괴로운 심경으로 나직이 외쳤다.

"임이여, 이제 당신의 노여움을 참으세요!

오르크들이나 하는 가증스러운 짓을 해선 안 돼요.

여기서 우리가 고래의 저주에 미혹되어

싸울 동안에도 요정나라의 적들은 무수하고   810

그 수가 줄어들지도 않으며

온 세상은 쇠퇴와 붕괴의 악화일로에 처해요.

부디 화평을 취하세요!"

그에, 베렌이 쿠루핀을 풀어 주었지만
그의 말과 쇠미늘 갑옷을 탈취하고   815
거기 칼집 없이 덩그러니 걸려 희미하게 빛나는,
강철 세공의 칼도 차지했다.
저 칼끝에 관통된 살은 어떤 의술로도
치유될 수 없었는데, 오래전 내리치는
망치질 소리가 종소리처럼 울려 퍼지던   820
노그로드에서 난쟁이들이 마법의 주문을
느릿느릿 외며 만든 칼이었던 게다.
그것은 쇠를 무른 장작처럼 쪼개고
쇠미늘 갑옷을 모직물처럼 갈랐다.
하지만 지금 그 손잡이를 쥔 건 다른 손이었다.   825
그 주인은 필멸자에게 내동댕이쳐져 널브러져 있었다.
베렌이 그를 들어 올려 멀리 내던지곤
신랄한 말투로 "꺼져라!" 하고 외쳤다.
"꺼져라! 반역자에 어리석은 자여,
유랑하며 네 육욕을 식히라!   830
일어나 가라. 그리고 더 이상
모르고스의 노예들이나 저주받은 오르크 같은 짓
하지 말고 페아노르의 당당한 아들답게
이제까지보다 더 당당한 행동을 보이라!"
이윽고 베렌이 루시엔을 데리고 갔지만,   835
후안은 아직도 그렇게 궁지에 빠져 있었다.

"잘 가라" 하고 가인佳人 켈레고름이 소리쳤다.

"멀리 사라져라! 지금도 계곡과 언덕 너머로 뻗칠

페아노르의 아들들의 격분을 맛보기보단

불모의 땅에서 굶주려 죽는 편이 나을 게다.　　　　　　840

어떤 보석도, 처녀도, 실마릴도

길이길이 네 수중에 있진 않으리라!

우리는 구름과 하늘을 두고 너를 저주하며

일어나 잠들 때까지 너를 저주하노라!

잘 가라!" 그는 잽싸게 말에서 뛰어내려　　　　　　845

땅바닥에서 아우를 들어 올린 다음,

서로 손 잡고 무심히 걸어가는 그들을 향해

금빛 시위가 매인 주목朱木 활을 팽팽히 잡아당겨

화살을 날려 보냈다.

무자비하게 굽은 난쟁이들의 화살이었다.　　　　　　850

그들은 결코 가는 방향을 바꾸지도

뒤를 돌아보지도 않았다.

후안이 요란하게 짖더니 불시에 뛰쳐 올라

맹렬하게 돌진하는 화살을 붙잡았다.

순식간에 또 다른 화살이 쌩하고 무시무시하게 날아왔다.　　855

그러나 베렌이 몸을 돌려 돌연히 솟구쳐

자신의 가슴으로 루시엔을 지켰다.

그 화살은 살에 깊이 박히고서야 멈췄다.

그가 땅바닥에 쓰러졌다. 그들은 웃으며

그를 누운 그대로 버려두고 말을 달려 도망치면서도　　　860

뒤쫓는 후안의 핏발 선 분노에 기겁해
바람처럼 박차를 가했다.
비록 쿠루핀은 멍든 입으로 웃어 젖혔지만
훗날 북부에서는 저 비겁한 화살에 대한
얘기와 소문이 자자했으며,   865
인간들은 큰땅 행군 때에 그 일을 기억했고
모르고스의 뜻은 그 일에 대한 증오를 부추겼더라.

　　그 후로는 새로 태어난 어떤 사냥개도
켈레고름이나 쿠루핀의 뿔나팔 소리를 좇지 않았다.
비록 그들의 가문 전체가 다툼과 내분으로 인해   870
유혈 참극 속에 허물어졌더라도
그 후로 후안은 더는
저 주인의 발치에 머리를 뉘지 않고
루시엔을 용감하고 날래게 따랐으라.
이제 그녀가 울며 베렌 곁에   875
풀썩 주저앉아 거기 빠르게 흘러나오며
샘솟는 피를 막으려 애썼다.
그녀는 그의 가슴에서 옷을 벗기고
어깨에 박힌 날카로운 화살을 뽑고
그 상처를 눈물로 깨끗이 씻었다.   880
　　이윽고 후안이 모든 약초 중에
가장 잘 듣는 잎사귀 하나를 가져왔다.
숲속 빈터에서 회백색의 넓은 잎을 달고

자라는 상록의 잎사귀였다.

숲속 길들을 두루 쫓아다닌지라   885

후안은 모든 풀의 효능을 익히 알고 있었다.

그가 그것으로 통증을 속히 가라앉힌 반면에

루시엔은 그늘에서 지혈의 노래를

읊조리며 수그린 몸을 좌우로 흔들었다.

요정 아내들이 전쟁과 무기의   890

통탄스러운 삶을 견디며 오래도록 불러 온 노래였다.

험악한 산맥으로부터 어둠이 내리깔렸다.

이내 어둑해진 북쪽 하늘 주위에

신들의 낫이 돋아나고

돌처럼 굳은 밤 속에 그 별들이 제각각   895

환하게, 그리고 차고 희게 반짝이며 빼꼼 내다보았다.

하지만 땅바닥에는 발갛게 타는 하나의 불빛,

밑에서 확 타오르는 하나의 붉은 불꽃이 있었다.

탁탁 소리 내며 타는 장작과 불꽃 푹푹 튀기는

가시덤불의 모닥불 곁 곁어 세운 나뭇가지 아래   900

베렌이 잠 속에서 이곳저곳을

거닐고 떠도는 혼미한 정신으로 누웠더라.

한 아리다운 처녀가 그 위로 몸을 숙이고 밤샘으로

망을 보았다. 그녀는 그의 갈증을 풀어 주고

그의 이마를 어루만지며   905

일찍이 룬 문자로나 전승 요법에 쓰인 것보다

더 용한 노래를 나직이 흥얼거렸다.
야경夜警의 시간이 느릿느릿 지나갔다.
박명薄明에서 햇살 미약한 낮에 이르기까지
안개 낀 아침이 잿빛으로 천천히 흘렀다.   910

　　이윽고 베렌이 잠에서 깨 눈을 뜨더니
일어나 외쳤다. "나는 다른 하늘 아래
이곳보다 무시무시한 미지의 땅에서
홀로 오래도록 배회하다 사자死者들이 거하는
짙은 어둠의 세계로 갔던 듯해요.   915
그렇지만 내가 익히 아는 한 목소리가
종소리처럼, 수금처럼, 하프처럼, 새들처럼,
가사 없이도 마음을 움직이는 음악처럼
내내 나를 부르고 밤새 나를 부르더니
마법에 들린 듯한 나를 도로 빛으로 이끌었습니다!   920
상처를 치유하고 고통을 완화시켰지요!
이제 우리가 다시 아침을 맞았으니
새로운 여정이 또 한 번 우릴
생명을 얻을 수 있는 위급으로 이끌 겁니다.
베렌이 바랄 것은 아닐 테지만 말예요.   925
거친 언덕들과 어지러운 길들을 헤쳐 가는
내 행로를 따라 언제까지나
그대의 요정 노래가 메아리칠 테지만,
그대에겐 도리아스의 숲속 나무들 아래

그대를 기다리는 이가 있어요."　　　　　　　　　　930

　"아녜요, 이제 우리의 적은 더 이상 사특한
모르고스만이 아니에요. 한데도, 당신의 원정은
요정나라의 고뇌, 전쟁 및 반목에
발이 묶여 있어요. 그리고 당신과 나에게
닥칠 건 죽음뿐이에요. 두려움을 모르는　　　　　935
후안이 옛적에 선포된 운명의 끝을 예고한 만큼
만약 당신이 계속 밀고 나간다면, 내 예감으론
이 모든 게 순식간에 뒤따를 거예요.
당신의 손이 페아노르의 불꽃, 저 불길하게 타오르는
보석을 후무려 싱골의 무릎 위에　　　　　　　940
놓을 순 없어요, 결단코 안 될 일이에요!
그런데도 왜 가나요? 왜 우리가
공포와 재앙으로부터 발길 돌려
떠돌이 신세로나마 온 세상을 집 삼아
햇살과 미풍 받으며 나무들 아래로,　　　　　945
산맥을 넘어 바닷가로 거닐고 방랑하면 안 되나요?"

　이렇듯 그들은 침울한 심경으로 오래도록 얘기했다.
그렇지만 그녀의 온갖 요정의 술책도
나긋나긋한 두 팔도
비 머금은 하늘에서 떠는 별들처럼 빛나는 두 눈도　　950
부드러운 입술도 마법의 목소리도

그의 뜻을 굽히거나 그의 선택을 흔들진 못했더라.

그녀를 거기 엄중한 보호 속에 놓아둘 게 아니라면

결코 그는 도리아스로 가지 않을 것이고,

전쟁과 재앙이 닥칠까 봐   955

결코 그녀와 함께 나르고스론드로 가지 않을 것이며

결단코 그녀로 하여금 지친 몸에 맨발로

집 없이 잠 못 이루며 인적미답의 세상을 배회하게

하진 않을 것이었다. 그가 사랑의 힘으로 어머니 품 같은

숨은 왕국으로부터 끌어낸 그녀가 아니었던가.   960

"목하 모르고스의 권세가 분기해

벌써 언덕과 계곡을 뒤흔들며

사냥이 시작된 터에 그 먹잇감인 길 잃은 처녀,

요정의 자식은 이토록 무모하나요.

목하 오르크들과 환영들이 이 나무 저 나무로   965

찾아 헤매며 모든 그늘과 우묵땅을 공포로 가득

채우고 있는바, 그들이 찾는 게 바로 당신이란 말입니다!

그 생각만 하면 내 희망 점점 꺾이고

내 가슴 서늘해져요. 나는 내 맹세를 저주하고,

우리 둘을 한데 묶어 어둠 속에서   970

도주하고 방랑할 한탄스러운 내 운명에

당신의 발길을 옭아맨 숙명을 저주합니다!

자, 이제 서둘러 날 지기 전에

최대한 걸음을 재촉해 당신네 땅의

경계를 넘어 도리아스의 너도밤나무와   975

참나무 아래 서도록 합시다.

그 어떤 악도 거기로 이르는 길을 찾을 수 없고

저 숲 처마들 위에 드리운

귀 곤두세운 잎사귀들을 지나칠 수도 없는

아름다운 도리아스로 말예요.”   980

　그러자 그녀가 그의 뜻에 따를 것 같았다.

그들은 재바르게 걸어 도리아스 국경을 넘었다.

거기서 그들은 깊고 이끼 낀

숲속 공터에서 머물며 쉬었다.

거기서 그들은 비단처럼 보드라운   985

크나큰 너도밤나무들 아래

바람을 피해 누워 대지가

바다 밑으로 가라앉을지라도 지속될 것이고

여기선 서로 갈라질지라도

서녘 해안에서 영원히 만날 사랑을 노래했다.   990

　마치 너무나 매섭게 추운 날

해가 들지 않는 시각에는

고운 꽃이 벌어질 수 없는 것처럼

그녀가 이끼 위에 누워 잠든 어느 아침

베렌은 일어나 그녀 머리칼에 입 맞추고   995

운 다음 그녀를 거기 두고 조용히 떠났다.

“충실한 후안이여” 하고 그가 말했다.

"그녀를 잘 지켜 주게! 잎새라곤 볼 수 없는 들판 속의
수선화도 가시덤불 속의 쓸쓸한 장미도
바람에 저토록 여리고 향기로이 날리진 않네.   1000
그녀를 바람과 서리로부터 보호하고
움켜쥐고 내던질 손들로부터 숨겨 주게.
이제 자존심과 운명 때문에 나는 가야 하니
그녀를 방랑과 재앙으로부터 막아 주게."

    그는 말을 타고 떠났고,   1005
차마 돌아보지 못했다.
그날 온종일 그는 돌 같은 마음으로
북쪽을 바라고 길을 잡아 갔더라.

                    ＊ ＊ ＊ ＊ ＊

일찍이 평원이 드넓고 반반하게 펼쳐진 곳에서
핑골핀 왕은 초원 위로   1010
은빛 대군을 지휘했던바,
말들은 희고, 창들은 예리하며
우뚝한 투구들은 강철로 깎아 새겼고
방패들은 달처럼 빛났으라.
    거기 나팔 소리 길고도 크게 울리는 가운데   1015
모르고스의 북쪽 탑 위에 드리운
암운에 대한 도전의 함성 쟁쟁하게 울려 퍼졌고

모르고스도 때를 기다리고 있더라.

    겨울의 한밤 속에 차고 희게 웅크린
불길이 강물처럼 와락 평원을 덮치니   1020
그 붉은빛이 하늘 높이 비쳤으라.
그들은 히슬룸의 성벽에서
불길과 증기, 연기가 겹겹의 나선으로
껑충 치솟는 걸 보았는데,
그 엄청난 혼란 속에 별들이 질식할 지경이었다.   1025
하여, 그 광대한 들판은 사라져 재로,
바람에 날려 쌓인 모래와 노란 녹으로,
목마른 사구砂丘로 변했고,
메마른 돌들 속엔
부서진 유해들이 어지러이 널렸더라.   1030
    훗날 도르나파우글리스, 목마른땅으로 명명된 대로
그곳은 저주받은 불모의 땅, 갈까마귀들만 몰려드는
숱한 가인들과 용자들의 지붕 없는 무덤이었노라.
곧이어, 검은 수의로 덮인
죽음의 배들의 많은 돛대들이   1035
유령 같은 미풍에 실려 올 즈음,
돌투성이 비탈들이 북쪽으로 경사진
죽음 같은 밤그늘로부터,
방대한 칼깃에 새까만 깃털 달린
황량하고 음침한 소나무들로부터 밖을 내다보았다.   1040

거기서부터 베렌은 이제 그 사구들과
상태가 수시로 변하는 날씨를 가로질러
저 멀리 위압하듯 높이 솟은 탑들을 보았던바,
거기 상고로드림이 당장이라도 천둥을 칠 것처럼 서 있었다.

    그 굶주린 말, 그노메족의 의기 높은 군마가   1045
고개를 수그리고 곁에 서 있었다. 그마저
그 숲을 두려워했으니 그 으스스한 유령 같은 평원 위를
활보할 말은 다시는 없으리라. "심보 고약한
주인을 둔 나무랄 데 없는 군마여" 하고 그가 말했다.
"이제 여기서 작별이노라! 머리를 높이 쳐들고서   1050
우리가 온 길을 되짚어 시리온강의 계곡으로,
한때 수가 다스린 어슴푸레한 섬을 지나
단물과 네 발에 길게 휘감기는
풀밭으로 가거라.
네가 더 이상 쿠루핀을 찾지 못하더라도   1055
슬퍼하지 말라! 고된 일과 전쟁을 벗어나
가서 암사슴, 수사슴과 함께 자유로이 떠돌며
옛날 네 강대한 종족이 산들로 에워싸인
타브로스의 사냥터에서 왔던
발리노르로 돌아간 걸로 생각하라."   1060
    베렌은 계속 거기 앉아 노래했고
그 외로운 노랫소리는 크게 울려 퍼졌다.
오르크들이 듣든 늑대가 어슬렁거리든
혹은 어떤 고약한 동물이 살금살금 걸으며

타우르나푸인의 그늘에서 빼꼼히 내다보던   1065
이제 빛과 낮을 등지고 요지부동의 마음에
사무치고 모질며 이상하게 흥분한 그로서는
그 무엇에도 아랑곳하지 않았다.

　"이제 너희 나뭇잎들, 아침 미풍 속에
실려 오던 너희의 음악과도 여기서 작별하노라!   1070
사계의 변화를 지켜보던 잎, 꽃, 풀이여,
돌멩이 위로 졸졸 흐르는 강물과
제 홀로 조용하기만 한 호수들이여,
너희와도 이젠 안녕!
산과 계곡, 들판이여, 이젠 안녕!   1075
바람, 서리와 비, 안개와
구름 및 하늘의 대기여,
그리고 베렌이 죽더라도
여전히 하늘에서 드넓은 대지를 내려다볼
너희 눈부시게 아름다운 별과 달이여, 이젠 안녕!   1080
설령 죽지 않더라도 베렌은
눈물 짓는 이들의 애달픈 메아리가 닿지 않을
저 깊디깊은 곳에 누워
영원한 어둠과 연기 속에 질식하리라.
　인간의 언어로는 이루 표현할 수 없을 만큼   1085
아름다운 루시엔 티누비엘이
여기에 눕고 예서 그 날렵한 사지로

237

달빛과 햇살 받으며 달렸으니,

그 영원한 축복 입은

향기로운 대지와 북쪽 하늘이여, 안녕.　　　　　1090

온 세상이 폐허가 되고

해체되고 무화無化되어

도로 고대의 심연으로 되돌아간다 하더라도,

새벽, 어스름, 대지, 바다가 있었기에

그리고 한때 루시엔이 있었기에　　　　　1095

이로 하여 세상의 탄생은 좋았으라!"

　　그는 손에 쥔 칼날을 높이 들고

당장에라도 닥칠 듯한 모르고스의 권세 앞에

홀로 서서 어디 한번 해보라며

불굴의 기세로 그를, 그의 궁전과 탑을,　　　　　1100

짓누르는 손과 짓밟는 발을, 시작과 끝을,

그리고 머리 꼭대기에서 발끝까지를

저주하고는 이윽고 발길 돌려 두려움을 떨치고

희망을 저버린 채 비탈길을 따라 나아갔다.

　　"아, 베렌, 베렌!" 하는 한 소리가 들렸다.　　　　　1105

"내가 당신을 찾은 게 너무 늦은 건 아닌지!

오 당당하고 두려움 없는 손과 가슴이여,

아직은 안녕이 아니고 아직 우린 헤어지지 않았어요!

요정 종족은 한번 맺은 사랑을

이렇듯 저버리진 않아요.   1110
당신의 사랑만큼이나 힘센 제 사랑은
나약하고 무를지언정 견뎌 내고
꺾이지 않고 굴하지도 않으며
세상의 토대 밑에 내던져진들
정복되지 않는 투지로   1115
능히 죽음의 성문과 탑도 뒤흔들죠.
사랑하는 어리석은 이여! 그 같은 추격에서
벗어나려 하시다니. 당신의 사랑하는 이를
사랑에서 구제하는 게 옳다 여겨
그리 나약하게도 그 힘 믿지 않으시다니.   1120
선의의 감시 속에 시름의 세월 보내며 갇혀 날지 못한 채
오로지 그 지주支柱 되고자 사랑 맺은
그를 돕지 못하느니 차라리 무덤과 고문을 반길
당신의 사랑하는 이를!"

    이렇게 루시엔은 그에게로 돌아왔다.   1125
그들은 인간의 습속 저편에서 만났고,
사막과 숲 사이
공포의 벼랑 가에 섰으라.
    감미로운 포옹 속에서 그는 그녀를,
자신의 입술 아래 치켜든   1130
그녀의 얼굴을 지그시 바라보았다.
"이제 난 눈에 띄지 않게 당신을 이리로 이끈

나의 맹세를 세 번째로 저주합니다!
한데 후안은 어디, 내가 믿었던 사냥개는 어디 있습니까?
내가 당신을 사랑하는 마음에서 지옥으로의 치명적인   1135
방랑을 하지 않게끔 잘 지켜달라고 신신당부했건만.

  "몰라요! 하지만 모진 임이여,
신실한 후안의 가슴은
당신보다 현명하고, 다정하며 소원도 잘 들어주죠!
거기서 애타도록 길게 간청했더니 마침내   1140
그가 내 바람대로 당신을 찾을 만한 데로
날 데려다줬어요. 후안은 물 흐르는 듯한 속도로
나아가는 훌륭한 여성용 말이 될 수도 있죠.
우리가 질주하는 모습을 당신이 봤더라면
웃었을 거예요, 늑대인간에 올라탄 오르크가   1145
여러 밤에 걸쳐 습지와 진창, 황야와 숲을
가르며 황급히 달리는 꼴 같았을 테니!
그러다가 내가 당신의 노랫소리를 선명히
들었을 때—(그뿐 아니라, 누군가가 말끝마다 무턱대고
루시엔을 외쳐 댔고 가만 들어 보니 독하게도 악에   1150
저항했어요)—그는 나를 내려놓고 쏜살같이
사라졌어요. 그렇지만 난 그의 용무는 몰라요."

  머잖아 그들은 그것을 알았다. 사냥에 나선 어떤
못된 놈이 그가 돌아오기 전에 그가 내버려 둔

그녀를 붙잡아 가진 않았을까 하는 두려움에   1155
후안이 큰 숨을 헐떡이며 이글대는 눈빛으로
왔던 게다. 그는 그들의 발치에
시리온강의 저 우뚝한 섬에서 획득한
소름 끼치게 새까만 형체 둘을 내려놓았다.
하나는 엄청나게 큰 늑대가죽으로,   1160
조야한 수피獸皮가 길고 마구 엉킨 데다
섬뜩한 모피와 가죽엔 사악한 마법이 흠뻑 밴
늑대인간 드라우글루인의 외피였다.
다른 하나는 손가락 모양의 크나큰 날개에
각 이음새 끝마다 쇠못 같은 미늘이 달린   1165
박쥐 꼴의 복장이었다.
수의 사자使者들이
외마디 소리를 지르며
죽음 같은 밤그늘에서 하늘로 날아오를 때
그런 날개들이 달을 배경으로   1170
검은 구름장처럼 펼쳐졌다.
"무엇을 가져온 건가, 훌륭한 후안이여?
속셈이 뭔가? 그대가 수를 꺾을 시의
무용과 분투의 전리품이 여기 이 황야에서
무슨 소용인가?" 베렌이 이렇게 말하자   1175
후안에게 한 번 더 말이 깨어났으니
그 목소리가 발마르의 성채들에서 울리는
낮고 굵은 음조의 종소리 같더라.

"모르고스의 것이든 싱골의 것이든, 싫든 좋든

그대는 하나의 아름다운 보석을 후무려야 하오.   1180

여기서 그댄 사랑과 맹세 중에서 선택해야 하오!

만약 그대가 맹세의 위반을 아직도 꺼린다면

그렇다면 루시엔이 홀로 죽거나

아니면 죽음이 그대 앞에 매복한

그대의 운명을 향해 진격해   1185

그것과 겯거니틀거니 승부를 겨뤄야만 하오.

베렌이여, 그대가 이렇듯

필멸의 차림새로 필멸의 빛깔을 띠고 분별 없이

아무 생각도 없이 그저 죽으려고만 달려들지 않는다면,

원정은 가망 없는 일이지만 아직 미친 짓은 아니오.   1190

　보시오! 펠라군드의 계획이 훌륭하긴 했지만

그대들이 후안의 조언을 감연히 수용하겠다면

더 좋은 계획이 있는바,

유령의 마수 같은 지옥의 날개들을 뒤집어 쓰면

순식간에 그대들은 마법사 섬의 늑대인간이나   1195

유독한 수피의 괴물 같은 박쥐처럼

극히 역겹고 혐오스러우며 몸서리나는

형상들로 흉측하게 변할 것이오.

　아아! 내가 사랑하고 싸워 지키려는 그대들은

그렇게 해야만 할 만큼 암울한 궁지에 처했소.   1200

나는 더 이상은 그대들과 함께 갈 수도 없소.

앙반드의 빼꼼 열린 우람한 문을

늘대인간 옆에서 친교를 나누며 걷는

거대한 사냥개가 어디 있겠소?

그렇지만 내가 두 번 다시 저 문으로   1205

발길을 옮길 수 없는 처지일지라도

그대들이 그 성문에서 마주하는 것을

몸소 보는 것이 내 운명일 거라는 생각이 드오.

희망이 흐려지고 그에 따라 내 눈도 침침해졌소.

그 너머의 일은 선명히 보이지 않소.   1210

그렇더라도 아마 도리아스로 돌아가는 그대들의 행로는

모든 난관을 뚫고 이끌 수 있을 게요.

그리고 어쩌면 말로가 닥치기 전에 우리 셋은

거기로 가 다시 만날 것이오."

   그들은 그토록 속 깊고도 조리 있는   1215

그의 힘 있는 말을 듣고 경탄해 마지않았는데,

그는 마침 밤이 다가오는 그 참에

갑자기 그들의 시야에서 사라졌다.

   얼마 후 그들은 그의 무시무시한 계획을 받아들여

스스로의 기품 있는 형상을 저버리고   1220

몸서리치며 늘대인간의 수피와

박쥐 같은 날개로 차려입을 준비를 했다.

   악으로 뒤범벅된 불결한 의복을 걸친 탓에

그들의 정신이 미쳐 날뛰지 않게끔

루시엔이 요정의 마법을 부렸고,   1225

그에 더하여 요정의 재주로

자정까지 노래를 부름으로써

벽사辟邪의 튼튼한 방어막을 쳤다.

   베렌이 재빨리 늑대가죽을 입고

새빨간 혀를 빼물고 굶주린 듯   1230

침 흘리며 바닥에 누웠다.

한데, 박쥐 같은 형체 하나가 무릎으로 기며

주름 잡히고 삐걱대는 날개를 끄는 걸 보자 그의 두 눈엔

고통과 갈망의 버무림, 공포의 표정이 어렸더라.

이윽고 그가 달 아래 울부짖으며   1235

네 발로 날래게 도약해 이 돌에서 저 돌로

언덕에서 평원으로 돌아다녔다.

그러나 혼자 몸이 아니었던바,

어둑한 형체 하나가 비탈길을 따라 스치듯 날아

그의 위로 선회하며 훨훨 날아다녔으라.   1240

   달빛 아래, 시들고 메마른 재와 먼지,

목 타는 모래 언덕이

차갑고 수시로 방향 바뀌는 미풍을 타고 날아

황량하고 을씨년스럽게 살랑거렸다.

불에 데어 부푼 돌들, 숨 헐떡이는 모래 및   1245

산산이 부서진 유골로 만들어진

저 땅 위에는 지금 분 바른 가죽을 쓰고
혀를 늘어뜨린 지옥의 형체 하나가 몰래 돌아다녔다.
　헬쑥한 낮이 또 한 번 기어 돌아왔을 때도
찌는 듯한 아득한 거리가 여전히 앞에 가로놓였고　　　　　1250
모래언덕과 무덤 위를 스산하게 지나치는
수상한 그림자와 유령 같은 소리와 더불어
오싹하도록 추운 밤이 한 번 더 깔릴 때도
숨 막힐 듯한 머나먼 거리가 앞에 쭉 펼쳐졌다.
　두 번째 아침이 구름과 연기 속에서　　　　　　　　　1255
발버둥 칠 때 장님인 양 힘없이 허청대는
늑대 형체 하나가 비틀며 나아와
북쪽 산기슭의 작은 언덕에 닿았는데,
거기 그 등에는 햇살에 눈을 감다시피 하는
구겨진 물체 하나가 접힌 몸으로 엎혀 있었다.　　　　　　1260

　앙상하게 뼈만 남은 이빨들처럼,
칼집이 열리면서 양쪽으로
음산한 길을 움켜쥔 집게발들처럼
암반들이 우뚝 솟았고, 그 길은 계속 뻗어
어둑한 산속 저 높은 데 황량한 땅굴들과　　　　　　　1265
완고한 문들이 달린 저 처소로 이어졌다.
　그들은 험악한 그늘 속에 기어들어
왠지 모르게 곱송그리며 몸을 뉘었다.
그들은 거기 길가에서 오래도록 잠복하며

도리아스를, 웃음과 음악과 깨끗한 공기를,   1270

팔랑이는 나뭇잎들 속에서 어여삐

노래하는 새들을 꿈꾸며 몸을 떨었다.

   그들은 잠에서 깨 땅 밑 저 아래서

진동하는 소리, 마구 두들기는 소리의 메아리가

발밑에서 흔들리는 것을 느꼈다.   1275

모르고스의 대장간들에서 울리는 쟁쟁한 소음이었다.

그리고 쇠 구두를 신은 냉혹한 발들이 쿵쿵거리며

저 거리를 내려가는 소리를 듣고 그들은 소스라치게 놀랐다.

오르크들이 약탈과 전쟁에 나선 것으로

발로그 대장들이 앞장서 행진했다.   1280

   그들이 더 이상 처박혀 있지 않고 떨쳐 일어나

저녁 무렵의 야음을 틈타 밖으로 나선 것이었다.

사악한 심부름에 몰두한 사악한 것들이

서둘러 긴 비탈길들을 올라갔다. 양 옆으론

깎아지른 듯한 벼랑들이 내내 더 높이 솟았는데,   1285

썩은 고기를 먹는 새들이 거기에 앉아 깍깍 울어 댔고,

연기가 피어오르는 시커먼 구렁들이 쩍 갈라진 데서는

뱀 같은 것들이 부화해 꿈틀꿈틀 기었다.

마침내 그들은 산 뿌리에 웅크린 천둥처럼

상고로드림의 기부基部를 덮쳐 누르는   1290

저 무량한 어둠—돌출한 운명처럼

무거운— 속에 저 마지막 평원에

다다랐다. 흡사 거대한 탑들로 에워싸이고
겹겹의 보루 같은 절벽들로 요새화된
음침한 궁전에 다다른 듯했다.   1295
바우글리르의 광대한 궁전의
까마득히 높은 마지막 성벽 앞에
공허하리만치 끝없이 펼쳐진 그 평원 밑으로
성문들의 엄청나게 큰 그림자가
그 으스스한 모습을 불쑥 드러냈다.   1300

＊ ＊ ＊ ＊ ＊

옛적 한때 저 방대한 그림자 속에
핑골핀이 섰다. 그는 남빛 하늘 바탕에
수정 같은 별이 멀리서
희미하게 빛나는 방패를 들었다.
가누기 힘든 격분과 증오에 휩싸여   1305
저 성문을 필사적으로 쾅쾅 두드리곤
초록 어깨띠의 은빛 나팔에서 여리지만
맑고 날카롭게 울려 퍼지는 소리를
끝없는 석조 성채들이 삼켜 버릴 동안
그 그노메 왕은 거기 홀로 섰더라.   1310
거기서 핑골핀은 자신의 가망 없는 도전을
불굴의 기세로 외쳤도다. "자, 암흑의 왕이여,
독하게도 뻔뻔스러운 네 성문을 활짝 열라!

대지와 하늘이라면 질색하는 자여, 썩 나서라!

오 극악무도한 겁쟁이 군주여, 썩 나서   1315

네 스스로의 손과 검으로 싸우라,

떼거리 노예의 무리들을 부리는 자여,

강고한 성벽 속에 잔뜩 도사린 폭군이여,

신들과 요정 종족의 대적이여!

예서 내가 너를 기다리노라. 오라! 네 얼굴을 보이라!"   1320

    이윽고 모르고스가 나왔다.

저 일련의 대전大戰에서 마지막으로

그가 감연히 지하 밑바닥의 왕좌에서

올라온바, 그 발소리부터가

지하에서 우르르 울리는 지진 소리였다.   1325

그가 칠흑의 갑옷 차림에 강철왕관을 쓰고

우뚝 솟은 탑처럼 출격했다.

그가 지하세계의 저 쇠망치 그론드를

철퇴마냥 드높이 내던질 때

문장紋章 없는 검은 바탕에   1330

뇌운 같은 그림자가 새겨진 거대한 방패가

얼핏 드러난 왕의 모습을 가렸다.

그것이 벼락처럼 쨍그렁하고 땅바닥에

굴러떨어져 그 밑의 바위들을 바숴 버리자

연기가 치솟고 구덩이가 쩍 벌어지고   1335

불길이 획 날았다.

    그 즉시 핑골핀이 구름장 밑을 휙 스치는
한 줄기 빛처럼, 한 가닥의 번쩍이는 백색 광선처럼
옆으로 훌쩍 뛰어 몸을 피하고선
요정의 솜씨로 세공된 자신의 검,   1340
링길을 차고 푸르게 번득이는 얼음장처럼 뽑아
필살의 냉기를 담아 그 살을 꿰질렀도다.
그 검으로 대적에게 일곱 군데 상처가 벌어지자
굉장한 고통의 비명이 일곱 번 산맥에
울려 퍼지고 대지가 진동하며   1345
앙반드의 대군이 기겁하여 부들부들 떨었으라.
    그렇지만 후에 오르크들은 지옥 성문에서의
그 결투를 두고 웃어 젖히며 얘기하리라.
반면, 이 노래 이전에
그것에 관한 요정 노래는 딱 한 번 지어진바,   1350
그 강대한 왕이 비탄 속에 높은 무덤 속에 뉘고
하늘의 독수리 소론도르가
그 엄청난 비보를 갖고
옛적의 요정나라에 알려 애도하게 했을 때였다.
핑골핀은 굉장한 타격들에 꺾였지만   1355
여전히 세 차례 모두 벌떡 높이 일어나
별처럼 빛나는 당당한 의기로
찌그러진 방패와 갈라진 투구를 잡았으라.
대지가 온통 터지고 찢긴 구덩이들로
주변에 널릴 때까지   1360

어떤 어둠도 힘도 꺾을 수 없는 그의 무기였도다.

그가 기진했다. 그의 두 발이 곱드러졌다.

그가 산산이 망가져 바닥에 쓰러졌고,

뿌리 깊은 언덕 같은 발 하나가

그의 목을 짓눌렀다.　　　　　　　　　　　1365

그는 납작하게 짓밟혔지만 아직 정복되진 않았다.

그가 최후의 절망적인 일격을 가했으라.

가냘픈 링길이 그 강고한 발의 뒤꿈치 부위를

베자, 검은 피가 모락모락 김 나는

샘에서처럼 홍수같이 분출했더라.　　　　　　1370

　　저 일격 탓에 천하의 모르고스는 영구히

발을 절뚝거렸다. 그러나 왕을 쳐부순 만큼

이제 그는 그 시신을 토막토막으로 썰고 잘라

늑대들의 먹잇감으로 내던질 참이었다.

한데, 보라! 모르고스를 감시하기 위해　　　　1375

만웨가 하늘 밑의 처녀봉 위에

높이 세우라 명한 왕좌에서

당장 독수리들의 왕 소론도르가

급강하하여 덮친 다음 찢어발기는 황금빛 부리로

바우글리르의 얼굴을 강타하곤　　　　　　　1380

늑대들의 요란한 아우성에도 불구하고 곧장

그 위대한 요정 왕의 시신을 낚아채

백팔십 척 너비의 날개로 떠올랐다.

그다음 그는, 훗날

요새 도시 곤돌린이 지배한   1385
저 평원을 멀리 남쪽까지
에두른 산맥 가운데
어느 눈 덮인 아찔하게 높은 산꼭대기에
그 강대한 사자死者를 쌓아 올린
원추형 돌무덤 속에 뉘었다.   1390
이후에는 어떤 오르크나 악령도 감히 저 고개를
오르지 못했으니, 곤돌린의 정해진 운명 때까지
핑골핀의 높고 거룩한 무덤이
그 고개의 목을 빤히 지켜보았기 때문이라.

   이렇게 바우글리르는 그의 거무스레한 얼굴을   1395
망쳐 놓은 깊게 주름진 상처를 입었고
이렇게 절뚝거리는 걸음걸이를 얻었다.
그러나 이후로 그는 숨겨진 왕좌에 앉아
어둠 속에서 심원하게 다스렸고
세상을 손아귀에 쥐려는 웅대한 계략을   1400
느긋이 세우며 천둥이라도 칠 듯한
둔중한 발걸음으로 석조 궁전을 왔다 갔다 했다.
대군의 통솔자, 재앙의 왕자王者로서 이제 그는
노예든 적이든 누구에게도 쉴 틈을 주지 않았다.
그는 경계와 감시를 세 곱절 강화시키고   1405
밀정들을 서에서 동으로 내보냈고
북부의 도처에서 소식이 날아들었다.

누가 싸웠고 누가 쓰러졌으며, 누가 진격했고

누가 비밀리에 책동했고 누가 축재했으며

어느 처녀가 아름답고 어느 군주가 오만한지   1410

거의 모든 일들을 꿰뚫었으니

거의 모든 이들의 심사가 그의 간악한 계교에 걸려들었다.

   하지만 그 어떤 공세도 멜리안이 걸어 둔

장막을 넘어 도리아스로 들어가

해를 끼칠 순 없었다. 그곳의 사정은 지나는 결에   1415

희미한 풍문으로만 그에게 들려올 뿐이었다.

적들의 여타 동태에 대한

도처에서의 요란한 소문과 분명한 기별,

페아노르의 일곱 아들들, 나르고스론드 그리고

어둑한 히슬룸의 언덕 밑 나무 밑에서   1420

계속 군사를 모으는

핑곤으로부터의 전쟁 위협,

이런 것들은 매일같이 들려왔다.

그는 자신의 권세가 한창임에도

또다시 두려워졌다.   1425

들려오는 베렌의 명성에 그는 애가 탔고,

측랑側廊이 있는 숲들을 따라선

장대한 후안이 짖어 대는 소리가 들렸다.

   곧이어 루시엔이 무모하게 숲과 협곡을

떠돈다는 참으로 야릇한 소식이 들려온바,   1430

그는 그토록 예쁘고 여린 저 처녀를 떠올리고
오랫동안 싱골의 속셈을
고량考量하며 의아하게 여겼다.
그가 군사를 딸려 맹장 볼도그를
도리아스의 변경으로 보냈지만 불시의 공격이   1435
그를 덮쳐 볼도그의 무리에서 돌아와
소식을 전하는 이가 없었으니,
싱골이 모르고스의 교만한 콧대를 꺾은 것이었다.
이에, 그의 가슴은 의혹과 분노로 들끓었다.
수가 타도되고 그의 견고한 섬이   1440
깨뜨려져 약탈당하고, 이젠 적들도
간계에는 간계로 맞선다는
당혹해 마지않을 새로운 소식들도 알게 되었다.
그가 밀정들을 미심쩍게 여기자
오르크들도 하나같이 웬만큼은 수상쩍어 보였다.   1445
그럼에도 여전히 측량이 있는 숲들을 따라선
신들이 발리노르에서 풀어놓은 전쟁의 사냥개,
사납게 짖는 후안의 성가聲價가 들려왔다.

   이윽고 모르고스가 오래도록 인구에 회자된
후안의 운명을 숙고한 다음 은밀한 책동을 개시했다.   1450
그의 수하에는 늑대의 형상과 육신을
취했지만 독한 악령을 품은,
굶주림에 시달리는 흉포한 무리들이 있었던바,

그들이 거하는 동굴과 산에는 언제나

그 목소리들이 마구 들끓었으며   1455

그 노호의 메아리는 끝없이 이어졌다.

이들 중에서 그가 새끼 하나를 택해

손수 사체死體를, 요정과 인간의

가장 고운 살을 먹여 키우자

마침내 그 몸집이 막대하게 커져   1460

더는 자기 굴에서 기어다닐 수 없는지라

친히 모르고스의 의자 곁에 누워

눈을 부라리며 발로그와 오르크는 물론

어떤 야수의 범접도 허용치 않았다.

그는 그 소름 끼치는 왕좌 밑에서 살을 찢고   1465

뼈를 쏠며 끔찍한 성찬을 숱하게 즐겼다.

거기서 강력한 마법, 지옥의 고뇌와 권능이

그에게 들러붙었으라.

타는 듯 붉은 눈에 피에 물든 아가리,

무덤의 독기 같은 숨결로 그는   1470

숲이나 동굴의 어떤 야수보다도

일찍이 그 어느 때 생겨난

대지나 지옥의 어떤 야수보다도

더 거대하고 무시무시해졌고

자신이 속한 소름 끼치는 드라우글루인 족속의   1475

모든 일족들과 친족들을 능가했으라.

앙반드의 성문을 잠들지 않고 지키는 그를
요정의 노래들에선 카르카로스, 붉은 목구멍으로 불렀다.
아직은 그가 그곳을 떠나 재앙을 일으키는
광포한 존재로 대두하진 않을 때였다.   1480
곧 무슨 일이라도 일어날 듯 험악한 기운이 감도는
저 우람한 문들 곁에서 붉은 두 눈이 어둠 속에 타오르고
이빨을 다 드러내고 아가리를 쩍 벌리고 있는 이상
걷든 기든 미끄러지든 힘으로 밀치든
그 누구도 그의 위협을 지나쳐 모르고스의 방대한   1485
지하 감옥으로 들어갈 수 없더라.

한데, 이게 웬일인가! 엄히 감시하던 그의 눈에
살금살금 다가드는 형체 하나가 멀리서도 포착되었네.
으스스한 들판으로 기어들다 눈여겨보는 시선을 느끼면
걸음을 멈추었다간 다시 계속해   1490
살그머니 접근하는 늑대 같은 형체로
초췌한 행색에 여행에 지쳐 양턱이 벌어져 있었고,
그 위로는 휘청거리는 그림자 하나가
박쥐처럼 큰 원을 그리며 천천히 날았다.
이 땅이 나면서부터의 보금자리 겸 소굴인지라   1495
그런 형체들이 거기를 배회하는 것은
흔히 보는 일이었다. 그럼에도 그는
어쩐지 기분이 꺼림칙했고 불길한 생각이 들었다.

"모르고스는 뭐가 그리 무섭고 두려워
경비병을 세운 데다 성문에 빗장까지 질러   1500
모든 출입을 막는 겐가?
그 먼 길을 허위단심 좇은 끝에
드디어 우리와 우리의 원정 사이에 열린
바로 그 죽음의 목구멍이 눈앞에 나타났건만!
그렇지만 애초부터 우리에게 희망이란 없었소.   1505
돌아간다는 것도 어림없는 일이오!" 멀리서부터
베렌이 오던 걸음을 멈춰 늑대인간의 두 눈으로
저기에 누운 공포의 대상을 보며 이렇게 말했다.
곧이어 그는 핑골핀 왕이 홀로
지옥의 성문 앞에서 파멸해 떨어진,   1510
쩍 벌어진 시커먼 구덩이들의 언저리를
따라 절망적인 전진을 계속했다.

   그들이 저 성문 앞에 홀로 서자
카르카로스가 미심쩍은 기색으로
그들을 노려보고 으르렁대며 말했고,   1515
그 메아리가 아치문에 울려 퍼졌다.
"어서 오십쇼! 제 일족의 대장, 드라우글루인이시여!
당신께서 이쪽으로 오신 지도 퍽이나 오래군요.
게다가, 지금 이렇게 당신을 뵈니 기분이 아주 야릇합니다.
대장이시여, 당신께 크나큰 변화가 닥쳤군요.   1520
한때 그토록 무섭고 그토록 용맹한

모습으로 불길처럼 날래게
광막한 황야를 누벼 달렸는데
지금은 지쳐 빠져 몸이 굽고 고개가 숙여지다니!
죽음처럼 날카로운 후안의 이빨이   1525
당신의 목덜미를 찢었을 때
씨근거리던 그 숨결은 온데간데없는 건가요?
당신이 드라우글루인이라면, 무슨 운명의 조화로
살아 다시 여기로 오신 겁니까? 가까이 오세요!
당신을 더 똑똑히 보고 더 많은 걸 알고 싶답니다!"   1530

   "네가 누구관데, 마땅히 거들어야 할 내 길을 막느냐,
굶주린 건방진 애송이 주제에?
나는 숲을 누비는 수의 명을 받아
모르고스께 화급한 새로운 소식을 전하러 왔노라.
비켜라! 나는 들어가야 하니. 아니면,   1535
가서 속히 내가 왔음을 저 아래에 알리라!"

   그러자 저 수문장은 천천히 일어나
험악한 기색으로 두 눈을 독살스레 빛내며
미심쩍이 으르렁거렸다. "드라우글루인이여,
만약 당신이 그 당자當者라면, 이제 들어가시오!   1540
그런데, 마치 당신 밑에 숨으려는 듯
간들간들 곁에서 꾸물대는 이것은 무엇입니까?
날개 달린 것들이 수없이 오며 가며

여기를 지나지만 나는 그 모두를 안답니다.
한데, 이것은 몰라요. 멈춰, 흡혈귀야, 멈추라고!　　　　1545
난 당신은 물론 당신의 친족도
마음에 들지 않아요. 자, 날개 달린 벌레여,
너는 왕께 무슨 용무가 있어 왔는지 고하라!
네가 예서 멈추든 들어가든 혹은 내가 기분대로
널 벽 위의 파리처럼 눌러 뭉개 버리든　　　　1550
네 날개를 물어뜯어 너로 하여금 기게 하든
별 상관이야 없겠지만 말이야.”

　　그가 아주 큰 보폭으로 악취를 풍기며
바싹 다가왔다. 베렌의 두 눈에 타오르는 불꽃이
번득이고 목덜미의 머리털이 곤두섰다.　　　　1555
그런 고운 향기를, 소낙비 내리는
영원한 봄철 발리노르의 초원에서
은빛으로 반짝이는 불멸의 꽃들의
방향을 품은 건 달리 없을 테니까.
티누비엘이 어딜 가든　　　　1560
그 같은 기품이 함께했으라.
만약 저 콧구멍들이 의심을 품고
킁킁 냄새를 맡으며 다가든다면,
눈속임을 위한 아무리 감쪽같은 변장인들
저 상스럽고 사특하게 예민한 후각으로부터　　　　1565
그 돌연한 향취를 숨길 순 없으리라.

베렌은 전투와 죽음을 각오한 지옥의 언저리에서
이 점을 깨달았다. 거기서 그 끔찍한 형체들,
가짜 드라우글루인과 카르카로스는 둘 모두
극도의 반감으로 얼굴을 잔뜩 찌푸리고 빤히 쳐다보았다.   1570
그때 이게 웬일인가 싶은 놀라운 광경이 펼쳐졌다.
고래로부터 내려오고
서녘 너머의 거룩한 종족으로부터 전해진 어떤 힘을
졸지에 티누비엘이 내면의 불길처럼 제 것으로 만들었다.
그녀는 그 음험한 흡혈귀를 옆으로 팽개치고   1575
종달새처럼 밤을 가르고 나가 새벽으로 도약했고,
동시에 아침의 차가운 측랑들 속에
보이지 않게 견딜 수 없게 전율하는,
길고 선명한 저 나팔 소리들처럼
그녀의 목소리가 심장을 꿰뚫는   1580
순전한 은빛으로 울려 퍼졌다.
그녀가 앞으로 나서면서
흰 손길로 지어진 망토가 치켜든 두 팔에서
연기처럼, 만물을 현혹시키고 만물을 매혹시키며
만물을 감싸는 저녁처럼 떨어질 때   1585
그녀는 저 섬뜩한 두 눈 위로
어둠의 장막과 엉킨 별빛이
어렴풋이 떠오르는 흐릿한 꿈들을 좍 펼쳤다.

"잠들라, 오 모진 고통에 몸부림치는 불행한 노예여!

재앙의 자식인 너는 없어져   1590
괴로움, 증오, 고통으로부터, 육욕으로부터,
굶주림, 속박과 사슬로부터
저 어둡고 깊은 망각의 우물, 빛 없는 잠의 구덩이로
떨어져라! 단 한 시간 동안이라도
생生의 그물을 피하고   1595
생의 무시무시한 운명을 잊거라!"

    그의 두 눈이 꺼지고 그의 사지가 풀렸다.
올가미 쓰고 발 묶여 자란 수송아지가 달리는 꼴처럼
그가 땅바닥에 털썩 떨어졌다.
주위에 그늘을 드리우는 막대한 참나무가   1600
낙뢰 한 방에 넘어가듯 그가 죽은 듯 꼼짝 않고
소리도 없이 대자로 뻗었더라.

              * * * * *

미궁 같은 피라미드 속
곳곳에 땅굴 뚫린 무덤보다 으스스한,
광막하고 되울리는 어둠 속으로 그들은 홀로 갔다.   1605
거기에는 비밀리에 모셔진 어떤 위협까지,
돌에서 산란産卵된 들끓는 벌레들에
모질게 시달려 파먹히고 뚫리고 바숴진
산의 깊디깊은 뿌리까지,

심연까지 굽이져 내리는 1610
무시무시한 회랑들을 따라
영원한 죽음이 숨겨져 있었다.
　　그들은 뒤편의 어슴푸레 그늘진 아치가
물러나고 점점 줄어져 사라지는 걸 보았다.
대장간들에서 쉴 새 없이 울리는 1615
우레 같은 소음이 점차 커졌고,
거기 윙윙 부는 뜨거운 바람이
쩍 벌어진 구멍들에서 역한 증기를 날려 올렸다.
그곳에 박살난 바위를 깎아 생시의 여실한 꼴을 빼쏜
어마어마한 크기의 트롤 입상立像들처럼 1620
막대한 형상들이 서 있었다.
길을 돌 때마다 흉측하고 험악하며 무덤 같은
그것들이 번쩍였다 곧 감기곤 하는
발작적인 눈초리 속에 말없이 불쑥 드러났다.
거기선 쇠망치들이 뚱땅거리고, 세게 얻어맞은 돌에서 1625
나는 것 같은 말소리들이 와자지껄했다.
저 멀리 아래서는 고문받는 포로들의 울부짖는 목소리가
희미하게 났다가도 이내 짤랑대는 쇠사슬 소리에 묻혔다.

　　쉰 목소리의 떠들썩한 웃음이 요란하게 솟았다.
스스로를 혐오하면서도 자책은 없는 웃음소리였다. 1630
귀에 거슬리는 노랫소리가 공포의 검처럼
영혼을 꿰찌를 듯 낭자하게 울렸다.

열린 문들을 통해 보이기로,

놋쇠 바닥에 반사되어 번쩍이는 빨간 불빛이

열린 문들을 통해 새어 나와 아치 문들을 넘어   1635

깊이를 가늠할 수 없는 어둠으로,

그리고 언뜻언뜻 스치는 번개 빛 아래 연기와

증기의 너울에 휩싸인 둥근 천장으로

드높이 솟구쳤다. 그들이 비틀거리며

모르고스가 끔찍한 연회를 벌여 야수의 피와   1640

인간의 생령生靈을 마셔 대는 그의 궁전에 이르자

연기와 불빛에 눈이 부셨다.

감당할 수 없이 드넓은 대지의 바닥을 지탱할

지주支柱들인 양 어처구니 없이 크게

세워 올려진 기둥들은 악마의 손길로 조각되고   1645

죄 많은 꿈들을 한가득 채울 솜씨로 꼴이 박혔으라.

그런 기둥들이 나무들처럼 공중으로 우뚝 솟은바,

그 원줄기들은 절망에 뿌리박고

그 그늘은 죽음이고 그 열매는 독毒이며

그 가지들은 뱀들처럼 고통으로 몸을 뒤틀었더라.   1650

   그 기둥들 아래, 창과 칼을 갖추고 검은 갑옷을 입은

모르고스의 무리가 정렬해 서 있었다.

칼날과 방패 돌기에 어린 섬광이

전장에 뿌려진 피처럼 붉었다.

어느 터무니없이 큰 기둥 밑에 모르고스의 왕좌가   1655

어렴풋이 나타났고, 그 바닥에선 운이 다하거나

죽어 가는 것들이 숨을 헐떡였던바,

바로 가증스러운 그의 발판이자 전시의 처단술이었더라.

그의 주위에는 무시무시한 가신들, 불같이 빨간 갈기를 지닌

발로그 영주들이 피투성이 손에 강철 같은 엄니로　　　　　　1660

뭔가를 우물우물 씹으며 앉아 있었고, 바로 뒤에는

아귀 같은 늑대들이 웅크리고 있었다.

그 지옥의 무리 위로는

증오의 왕관 속에 감금된

운명의 보석들, 실마릴들이　　　　　　1665

차가운 광휘를 내뿜으며 맑고 창백하게 빛났으라.

　　보라! 느닷없이 그림자 하나가 빼꼼히 열린

섬찟한 문들을 관통하여 내빼자

베렌은 숨이 멎도록 놀랐다. 그는 스멀거리는 배를

돌바닥에 대고 홀로 누웠다.　　　　　　1670

연기와 불어나는 증기 속에서

기둥처럼 생긴 막대한 가지들이 자라는 곳으로

박쥐 날개를 한 형체 하나가 소리 없이 날아올랐다.

흉몽 속에선 제대로 보이지 않고

어렴풋이만 감지되는 그림자도　　　　　　1675

엄청난 불안의 먹구름으로 커지고,

형언할 수 없는 재앙의 예감이 운명처럼 밀려들 듯이

꼭 그처럼 저 어둠 속에서 목소리들이 새어 나왔고

웃음은 많은 눈을 지닌 침묵에

아둔하게도 태연하기만 했더라.   1680
형언할 수 없는 의심과 형체 없는 두려움이
자체의 동굴들 속에 들어 커지고 나면 이윽고
마음을 졸이면서도 동굴들 위로 우뚝 솟아
잊힌 신들의 요란한 나팔 소리를 홍겹게 듣는 법이라.
모르고스가 말하자 그 우레 같은 목소리에   1685
침묵은 깨졌다. "내려오라, 그림자여!
그리고 내 두 눈을 속일 생각일랑 말라!
네 지배자의 엄한 눈길을 꺼리거나
숨으려고 해 봤자 허사로다.
그 누구도 내 뜻을 거역하진 못하리니.   1690
초대받지도 않은 채 내 성문을 지나는 자들에겐
희망도 도망도 없도다.
내려오라! 우둔하고 허약하며
박쥐 형상을 취했으나 속은 박쥐 아닌 것이여,
내 분노로 네 날개가 결딴나기 전에! 내려오라!"   1695

    그 그림자가 마지못한 듯
그의 강철왕관 위로 천천히 선회하며
초라한 모습으로 하강해 그 소름 끼치는 왕좌 앞에
벌벌 떨며 고개를 숙이는 걸 베렌은 보았다.
혼자서는, 연약하고 부들부들 떠는 것일 뿐이었다.   1700
그리고 장대한 모르고스가
음침한 시선을 그것에게로 쏟자

베렌은 배를 바닥에 붙인 채로도 온몸이 오싹했고
수피獸皮에 식은땀이 축축이 배는 중에도
저 좌석의 어둠 밑에 저 두 발의 그림자 밑에   1705
벌벌 기어 몸을 움츠렸다.

   티누비엘이 말문을 열자 새되고 가녀린 소리가
저 깊디깊은 침묵을 꿰뚫었다.
"저는 합당한 용무로 여기로 왔나이다.
수의 어둑한 처소에서 길을 나서   1710
타우르나푸인의 그늘을 거쳐
당신의 위용스러운 왕좌 앞에 섰나이다."

   "네 이름을, 깩깩대는 부랑자여, 네 이름을 이르라!
거기의 수로부터 바로 얼마 전에 기별은 올 만큼 왔어.
한데, 무슨 기별을 더 전한다는 게야?   1715
게다가 왜 너 같은 사자使者를 보낸단 말인가?"

   "저는 수링궤실이라 하오며,
운이 다해 두려움에 떠는 벨레리안드 땅에 걸린,
겁 먹어 누르께한 달의 표면에
그림자를 드리운답니다!"   1720

   "거짓말쟁이 주제에, 어느 안전이라고
감히 기망하려 드느냐.
어서, 네 거짓된 형체와 의복을 벗고

정체를 밝히고 네 죄과를 이실직고하라!"

　느리지만 오싹한 변화가 일었다. 　　　　　　　　1725
침침하고 별스러운 박쥐 같은 의복이 끌러지고
천천히 줄어들어 떨리며 떨어졌다.
그녀의 정체가 지옥 속에 드러났다.
가냘픈 양어깨 주위로 어슴푸레한 머리칼이 늘어지고
몸에는 어두운 색의 옷을 걸쳤는데, 　　　　　　　1730
그 옷에서는 마법의 베일 속에 휘감긴
별빛이 희미하게 빛났다.
거기서부터 어렴풋한 꿈들과 망각의 선잠이
부드럽게 떨어지니, 어느새 깊은 지하 감옥들에는
은빛 소나기가 저녁 공기를 가르며 　　　　　　　1735
조용히 듣는 요정 골짝들로부터 실려 온
요정 꽃들의 내음이 감돌았고,
그 주위로 굶주림에 무섭도록 코를 킁킁거리는
어둑한 형체들이 탐욕의 눈을 번득이며 기어들었다.
　그에, 그녀는 두 팔을 들어 올리고 고개를 수그린 채 　1740
언젠가 멜리안이 태곳적 골짜기에서
바다를 가늠할 수 없을 만큼 깊고 고요한
어스름을 가득 채웠던 노래들보다도
더 심원한 주문으로 엮인
잠과 졸음, 방랑의 선율을 　　　　　　　　　　1745
나직이 노래하기 시작했다.

앙반드의 횃불들이 확 타올랐다 꺼지곤
연기를 내며 어둠 속으로 사라지자,
넓고 텅 빈 궁전엔
지하 세계의 어둠이 주르르 펼쳐졌다.　　　　　1750
오르크와 야수의 유독한 숨결을 제외하곤
모든 움직임이 멈추고 모든 소리가 그쳤다.
어둠 속엔 하나의 횃불만이 남은바,
모르고스의 눈꺼풀 없는 두 눈만이 빨갛게 타올랐으라.
한 소리가 살아 있는 듯한 침묵을 깨뜨린바,　　　1755
모르고스의 음울한 목소리였더라.

"역시 루시엔도, 역시 루시엔도
모든 요정과 인간처럼 거짓말쟁이로군!
어쨌든, 내 궁전에 온 걸 환영하고 또 환영하이!
내겐 그 어떤 노예든 다 쓸모가 있지.　　　　　1760
겁많은 들쥐처럼 암되게도
제 구멍 속에 숨은 싱골은 어찌 지내는가?
눈먼 제 자손이 이렇듯 탈선하는 걸 막지 못하다니
그 마음에 새로운 망념이라도 인 겐가?
그런 게 아니라면, 자신의 밀정들에게　　　　　1765
일러 줄 계책이 고작 이 정도란 말인가?"

이에 마음이 동요되어 그녀가 노래를 중단했다.
"그 길은" 하고 그녀가 말했다. "길고 험난했습죠.

하지만 싱골은 저를 보내지 않았으며

자신의 반항적인 딸이 어느 길로 가는지도 모릅니다.   1770

그렇지만, 모든 길과 행로는 결국

북쪽으로 이르는 법인지라, 저도 어쩔 수 없이

황송한 마음과 떨리는 몸으로 여기로 와

여기 당신의 왕좌 앞에서 머리를 조아리는 겁니다.

루시엔에겐 군왕들의 마음에 쏙 들 만한   1775

감미로운 위락慰樂의 재주가 많사옵니다."

　"루시엔이여, 너는 어쩔 수 없이

여기 머물러야 할 것이다, 기쁘든 고통스럽든.

어쩌면 고통은 반역자, 도둑 및 건방진 노예 같은

놈들에게만 합당한 운명일 테지만.   1780

비탄과 고난의 우리 운명을 네가 함께하지 못할 게 뭔가?

혹여 내가 가녀린 사지와 연약한 몸에겐

살을 찢는 고문을 삼가야 한단 말인가?

너는 네 재잘대는 노래와 어리석은 웃음이

예서 무슨 쓸모가 있다고 여기는가?   1785

내가 부르기만 하면 조르르 달려오는

뛰어난 음유시인들은 얼마든지 있어.

함에도, 나는 아리땁고 청순한 루시엔에게,

한가한 시간의 어여쁜 노리개에게

짧은 유예 기간을, 얼마 안 되지만 한동안의 삶을 주겠어.   1790

그 짬에 대한 대가는 호될 테지만 말이야.

늘어질 대로 늘어진 정원들에서

호색적인 신들은 너 같은 하고많은 꽃들에

꿀처럼 달콤하게 입 맞추곤

향기 빠진 그것들을 엉망진창이 되도록 발로 짓밟지.　　　　1795

하지만 그런 늘어짐은 신들만 누릴 뿐,

여기 길고 힘든 노역에 매인 우리로선

그 같은 단맛은 좀체 맛볼 수가 없네.

하니, 누군들 입술에 착 달라붙는 꿀 같은 달콤함을

마다할 테며, 지겹도록 더디 가는　　　　1800

시간의 고통을 덜고자 신들처럼 파리한 꽃들의

무르고 차가운 조직을 발아래 으깨 버리지 않을 텐가?

아! 빌어먹을 신들이여! 오, 모진 굶주림이여,

오, 출구 없는 목마름의 끝없는 불길이여!

한순간에 너는 소멸될 것인바,　　　　1805

내가 예서 취하는 맛난이로 네 자통刺痛도 그치리라!"

　　두 눈에 목마름의 불길이 확 타오른 순간

그가 놋쇠처럼 단단한 손을 앞으로 쭉 뻗었다.

루시엔이 그림자처럼 옆으로 몸을 피하며 외쳤다.

"이러시면 안 되나이다, 오 왕이시여! 이러시면 안 돼요!　　　　1810

위대한 군왕들께선 비천한 자의 청에

귀 기울이시는 법이거늘!

모든 음유시인은 제 나름의 가락을 지닌바,

어떤 가락들은 힘차고 또 어떤 것들은 부드러운 식으로

제각각의 가락이 그 노래를 드높이 들어 올리는 만큼   1815
비록 선율 거칠고 가사 가볍더라도
짧게나마 들어 주는 법이죠.
마침, 루시엔에겐 군왕들의 마음에 쏙 들 만한
감미로운 위락의 교묘한 재주가 있사오니
자, 경청해 보셔요!" 그녀가 제 날개들을 능숙하게   1820
집어 올리곤 단숨에 그의 손아귀를 슬쩍 벗어나
주위를 선회하고 그의 눈앞에서 날개를 퍼덕이다
미로 속을 날아 누비듯 빙빙 돌아 춤추며
강철왕관 쓴 그의 머리 주변을 날렵하게 돌았다.
불현듯 그녀의 노래가 새로 시작되면서   1825
저 둥근 천장의 궁전 높은 데서부터
혼을 빼놓는 마법 같은 그녀의 목소리가
이슬처럼 곱게 똑똑 듣다가
졸졸 흐르는 은빛 물결로 불어나
꿈속의 어둑한 웅덩이들로 아련히 떨어졌다.   1830

    그녀는 잠의 주문이 씐
휘날리는 옷자락을 길게 끌며
어두운 허공을 돌듯 이리저리 헤매고 빙빙 돌았다.
이전에도 저 날 이후로도,
그 어떤 요정이나 정령도   1835
상상하지 못한 그런 춤을 추면서
그녀는 이 벽에서 저 벽으로 돌고 방향을 바꿨다.

그런 그녀는 제비보다 날쌨고

사그라드는 빛 속에 어두워진 집 주위를 도는

박쥐보다 반드러웠으며 바르다의 거룩한 궁전에서　　　　1840

율동적인 몸놀림에 맞춰 날개가 오르내리는

공기의 실프 처녀들보다 기묘하고 아름다웠으라.

　　까부라진 오르크들과 오연한 발로그들이 풀썩 주저앉고

모든 눈들이 꺼지고 모든 고개들이 수그러지며

심장과 밥통의 불길마저 잠잠해졌어도,　　　　1845

그녀는 빛없는 쓸쓸한 세계 위로

무아지경의 황홀감에 들려

언제까지나 한 마리 새처럼 자지러들었다.

　　모든 눈들이 꺼진 와중에도 모르고스의 두 눈만이

찌푸린 표정 속에 형형히 번득이고　　　　1850

종잡을 수 없는 경탄에 서서히 잠기면서도

빤히 주위를 훑어보며 좀체 마법에 걸려들지 않더라.

이윽고 그 두 눈의 의지가 꺾이고 불꽃이 잦아들며

짙은 눈썹 아래서 두 눈이 파리해질 때

대지의 악취 속에서 작아졌었던 실마릴들이　　　　1855

별들처럼 환한 빛을 띠고

상공으로 탈출해 청아하게 빛나고

하늘의 광상鑛床 속에서 경이롭게 반짝였더라.

　　곧이어 그것들이 별안간 확 타오르며

급전직하로 지옥의 마루 위에 떨어졌다.　　　　1860

그 거무스름한 거대한 머리가 수그러지고,
구름장 밑의 산꼭대기처럼
양어깨가 함몰하며 궤멸적인 폭풍 속에서
엄청난 벼랑들이 주르르 무너져 내리듯
그 광대한 형체가 와르르 내려앉았다.   1865
모르고스가 자신의 궁전에서 납작 엎어졌으라.
그의 왕관이 천둥의 타륜舵輪인 양
거기 바닥에 나뒹굴었다. 뒤이어
모든 소리가 잦아들고 잠든 대지의
심부深部만큼이나 침묵이 깊어졌다.   1870

　텅 빈 방대한 왕좌 밑에는
독사들이 비틀린 돌처럼 깔리고
늑대들이 역겨운 시체처럼 널렸는데,
그 속에 베렌이 까마득히 혼절한 채 누워 있었다.
그의 캄캄한 정신 속에선 어떤 생각도, 어떤 꿈도   1875
어떤 눈먼 그림자도 어른거리지 않았다.
　"나와요, 나와! 조종弔鐘이 울릴 때가 닥쳤고,
앙반드의 강대한 군주가 쓰러졌어요!
깨어나요, 깨라고요! 저 두려운 왕좌 앞에
우리 둘만 있다니까요."   1880
그가 잠의 우물에 깊이 빠져 누웠던
그 깊은 곳으로 이 목소리가 내려왔다.
꽃처럼 보드랍고 꽃처럼 서늘한 손 하나가

그의 얼굴을 어루만지며 지나가자

잠의 고요한 웅덩이가 떨렸다. 이내 그가   1885

정신이 벌떡 깨어 앞으로 기어 나왔다.

그는 늑대 수피를 옆으로 내던지며

펄떡 일어섰고, 소리 없는 어둠 속에서

눈을 둥그렇게 뜨고 응시하면서

무덤에 갇혀 사는 이처럼 숨을 헐떡였다.   1890

그는 거기 자기 곁에서 그녀가 오그라드는 걸,

루시엔이 당장 후들후들 떨며 가라앉는 걸 느꼈다.

그녀의 힘과 마법이 희미해지며 소진된 걸 알고

그는 재빨리 그녀를 품에 안았다.

그는 자기 발 앞에서   1895

페아노르의 보석들을 보고 깜짝 놀랐던바,

방금 굴러떨어진 모르고스의 권세의 왕관 속에

흰 불꽃을 튀기며 타오르는 것들이었다.

그는 자신에게 저 육중한 강철 투구를 옮길

힘이 없다는 것에 기겁한 나머지   1900

그 무망했던 원정의 보상을 낚아채고자

손가락으로 미친 듯 안간힘을 쓰던 중

문득 심중에 쿠루핀과 싸웠던

저 차갑던 아침의 기억이 떠올랐다.

곧바로, 그는 혁대에서   1905

칼집 없는 칼을 빼 무릎을 꿇고

그 모질도록 차갑고 단단한 칼날을 써 보았다.
노그로드에는 오래전 난쟁이 무구 장색匠色들이
쇠망치 가락에 맞춰 느긋이 부른 노래들이
전해 오는바, 바로 이 칼날을 기린 것이었다.   1910
그것은 쇠를 장작처럼 쪼갰고
쇠미늘을 물레의 씨실처럼 꿰더라.
그것은 보석을 꽉 문 강철 갈고랑쇠들을
죽 베고 들어 갈라 놓았다.
그가 실마릴 하나를 움켜 치들자   1915
그 순전한 광휘가 굳게 쥔 살을 관류해
타오르며 차츰차츰 붉게 분출했다.
그는 다시 몸을 굽혀 옛적에 페아노르가
공들여 만든 세 개의 신성한 보석 가운데
또 하나를 새로 떼어 내고자 애썼다.   1920
하지만, 저 불꽃들 주위로 운명이 얽힌 고로,
아직은 그것들이 증오의 궁전을 떠날 수가 없었다.
노그로드의 미덥지 못한 난쟁이 장색들이 만든
교묘한 칼날의 강철이 뚝 부러졌던 게다.
바로 다음, 그것이 날카롭고 청아하게 울리며   1925
두 동강이로 튀어 올라 궤도를 벗어난
창이나 화살처럼 잠든 모르고스의 이마를 스치니
두려움에 그들의 가슴이 아찔했더라.
모르고스가 무덤에 묻힌 듯한 목소리로
속 빈 동굴에 갇히고 막혀   1930

윙윙거리는 바람처럼 신음했던 것이다.
어떤 숨소리가 들렸고, 오르크와 야수 들이
섬뜩한 진수성찬의 꿈속에서 몸을 뒤척이느라
숨찬 소리가 궁전을 휘돌았다.
발로그들은 뒤숭숭한 잠 속에서 몸을 꿈틀거렸고　　　　　1935
멀리 위쪽에선 길고 싸늘한 늑대의 울부짖음이
땅굴 속에서 우르르 울리는 메아리처럼
희미하게 들렸다.

＊ ＊ ＊ ＊ ＊

얽히고설킨 땅굴들의 무덤에서 나온 유령들처럼
음산하게 메아리치는 어둠을 헤치고　　　　　　　　　1940
깊디깊은 산맥의 밑동과
지하의 광막한 위협에서 솟구쳐 오르느라
그들의 사지는 죽음 같은 두려움으로 후들거렸다.
눈에는 공포가, 귀에는 두려움이 그득한 채
자신의 허둥허둥한 발소리에도 놀라며　　　　　　　　1945
그들은 함께 달아났다.

　마침내 저 멀리 앞쪽에
낮의 망령인 양 희미하게 깜박이는
성문의 거대한 아치 길이 보였지만,
거기엔 새로운 공포가 기다리고 있었다.　　　　　　　1950

그 입구에는 굼뜬 활력이 새롭게 타오르는 눈에
그 무엇도 놓치지 않겠다는 삼엄한 태세로
부동의 액운 카르카로스가 우뚝 자리 잡고 있었다.
아가리를 무덤처럼 쩍 벌리고 이빨을 죄 드러낸 가운데
혀는 온통 불길에 휩싸인 듯했다.   1955
잔뜩 분기한 그는 휙 지나치는 그늘이든
쫓기는 형체든 그 무엇도
앙반드르로부터 도망칠 엄두를 못 내게 감시했다.
자, 이런 터에 무슨 간계나 완력으로 저 파수꾼을
제치고 죽음에서 빛으로 나아간단 말인가?   1960

　　그는 멀리서도 그들의 허겁지겁한 발소리를 들었고
생소하게 향긋한 냄새도 맡았다. 그는
그들이 문간에서 기다리는 위협을 감지하기 오래전에
그들이 다가오는 걸 그 냄새로 알고 있었다.
사지를 쭉 뻗쳐 잠기를 떨쳐 내곤 주시 태세에 들었다.   1965
그들이 더욱 부산히 다가올 즈음
그가 느닷없이 도약해 그들을 덮치니
그 울부짖는 소리가 아치 길에 쟁쟁이 울려 퍼졌더라.
　　생각할 틈을 갖기엔 너무나 빠르게,
그 기세를 꺾을 주문을 걸기엔 너무나 빠르게   1970
공격이 닥친 고로, 베렌은 즉시 앞뒤를 가리지 않고
루시엔을 옆으로 밀쳐 내곤 무방비의 몸으로
끝까지 티누비엘을 방비하고자

맨손으로 성큼 나섰더라.

그가 왼손으로 털투성이 목을 부여잡고   1975

오른손으로 두 눈을 강타하자

오른손에 쥔 신성한 실마릴에서

찬란한 광휘가 샘솟았으라.

그에, 카르카로스의 엄니들이

불타는 칼의 섬광처럼 확 번쩍이더니   1980

올가미처럼 와락 내리 덮쳐

그 손을 손목 부근에서 자르고는

필멸의 살을 먹어 치우며

무른 뼈와 여린 근육을 쭉 가르고 나가

저 불결하고 잔인한 입속에   1985

그 보석의 신성한 광채를 삼켜 버렸도다.

따로 떨어진 어느 페이지에서 집필 중이던 다섯 행이 추가
로 발견되었다.

그에, 베렌은 벽에 기대 비틀거리면서도

여전히 왼손으론 아름다운 루시엔을

보호하고자 애썼던바, 그녀는 그의 고통을 보고

울부짖다 그예 괴로움을 이기지 못하고

땅바닥에 털썩 주저앉았다.

내 아버지는 1931년 말경 「레이시안의 노래」를 베렌과

루시엔 이야기의 이 지점에 내버려 둔 채 아주 크게 보면,
출간된 『실마릴리온』에 나타난 대로 서사 구조상의 최종
형태에 다다랐다. 『반지의 제왕』의 작업이 마무리된 다음
그가 1931년 이후로 묵혀 있었던 「레이시안의 노래」에 꽤
광범위한 수정을 가했음에도 불구하고(324쪽 부록 참조)
그는 별도의 종이에서 발견된, '시의 종결부로부터의 한
조각'이란 제목이 붙은 다음의 대목을 제외하곤 그 이야기
를 운문으로는 결코 더 이상 끌고 나가지 않은 게 분명해
보인다.

숲 개울이 숲을 헤쳐 흐르고
언뜻언뜻 보이는 초록빛 강 위로
키 큰 나무들의 온갖 줄기들이
얼룩진 그림자들을 달고 나무껍질에
어둑하니 달린 채 잠잠히 부동으로 선 곳에
나뭇잎들 사이로 난데없는 떨림이 일었던바,
고요하고 서늘한 정적을 가르는
살랑거리는 바람결이었다.
언덕 아래엔 깊이 잠든 이의 숨결처럼 희미하게
죽음처럼 차가운 어느 메아리가 울렸어라.
"산지를 넘고 바다를 건너는,
그림자로 만들어진 기나긴 길들은
예로부터 전인미답이었어라!
평안의 땅 저기 저 멀리 있지만

너희는 잊었어도, 사자死者들이 기다리는
길잃은자들의 땅은 더더욱 멀도다.
거기선 달도, 목소리도,
심장 뛰는 소리도 없이 각 시대가 이울 때마다
한 번 이는 심원한 한숨만이
들린다네. 달빛도 없는 가운데
사자들이 자기 생각의 그림자 속에 앉은
기다림의 땅은 멀리, 저 멀리 있노라.”

「퀜타 실마릴리온」

이후의 세월에 내 아버지는 상고대 역사에 관한 새로운 산문본에 착수했고 그것은 「퀜타 실마릴리온」이란 제목의 원고에서 발견되는바, 나는 그것을 'QS'로 지칭할 것이다. 이것과 그에 앞선 「퀜타 놀도린와」(144쪽) 사이의 중간 단계의 텍스트들은, 존재했던 것이 틀림없지만 이젠 그 자취를 찾을 수 없다. 그러나 베렌과 루시엔 이야기가 『실마릴리온』 역사에 편입되는 시점부터는 대체로 미완성 상태의 초고가 여럿 있는데, 이는 아버지가 그 전설의 긴 판본들과 짧은 판본들 사이에서 오래도록 망설인 탓이다. 보다 완전한 판본—이 목적으로는 QS I로 불릴 수 있을 텐데—은 그 길이 탓에 나르고스론드의 펠라군드 왕이 아우 오로드레스에게 왕관을 물려준 지점(151쪽, 「퀜타 놀도린와」로부터의 발췌 대목)에서 단념되고 말았다.

그다음으로 그 이야기 전체에 대한 아주 개략적인 초고

가 있는데, 그것이 두 번째 '짧은' 판본, QS II의 저본으로, QS I과 동일한 원고에 보존되어 있다. 내가 출간된 『실마릴리온』에 서술된 대로의 베렌과 루시엔 이야기를 도출할 때 저본으로 삼은 것이 주로 이 두 가지 판본이었다.

QS II의 저술은 1937년에도 여전히 진행 중인 작업이었지만, 그해에 상고대의 역사와는 아예 동떨어진 고려 사항들이 거기에 들어갔다. 9월 21일 앨런 앤드 언윈 출판사에서 출간된 『호빗』은 그 즉시 큰 성공을 거두었지만, 그 때문에 아버지는 호빗족에 관한 후속작을 써야 하는 큰 압박에 시달렸다. 10월에 아버지는 앨런 앤드 언윈 출판사 사장 스탠리 언윈에게 보낸 편지에서 이렇게 말했다. "마음이 좀 어지럽습니다. 나는 '호빗족'에 대해 말할 만한 것을 더는 생각할 수가 없습니다. 골목쟁이 씨는 툭 집안과 골목쟁이 집안 양쪽 모두에서 이어받은 기질을 내보일 만큼 내보인 것 같습니다. 하지만 나는 그 호빗이 끼어든 세계에 대해선 그저 할 말이 너무나 많을 따름이고 그중의 많은 것은 이미 써 놓기도 했습니다." 아버지는 '그 호빗이 끼어든 세계'라는 주제에 관한 이들 저작의 가치에 대한 의견을 듣고 싶다고 말하고선, 1937년 11월 15일에 원고들을 한데 모아 스탠리 언윈에게 보냈다. 그 원고 모음 속에 QS II가 포함되어 있었고, 그것은 베렌이 모르고스의 왕관에서 잘라 낸 실마릴을 수중에 넣은 순간에 이르러 있었다.

아버지가 맡긴 원고들에 대해 앨런 앤드 언윈 출판사가 작성한 목록에는 「햄의 농부 가일스」, 「블리스 씨」, 「잃어

버린 길」 외에도 절망의 기미가 어린 제목들인 「긴 시」와
「그노메 자료」로 지칭된 두 작품이 담겨 있다는 것을 나는
오랜 후에야 알았다. 그 달갑지 않은 원고들이 합당한 설명
도 없이 앨런 앤드 언윈 출판사의 탁자에 천덕꾸러기처럼
놓여 있었음은 두말할 나위가 없는 일이었다. 나는 『벨레
리안드의 노래』(1985)의 부록에서 이 이상한 원고 위탁 사
연을 소상히 말한 바 있지만, 간단히 말하자면, 「퀜타 실마
릴리온」(이 이름이 부여되었을 법한 여타의 모든 텍스트들과 함
께 '그노메 자료'에 포함되었던)은 「레이시안의 노래」에 엉뚱
하게(그리고 그 상황에서는 아주 오해하기 쉽도록) 첨부되었
던 몇 페이지를 제외하곤 그 출판사 원고 검토인의 손에 넘
어가지 않았다. 원고 검토인은 심히 당혹했던 나머지 '긴
시'와 (충분히 납득할 만하게) 근원적으로 부정확했던 산문
작품(즉, 「퀜타 실마릴리온」)의 이 단장斷章 (큰 호평을 받은)
사이의 관계에 대한 해결책을 제안했다. 그는 자신의 견해
를 전하는 한 편의 곤혹스러운 보고서를 썼는데, 편집부의
한 직원은 그 보고서에 대해 "어떻게 해야 하나?"라고 적
었던바, 이 또한 납득할 만한 일이었다.

　그 뒤로 이어진 연속된 오해들의 결과, 아버지는 실은 그
누구도 「퀜타 실마릴리온」을 읽지 않았다는 것을 까맣게
모른 채 스탠리 언윈에게 말하기를, 적어도 그것이 "꼴사
납게" 거절되진 않았다는 것과 이제 자신에게 "실마릴리
온을 출간할 수 있으리라는 혹은 출간할 마음의 여유가 있
으리라는" 확실한 희망이 생겼다는 것이 기쁘다고 했다.

QS II가 곁에 없는 가운데 아버지는 후속 원고—'카르카로스에 대한 늑대 사냥' 속 베렌의 죽음을 서술한—에서 서사를 이어갔던바, 그로서는 그 텍스트들을 돌려받으면 새로 집필한 부분을 QS II에 붙여 넣을 작정이었다. 하지만 막상 1937년 12월 16일에 그것들을 돌려받았을 때 그는 『실마릴리온』을 치워 버렸다. 스탠리 언윈에게 보낸 그 날짜의 편지에서 그는 여전히 이렇게 물었다. "글쎄, 호빗족이 뭘 더 할 수 있겠습니까? 그들이 익살스러울 순 있지만 그들의 희극은 보다 근본적인 사태와의 어떤 관계 속에 설정되지 않는다면 한갓질 뿐입니다." 그래 놓고도, 그는 사흘 후 1937년 12월 19일에 "나는 호빗족에 관한 새로운 이야기의 첫 장, '오랫동안 기다린 잔치'를 썼습니다"라고 앨런 앤드 언윈 출판사에 통지했다.

내가 『후린의 아이들』의 부록에서 쓴 대로, 요약된 「퀜타」 양식으로 부단히 발전하던 『실마릴리온』의 전승이 무법자가 된 투린이 도리아스를 떠나는 것을 기화로 날개를 활짝 펴고 날다가 떨어져 멈춰 버린 것이 바로 이 시점에서였다. 『반지의 제왕』 집필을 통해 제2시대와 제3시대의 큰 구조들이 드러나긴 했어도, 그 시점으로부터의 추후 역사는 이후의 세월 동안 압축되었지만 발전은 없는, 말하자면 동결된 1930년의 「퀜타」 형식 속에 머물러 있었다. 그러나 끝맺음의 이야기들(원래 『잃어버린 이야기들의 책』에서 비롯된)에서 모르고스로부터 풀려난 후 투린의 아버지 후린의 비참한 역사와 나르고스론드, 도리아스 및 곤돌린 요정 왕국들의 패망이 서술되는 것을 보면 고대의 전설들 속에서 추후 역사의 중요성은 막대했다. 김리는 수천 년 후 모리아 광산에서 그 패망의 사연을 다음과 같이 노래했다.

세상은 아름답고 산은 높았지.
서쪽바다 건너 떠나고 없는
나르고스론드와 곤돌린 성의
용맹스러운 왕들이 몰락하기 전,
상고대, 그때 세상은 아름다웠다.

그리고 이 사연은, 모르고스의 권세에 맞선 기나긴 투쟁에서 놀도르 요정들의 운명, 저 역사에서 후린과 투린이 감당한 역할들, 아울러 곤돌린의 불타는 폐허에서 탈출한 「에아렌딜의 이야기」로 끝나는 전체 이야기의 절정이자 완결이 될 것이었다.

많은 햇수가 지난 후 아버지는 어느 편지(1964년 7월 16일 자)에서 이렇게 썼다. "나는 그 출판사에 상고대의 전설들을 제시했지만 원고 검토인들은 퇴짜를 놓았습니다. 그들은 후속작을 원했습니다. 그러나 나는 영웅적인 전설들과 숭고한 로맨스를 원했지요. 그 결과가 『반지의 제왕』이었습니다."

*

「레이시안의 노래」가 단념되자, 실마릴을 거머쥔 베렌의 손에 '카르카로스의 엄니들이 올가미처럼 와락 내리 덮'친 순간 이후의 사태에 대한 분명한 설명이 전혀 없다. 이에 대해선 우리가 원래의 「티누비엘의 이야기」로 돌아가야만 하는바, 거기(114~118쪽)에 베렌과 루시엔의 필사적 탈출, 그들을 추격하는 앙반드의 대대적인 수색 그리고 후안이 그들을 발견해 다시 도리아스로 안내하는 이야기가 있는 것이다. 이 같은 설명 부재에 대해 내 아버지는 「퀜타 놀도린와」에서 "말할 것이 별로 없다"고만 했을 뿐이다.

베렌과 루시엔의 도리아스 귀환에 관한 최종적인 이야기에서 주목해야 할 주된 (그리고 근본적인) 변화는 베렌이 카르카로스에게서 부상을 입은 후 그들이 앙반드의 성문들에서 탈출하는 방식이다. 이 사건—「레이시안의 노래」에서는 이르지 못한—은 『실마릴리온』의 표현으로는 다음과 같이 서술된다.

이렇게 실마릴 원정은 파멸과 절망으로 끝나 버릴 것만 같았다. 하지만 바로 그즈음 골짜기의 절벽 위로, 바람보다 날쌘 날개로 북쪽을 향해 날아가는 세 마리의 커다란 새가 나타났다.

유랑하는 베렌의 곤경이 모든 새들과 짐승들 사이에 짜하게 퍼진 데다 후안 스스로도 온갖 것들에게 그를 도와줄 수 있도록 만전을 기하라고 요청해 두었던 것이다. 소론도르와 그의 수하들이 모르고스의 땅 위로 높이 날아올랐다가 그 늑대의 광기와 베렌의 도괴倒壞를 보고선 앙반드의 군대가 잠의 올가미에서 막

풀려날 참에 신속하게 하강했다. 곧이어 그들은 루시엔과 베렌을 땅에서 훌쩍 들어 올려 구름 속으로 높이 데려갔다. [...]

(그들이 이러저리로 땅 위를 높이 지나갈 때) 루시엔은 베렌이 필시 죽으리란 생각에 슬피 울었다. 그는 아무 말도 하지 않았고, 눈도 뜨지 않았으며, 그런 고로 자신의 비상에 대해서도 전혀 몰랐다. 마침내 독수리들이 그들을 도리아스 변경에 내려놓았다. 베렌이 잠든 루시엔을 내버려 두고 절망 속에 몰래 떠났던 바로 그 골짜기로 돌아온 것이었다.

거기서 독수리들은 루시엔을 베렌 곁에 내려놓고 크릿사에그림의 첨봉들과 자신들의 높은 둥지로 돌아갔다. 그러나 후안이 그녀를 찾아와, 쿠루핀에게서 입은 그의 상처를 그녀가 치유했을 때와 똑같이 그들은 함께 베렌을 돌보았다. 그러나 이번의 상처는 치명적이었고 독성이 강했다. 베렌은 오랫동안 누워 있었고, 그의 영혼은 이 꿈 저 꿈으로 자신을 따라붙는 고뇌에 내내 시달리며 죽음의 어두운 경계를 헤맸다. 그녀의 희망이 거의 소진되었을 때 갑자기 그가 다시 깨어나더니 눈을 들어 하늘을 배경으로 한 잎새들을 바라보았다. 그리고 그는 잎새들 아래 자기 곁에서 루시엔 티누비엘이 부르는 나직하고도 느릿한 노랫소리를 들었다. 다시 봄이 온 것이었다.

그 후 베렌은 에르카미온, 곧 '외손잡이'라 불렸고, 그의 얼굴에는 고통이 아로새겨졌다. 하지만 결국 그는 루시엔의 사랑으로 생명을 되찾고 일어나 그녀와 함께 다시 숲속을 거닐었다.

*

원래의 「티누비엘의 이야기」로부터 20년에 걸쳐 산문과 운문으로 서서히 전개된 대로의 베렌과 루시엔의 이야기는 이로써 끝났다. 초기의 망설임 이후, 처음에는 놀돌리—영어로는 '그노메들'로 번역되는—로 불리는 요정족의 일원으로 사냥터지기였던 에그노르를 아버지로 두었던 베렌은 인간들의 한 우두머리이자 모르고스의 가증스러운 전제에 맞서 싸우며 은거하는 반도叛徒의 지도자 바라히르의 아들이 되었다. 그에 따라, (1925년 「레이시안의 노래」에서) 고를림의 배신과 바라히르의 살해(132쪽 이하)라는 잊을 수 없는 이야기가 출현했다. '잃어버린 이야기'를 들려줬던 베안네는 베렌이 아르타노르로 오게 된 연유를 전혀 모른 채 그냥 방랑을 즐긴 때문으로 추측했지만(71~72쪽), 아버지의 죽음 이후 그는 널리 이름이 알려진 모르고스의 적수가 되어 남쪽으로 도망칠 수밖에 없었고, 거기서 그가 어스름 속에 싱골의 숲 나무들 사이를 응시하면서 베렌과 티누비엘의 이야기는 시작된다.

「티누비엘의 이야기」에서 서술되는 대로, 베렌이 실마릴을 찾아 앙반드로 가는 여정에서 고양이 왕 테빌도에게 사로잡히는 이야기는 아주 주목할 만하고 차후에 일어나는 그 이야기의 전면적 변형 또한 그렇다. 그러나 만약 고양이들의 성城이 '곧' 톨인가우르호스, '늑대인간들의 섬'에 세워진 사우론의 탑이라고 말한다면, 내가 다른 데서 말한 대로, 그것이 서사 속에서 동일한 '공간'을 점한다는 의미에서만 그럴 수 있을 뿐이다. 이 점을 넘어 그 두 체제 사이에 어렴풋한 유사점들이나마 찾으려는 것은 부질없는 일이다. 엄청 먹어 대는 괴물 같은 고양이들, 그들의 부엌과 따스한 햇살이 비치는 단구, 그리고 미아우기온, 미아울레, 메오이타처럼 앙증맞도록 요정을 흉내 낸 고양이 이름들은 흔적도 없이 사라졌다. 하지만, 개들에 대한 그들의 증오(그리고 후안과 테빌도 간의 상호 혐오가 이야기에서 띠는 중요성)를 빼고는, 그 성의 주민들이 예사 고양이가 아니라는 것은 명백한바, "고양이들의 암호와 멜코가 자신[테빌도]에게만 알려 준 주문"에 관련된 그 「이야기」로부터의 다음 대목(104쪽)이 아주 주목할 만한 것도 그 때문이다.

저것들은 그의 역겨운 소굴의 돌들을 한데 묶고 또 그가 야수 같은 고양이 족속 모두에게 그 본성을 뛰어넘는 사악한 힘을 채워 그들을 지배하는 마법의 말들인바, 테빌도가 야수 형상의 사악한 정령이라는 말이 오래도록 떠돈 것도 그 때문이었다.

다른 데서와 같이 여기서도 원래의 국면과 사건 들이 오직 전적으로 다른 외양으로만 재등장하는 걸 목도하는 것도 흥미로운데, 이는 서사적 구상이 완전히 달라져서 생기는 일이다. 이전의 「이야기」에서는 테빌도는 후안의 강압 때문에 주문을 누설할 수밖에 없었고 티누비엘이 그것을 읊조리자 "테빌도의 집이 흔들렸고, 뒤이어 그 안에 거하던 고양이 무리가 뛰쳐나왔다." 「퀜타 놀도린와」에서는 (181쪽) 후안이 강령술사이자 늑대인간 겸 마법사 수를 타도했을 때, 톨인가우르호스에서 그는 "그를 쓰러뜨리고 그에게서 마법의 벽과 탑 들을 통할하는 열쇠와 주문 들을 탈취했다. 그렇게 요새는 부서지고 탑들은 허물어지고 지하 감옥들이 열렸다. 많은 포로들이 석방되었지만, […]"

한편 이제 베렌과 루시엔의 이야기가 아예 별개인 나르고스론드의 전설과 결합될 때 그 이야기에 생기는 주요 변화를 살핀다. 나르고스론드의 창건자 펠라군드는 베렌의 아버지 바라히르에게 한 불멸의 우정과 원조의 맹세로 베렌의 실마릴 원정(160쪽, 157행 이하)에 끌려들어 오르크로 위장한 채 수에게 사로잡히고 톨인가우르호스의 섬뜩한 지하 감옥에서 죽는 나르고스론드 요정들의 이야기가 펼쳐졌다. "그들의 뜻에 반해 실마릴 하나를 소지하거나 탈취하거나 보유한" 모든 이에 대해 복수를 다짐한 페아노르의 일곱 아들들의 파멸적 맹세로 인해, 페아노르의 아들들로 나르고스론드에서 강력한 위세를 지닌 켈레고름과 쿠루핀도 실마릴 원정에 연루되었다. 또 루시엔은 나르고스론드에 감금된—후안의 도움으로 벗어난— 동안 그들의 음모와 야심에 말려들기도 했다(200~201쪽, 248~272행).

그 이야기의 결말이면서, 믿건대 저자의 생각으로는 가장 중요한 국면이 남아 있다. 카르카로스의 사냥에서 베렌이 죽은 후 베렌과 루시엔의 운명에 관한 최초의 언급은 「티누비엘의 이야기」에 나오지만, 저 때는 베렌과 루시엔

모두가 요정이었다. 거기서는 다음과 같이 쓰였다(126쪽).

"티누비엘은 비탄에 잠겨 온 세상 어디서도 위안이나 빛을 찾지 못하고 모두가 홀로 밟아 가야만 하는 저 어두운 길들을 따라 곧장 그를 뒤따랐어. 자, 그녀의 아름다움과 애틋한 성품은 만도스의 냉혹한 가슴조차도 움직였으니, 그는 그녀가 베렌을 인도해 다시 한번 세상 속으로 가는 것을 허락했어. 이후론 인간이나 요정에게 이런 일이 결코 없었으니 […] 한데, 만도스는 저 한 쌍에게 이렇게 말했지. '자, 오 요정들이여, 내가 너희를 예서 내보내 살게끔 하는 것은 완벽한 기쁨의 삶이 아니니라. 사악한 심보의 멜코가 틀고 앉은 그 세상에선 어디서고 그런 것을 찾을 수 없을 테니까. 그리고 너희는 인간들과 똑같이 죽을 수밖에 없으리라는 것을 알아 두라. 너희가 다시 여기로 올 때면 […] 그것은 영원한 것일지니라.'"

베렌과 루시엔이 가운데땅에서 가외의 삶을 누렸다는 것은 이 대목("그들의 이후 행적이 아주 위대했던 고로 […] 들어야 할 그에 관한 얘기가 숱하다오")에서 분명해지지만, 거기선 그들이 이쿠일와르손, 다시 사는 사자死者들이라는 것과 "그들은 시리온강 북부 주변의 땅에서 대단한 요정이 되었소" 정도만 얘기될 뿐이다.

『잃어버린 이야기들』 속 다른 이야기, 「발라들의 도래」에는 만도스(진짜 이름이 '베'인 그 신의 이름이면서 그의 궁정 이름이기도 한)에게 온 자들에 대한 다음 설명이 있다.

불운하게도 무기로 살해되거나 살해된 자들에 대한 비탄 때문에 죽은—엘다르는 그렇게만 죽을 수 있고 또 그 죽음도 잠시 잠깐일 뿐이었다—모든 가문의 요정들이 후일 거기로 갔다. 거기서 만도스는 그들의 운명을 일러 주었고, 그들은 자신이 자신의 자손으로 다시 태어나고 세상으로 나가 다시 웃으며 노래할 수 있을 것이라고 그가 정한 그때까지 자신의 지난 행적을 꿈결처럼 헤아려 보며 거기 어둠 속에서 기다렸다.

이것과 비교할 만한 것이 "너희는 잊었어도, 사자死者들이 기다리는 길잃은자들의 땅 […]"에 관련된, 279쪽에 제시된 『레이시안의 노래』에서 제자리를 찾지 못한 행들이다.

거기선 달도, 목소리도,
심장 뛰는 소리도 없이 각 시대가 이울 때마다
한 번 이는 심원한 한숨만이
들린다네. 달빛도 없는 가운데
사자들이 자기 생각의 그림자 속에 앉은
기다림의 땅은 멀리, 저 멀리 있노라.

요정들이 무기로 인한 상처나 비탄으로만 죽는다는 착상은 쭉 지속되다가 출간된 『실마릴리온』에도 나타난다.

요정들은 살해당하거나 비탄으로 쇠하지 않는 한(그들은 외관상으로는 이 두 가지 방식으로 죽음을 맞는데), 세상이 끝날 때까지는 죽지 않는다. 만萬 세기의 시간에 싫증 나지 않는 한, 그들의 근력은 나이에도 구애받지 않는다. 죽음이 닥치면 그들은 발리노르에 있는 만도스의 궁정으로 거둬들여지고 머지않아 거기서 돌아올 수도 있다. 그러나 인간의 후예는 정녕코 죽어 세상을 떠나고, 그렇기에 그들은 '손님'이나 '이방인'으로 불린다. 죽음은 그들의 운명이자 일루바타르의 선물인바, 시간이 지루하게 흘러감에 따라 권능들조차도 그것을 부러워하게 될 것이었다.

　　나는 위에서 인용된 「티누비엘의 이야기」 속 만도스의 언명—*너희는 인간들과 똑같이 죽을 수밖에 없으리란 것을 알아 두라. 너희가 다시 여기로 올 때면 그것은 영원한 것일지니라*—에서 그가 요정으로서의 그들의 숙명을 뿌리째 뽑고 있다는 느낌을 받는다. 하고많은 요정들이 죽은 터에, 그들이 다시 태어나진 않더라도 그들만의 특별한 존재를 간직한 채 만도스를 떠나는 것은 허락될 것인데, 그것만으로도 유례가 없는 일이었다. 그럼에도 불구하고, 그들은 그에 대한 대가를 치러야 하는바, 그들이 두 번째로 죽을 때는 돌아올 가능성, '외관상의 죽음'은 없고 인간들이 본성상 겪어야만 하는 죽음만이 있을 것이다.

　　후의 「퀜타 놀도린와」에선 이렇다(188쪽). "루시엔이 빠르게 쇠하고 시들어 대지에서 사라졌다 […] 그녀는 만도스의 궁정으로 가 그에게 심금을 울리는 사랑 이야기를 어찌나 아름답게 노래했던지 그가 감동해 연민을 느꼈던바, 그것은 이후로 두 번 다시 없는 일이었다."

그가 베렌을 소환하자 그들은, 죽음의 시각에 그에게 입 맞출 때 루시엔이 맹세한 대로, 이렇듯 서쪽 바다 너머에서 만났다. 그리고 만도스는 그들로 하여금 떠나게 해 주면서 루시엔이 '그녀의 연인과 똑같이 죽음을 면할 수 없고 필멸의 여인네처럼' 또 한 번 대지를 떠나며 그녀의 아름다움은 단지 노래 속 기억이 되리라고 말했다. 그 말대로 되었지만, 만도스는 보상으로 그로부터 베렌과 루시엔에게 생명과 기쁨의 긴 시간을 주었다. 그들은 아름다운 벨레리안드 땅에서 갈증도 추위도 모른 채 떠돌았고, 그 후로 그 어떤 필멸의 인간도 베렌이나 그 배우자에게 말을 건넨 적이 없었다.

280쪽에서 언급된 「퀜타 실마릴리온」을 위해 마련된 베렌과 루시엔 이야기의 초고에는 만도스가 베렌과 루시엔에게 제시하는 '운명의 선택'이라는 개념이 등장한다.

그리고 이것은 그가 베렌과 루시엔을 위해 정해 준 선택이었다. 그들은 이제 세상의 종말까지 발리노르에서 더없이 행복하게 거주할 테지만 만물이 변할 땐 결국 베렌과 루시엔은 각자 자기 종족에게 정해진 곳으로 가야만 한다. 게다가, 인간들에 대한 일루바타르의 마음에 대해서는 만웨[발라들의 군주]도 알지 못한다. 또는, 기쁨과 생명의 확신 없이 가운데땅으로 돌아갈 수는 있다. 그럴 경우, 루시엔은 베렌과 똑같이 죽음을 면할 수 없어 두 번째 죽음을 맞을 것이고 종국엔 대지를 영원히 떠나 그녀의 아름다움은 한낱 노래 속 기억이 될 것이다. 그들은 이 운명을 택했고, 하여 그 어떤 비애가 앞에 가로놓여 있든 그들의 운명들은 하나로 합쳐지고 그들의 행로들은 세상의 경계 너머로 한데 나아간다. 그리하여, 요정들 중에서 루시엔만이 오래전에 죽어 세상을 떠난 것이었다. 그렇지만 그녀로 인해 두 종족이 하나로 합쳐졌으니 그녀는 많은 이들의 여계 조상이 되었다.

'운명의 선택'이란 이 발상은 존속되나, 『실마릴리온』에서는 다른 형태로 존속되었다. 곧, 선택권은 루시엔에게만 주어졌고 선택지들도 달라진 것이다. 그녀는 그간의 고난과 슬픔 때문에, 그리고 멜리안의 딸이기 때문에 여전히 만도스를 떠나 세상의 종말까지 발리노르에서 거주할 수 있지만 베렌은 거기로 갈 수 없다. 그래서 그녀가 전자를 수락한다면 그들은 지금부터 영원히 갈라져야만 한다. 그는 자기 운명을 벗어날 수 없는 데다 죽음—일루바타르의 선물이라 거부될 수 없는—을 피할 수 없기 때문이다.

두 번째 선택지가 남았고, 그녀는 이것을 선택했다. 그렇게 함으로써만 루시엔은 베렌과 '세상 저편에서' 하나가 될 수 있었다. 즉, 그녀 스스로가 자기 존재의 숙명을 바꿔 필멸자가 되고 정녕코 죽어야만 했다.

내가 말한 대로, 베렌과 루시엔의 이야기는 만도스의 판결로 끝나지 않은 만큼 그 판결, 판결의 여파 및 베렌이 모르고스의 강철왕관에서 잘라 낸 실마릴의 역사에 대해 약간의 설명이 있어야만 한다. 한데, 내가 이 책의 편집을 위해 채택한 체제로는 그렇게 하기가 여러모로 어려운데, 그

주된 이유는 베렌이 두 번째 삶에서 감당한 역할이 이 책의 목적에 비해선 그 범위가 너무나 광대한 제1시대 역사의 국면들에 긴밀히 얽혀 있기 때문이다.

나는 1930년의 「퀜타 놀도린와」—「신화 스케치」를 뒤 잇고 그보다 훨씬 긴—에 대해 그것은 어디까지나 "하나의 압축본이고 하나의 간명한 설명"(144쪽)이라고 말했다. 작품의 제목에서도 그것은 '『잃어버린 이야기들의 책』에서 추출된 놀돌리 혹은 그노메들에 관한 간략한 역사'라고 되어 있다. 나는 『보석전쟁』(1994)에서 이 '요약본' 형태의 글들에 대해 이렇게 썼다. "이 판본들에서 아버지는 앞서 있던 산문 또는 운문의 긴 작품들에 의존하고 있었지만 (물론 또한 계속적으로 발전시키고 확장하기도 했지만), 「퀜타 실마릴리온」에서 그는 감미로운 선율에 엄숙하고 구슬프며 상실감과 시간상의 거리감이 실린 저 특징적인 토운을 완성했던바, 내가 믿기에 그런 성취는 그가 훨씬 더 세밀하고 직접적이며 극적인 형식으로도 볼 수 있던 것을 짧고 간결한 역사 속에 조려 내고 있었다는 문학적 사실에 부분적으로 말미암는다. 『반지의 제왕』이란 위대한 '끼어듦'과 떠남이 마무리되면서 그는 오래전 『잃어버린 이야기들의 책』에서 시작했던 훨씬 광대한 규모를 다시 거머쥘 욕심에 상고대로 돌아갔던 것 같다. 「퀜타 실마릴리온」의 완성은 이뤄 낼 필생의 과업으로 내내 남아 있었던 것이다. 그러나 그 '위대한 이야기들'은 원래의 형태—거기서부터 「퀜타 실마릴리온」의 나중 장章들이 도출되어야 할—에서 아주 크게 발전된 모습으로는 결코 완수되지 못했다."

여기서 우리의 관심사는 『잃어버린 이야기들』의 마지막 판본으로 거슬러 올라가는 하나의 이야기인바, 그 마지막 이야기는 「나우글라프링 이야기」라는 제목을 달고 있고 나우글라프링은 난쟁이들의 목걸이, 나우글라미르의 원래 이름이다. 아무튼 여기가 『반지의 제왕』 완성 이후로 상고대에 관한 아버지의 작업이 진척된 가장 먼 지점이다. 즉, 더 이상의 새로운 서사가 없는 것이다. 『보석전쟁』에서 내가 논한 바를 다시 인용하자면, "그것은 마치 우리가 어느 장대한 벼랑의 가장자리로 가서 뒷시대에 세워진 어느 고지로부터 저 아래 먼 곳의 고대 평원을 내려다보는 것과 같다. 나우글라미르 그리고 도리아스의 파괴에 관한 이야기를 원한다면 [⋯] 우리는 4반세기 이상을 가로질러 「퀜타 놀도린와」로 혹은 그 너머로 돌아가야만 한다." 이제 나는 「퀜타 놀도린와」(144쪽 참조)로 돌아가 해당 텍스트를 아주 조금만 축약하여 제시하겠다.

그 이야기는 사악한 용 글로룬드가 탈취한 나르고스론드의 대단한 보물의 후속 역사로 시작된다. 투린 투람바르의 손에 글로룬드가 죽은 후, 투린의 아버지 후린은 숲의 무법자 몇 명과 함께 나르고스론드로 왔는데, 글로룬드의 망령과 여전한 사후死後 명성이 두려워 오르크, 요정 혹은 인간을 막론하고 아직 그 누구도 감히 그곳을 약탈하지 못했다. 한데도, 그들은 거기서 밈이라는 난쟁이를 발견했다.

「퀜타 놀도린와」에 의거한 베렌과 루시엔의 귀환

자, 밈은 나르고스론드의 궁전과 보물이 무방비 상태란 것을 알았다. 해서, 그는 보물을 차지하고 기쁜 마음으로 거기 앉아 황금과 보석들을 만지작거리고 자꾸만 손으로 어루만지다가 이런저런 주문들로 그것들을 자신의 몸에 동여맸다. 그러나 밈의 일행이 그 수가 얼마 안 되기도 했기에, 그 보물에 대한 탐욕으로 가득 찬 무법자들은 그들을 죽였다. 후린이 알았더라면 말렸을 테지만 말이다. 어쨌든, 밈은 죽음을 맞는 순간 그 황금을 저주했다.

    [후린은 싱골을 찾아가 그의 도움을 청했고, 싱골의 백성들은 그 보물을 천의 동굴로 가져갔다. 그 후에 후린은 떠났다.]

이윽고 저주받은 용의 황금에 서린 마법이 심지어 도리아스의 왕에게도 닥치기 시작해 그가 오래도록 앉아 그것을 황홀히 쳐다보곤 하자 심중에 있던 황금에 대한 애착이 되살아나 점점 커졌다. 그리되자, 그는 당시 서쪽 세계의 장인들 가운데 가장 뛰어난 이들인 노그로드와 벨레고스트의 난쟁이들을—(곤돌린 은 아직 알려지지 않았고) 나르고스론드는 사라졌기에—불러들였 는데, 그들로 하여금 금과 은 그리고 보석들(그중 많은 것이 아직 세공되지 않은 고로)로 수없이 많은 그릇과 장식품을 만들게 하고 특히 실마릴을 걸어 둘 아름답기 짝이 없는 최고의 목걸이를 만들게 하려는 심산이었다.[2]

한데, 거기로 온 난쟁이들은 곧장 그 보물에 대한 탐욕과 열망에 사로잡혀 반역을 꾸몄다. 그들은 서로 간에 이렇게 말했다. "이 보물의 소유권은 요정 왕에 못지 않게 난쟁이들에게도 있잖아. 그리고 그것은 밈에게서 사악한 수법으로 빼앗은 거잖아?" 거기에 더해 그들은 실마릴도 탐했다. 한편, 그 마력의 속박에 점점 깊이 빠져들고 있던 싱골로서는 그들에게 약속한 수고의 보수가 아까웠다. 하여, 그들 사이에 심한 언쟁이 일었고 급기야는 싱골의 궁정에서 전투가 벌어졌다. 거기서 많은 요정들과 난쟁이들이 살해되니, 그들이 묻힌 도리아스의 골짜기도 쿰난아라사이스, 탐욕의 무덤으로 이름 지어졌다. 한편, 나머지 난쟁이들은 보수나 삯도 없이 내쫓겼다.

따라서, 그들은 노그로드와 벨레고스트에서 새로이 군사를

---

2 나우글라미르에 관한 이야기의 나중 형태에 따르면, 그것은 오래전 난쟁이 장인들이 펠라군드를 위해 만들었으며, 후린이 나르고스론드에서 가져와 싱골에게 준 보물도 그것 하나뿐이었다고 한다. 당시에 싱골이 난쟁이들에게 맡긴 과업은 나우글라미르를 '고쳐 만들어' 거기에 자신이 소유하고 있던 실마릴을 끼워 박는 것이었다. 이것이 출간된 『실마릴리온』에 실린 이야기의 윤곽이다.

모아 마침내 돌아왔고, 저주받은 보물에 대한 탐욕에 사로잡힌 일부 요정들의 변절 덕택에 은밀하게 도리아스로 진입했다.

거기서 그들은 무장한 소부대로 수색하던 중 싱골을 급습했다. 싱골이 살해되고 천의 동굴의 요새가 불시의 습격을 받고 약탈당했다. 그렇게 도리아스의 영광이 폐허가 되다시피 했으니 이제 모르고스에 맞선 요정들의 거점은 하나[곤돌린]만 남았고 그들의 황혼도 머지않았다.

난쟁이들도 여왕 멜리안은 붙잡거나 해칠 순 없었던 고로 그녀는 베렌과 루시엔을 찾아 나섰다. 당시 청색산맥 속의 노그로드와 벨레고스트에 이르는 난쟁이길은 동벨레리안드와 겔리온강 주변의 삼림지를 관통했는데, 거기에는 예전에 페아노르의 아들들 담로드와 디리엘의 사냥터가 있었다. 겔리온강과 청색산맥 사이의 저 지역 남쪽에는 옷시리안드 땅이 있었는데, 거기서 베렌과 루시엔은 루시엔이 얻어 낸 저 유예의 시간 속에서 둘 모두가 죽기 전까지 계속 평화와 더없는 행복 속에 살며 떠돌았고, 그들이 어울리는 이들은 남쪽의 초록요정들이었다. 그러나 베렌은 더는 출전出戰하지 않았으며 그의 땅은 사랑스러움과 갖가지 꽃들로 가득 찼던 고로 인간들은 종종 그곳을 쿠일와르시엔, '살아 있는 죽은 자들의 땅'이라 불렀다.

그 지역의 북쪽에 아스카르강을 건너는 여울이 하나 있었고, 그 여울은 사른 아스라드, 돌여울로 명명되었다. 난쟁이들이 자신들의 본거지로 이어지는 산 고개들에 이르자면 이 여울을 지나야만 했기에 베렌은 멜리안에게서 그들이 다가올 거라는 통고를 받고 거기서 자신의 마지막 싸움을 치렀다. 저 전투에서 초록요정들이 약탈품을 잔뜩 지고 고개를 지나는 난쟁이들을 불시에 습격하자, 그 두목들이 살해되고 그 무리 전체가 절멸하다시피 했다. 그런 총중에, 베렌은 실마릴이 걸린 난쟁이들의 목걸이 나우글라미르를 탈취한바, 흰 가슴 위에 저 목걸이와 저 불멸의 보석을 착용한 루시엔은 발리노르 왕국 바깥에서 볼 수 있던 가장 아름답고 영광스러운 모습이었고, '살아 있는 죽은 자들의 땅'이 한동안 마음속에 그린 신들의 나라의 광경에 흡사했던 고로 그 후로는 그토록 아름답고 그토록 풍요하며 그토록 빛으로 충만한 곳은 없었다는 말이 널리 회자되고 노래로 불렸더라.

그렇지만, 멜리안이 두고두고 그들에게 그 보물과 실마릴에 얹힌 저주를 경고했던지라 그들은 정녕 그 보물을 아스카르강에 잠가 버리곤 그 강을 새로이 라슬로리온, 곧 황금바닥이라고 명명했지만, 실마릴은 그대로 간직했다. 그러고는 머잖아 라슬로리온 땅의 사랑스러운 짧은 시간이 사라졌다. 만도스가 일렀던 대로, 훗날의 요정들이 쇠한 것과 꼭 같이 루시엔도 쇠해 세상에서 사라졌던 게다.[3] 그러고는 베렌이 죽었으니 그들이 어디서 다시 만날지 아는 이가 없더라.

그 후, 베렌과 루시엔의 자손, 디오르가 싱골의 후계자로 삼림 왕국의 왕이 되었다. 그는 세상의 모든 자손들 중에 가장 아름다웠는데, 그것은 그가 세 종족의 혈통—인간과 요정 가운데 가장 아름답고 수려한 혈통들과 발리노르의 신성한 영靈들의 혈통—

---

3 루시엔의 죽음의 방식은 수정이 필요하다는 표지가 붙어 있다. 후에 아버지는 그 표지를 지우며 이렇게 썼다. "그렇지만 요정들 가운데 오로지 루시엔만이 우리 종족으로 간주되었고 또 우리가 가는 것과 마찬가지로 세상 저편의 운명으로 간다."

을 물려받았기 때문이었다. 그렇지만, 그런 혈통 덕분에 그가 페아노르의 아들들이 다짐했던 맹세의 운명으로부터 보호되는 것은 아니었다. 디오르는 도리아스로 돌아갔고 그로 하여 그 예로부터의 영광이 한동안 부흥했던 것이다. 반면에, 멜리안은 더는 그곳에 거하지 않고 서쪽 바다 너머 신들의 땅으로 떠나 자신이 거하던 정원에서 자신이 겪은 슬픔에 대한 상념에 잠겼다.

그러나 디오르가 가슴에 실마릴을 차고 저 보석의 명성이 널리 퍼지니 그 불멸의 맹세가 또 한 번 잠에서 깨어났다.

루시엔이 저 비할 데 없는 보석을 착용한 동안에는 어떤 요정도 감히 그녀를 공격하지 못했으며 심지어는 마이드로스조차 감히 그런 생각을 마음에 품지 못했다. 그러나 도리아스의 쇄신과 디오르의 교만에 대한 소문을 듣자 그 일곱은 유랑을 접고 다시 모였고, 디오르에게 사람을 보내 자신들의 것을 내놓으라고 했다. 하지만 그는 그 보석을 내주려 하지 않았고, 그들은 모든 병력을 동원해 그를 들이쳤다. 그렇게 해서 두 번째이자 가장 가혹한 요정들의 동족살해가 벌어졌다. 거기서 켈레고름, 쿠루핀 및 검은 얼굴의 크란시르가 쓰러졌지만 디오르도 살해되었다. 그렇게 도리아스는 무너졌고 결코 다시는 일어서지 못했다.

그런데도, 페아노르의 아들들은 실마릴을 획득하지 못했다. 그들이 들이닥치기 전에 충직한 시종들은 디오르의 딸 엘윙을 모시고 달아나는 길에 나우글라프링을 챙겨 때맞춰 바닷가의 시리온강 어귀에 닿았던 것이다.

[「퀜타 놀도린와」보다 얼마쯤 나중의 텍스트인 최초 형

태의 「벨레리안드 연대기」에서는 이야기가 달라져, 디오
르가 도리아스로 돌아간 것은 베렌과 루시엔이 아직 옷시
리안드에 살아 있을 동안이었다. 거기서 그에게 닥친 일을
나는 『실마릴리온』의 표현으로 제공하겠다.

어느 가을날, 밤늦게 어떤 이가 찾아와 메네그로스 정문을 마
구 두드리며 왕을 뵙게 해 달라고 했다. 그는 옷시리안드에서 급
히 달려온 초록요정의 한 영주였던지라, 문지기들은 그를 디오
르가 홀로 앉아 있는 방으로 데려갔다. 거기서 그는 아무 말 없
이 왕에게 상자 하나를 건네주고 떠나갔다. 상자에는 실마릴이
박힌 난쟁이들의 목걸이가 들어 있었다. 디오르는 그것을 보곤
베렌 에르카미온과 루시엔 티누비엘이 정녕코 죽어 인간들이
가는 세상 저편의 운명으로 갔다는 것을 알았다.

디오르는 오랫동안 실마릴을 응시했다. 그의 부친과 모친이
모르고스에 대한 공포를 이겨 내고 천신만고를 무릅쓰고 얻어
온 것이었다. 그들에게 죽음이 그토록 일찍 닥쳤다는 것은 그에
게 엄청난 슬픔이었다.]

「나우글라프링의 잃어버린 이야기」로부터의 발췌

여기서 나는 저술의 연대기를 돌려 나우글라프링의 「잃어버린 이야기」를 논하겠다. 이렇게 하는 이유는 이 대목이 초기의 『실마릴리온』에서 아버지가 채택한 확장적 양식─시각적이고 때론 극적인 세목에 대한 감각이 예민한─의 두드러진 예이기 때문이지만, 실은 「잃어버린 이야기」 전체가 이 책이 필요로 하지 않는 쇄말주의로 치닫기 때문이기도 하다. 따라서 「퀜타」 텍스트, 299~300쪽에는 사른 아스라드, 돌여울에서의 전투에 대한 아주 간결한 요약이 나오지만 이어 「잃어버린 이야기」로부터의 한층 충실한 이야기─청색산맥 속 노그로드 난쟁이들의 영주, 나우글라두르와 베렌의 결투가 포함된─가 펼쳐진다.

나우글라두르가 이끄는 난쟁이들이 천의 동굴을 약탈하고 돌아오는 길에 사른 아스라드로 접근하는 것으로 이 대목이 시작된다.

이제 저 모든 병력이 [아스카르강으로] 왔으니, 그들의 배진 配陣은 이러했다. 짐을 지지 않은 채 완전무장한 많은 난쟁이들이 선두에 섰고, 그 한가운데엔 글로룬드의 보고寶庫와 더불어 틴웰린트의 궁전에서 끌어낸 것 외에도 많은 노리개를 짊어진 큰 무리가 있었으며 그 뒤를 나우글라두르가 따랐다. 그는 틴웰린트의 말에 걸터앉았지만, 난쟁이들의 다리가 짧고 굽은 탓에 그 풍채는 기이해 보였다. 게다가, 그 말이 전리품을 잔뜩 실은 채로는 나아가려 하지 않은 고로, 두 난쟁이가 그것을 이끌었다. 그리고 이들의 뒤에도 짐을 별로 지지 않은 무장한 다수의 병사들이 따랐다. 운명의 날에 그들은 이런 배진으로 사른 아스라드를 건너고자 했다.

그들이 이쪽 강둑에 이르렀을 때가 아침이었지만, 한낮이 되어서도 그들은 아직도 길게 이어진 행렬로 움직이며 물살 빠른 개울의 얕은 곳들을 천천히 건너가고 있었다. 그 개울은 여기서 폭이 넓어져 조약돌과 그보다 크지 않은 돌들이 깔린 긴 모래톱들 사이 둥근 돌로 가득 찬 좁은 수로들로 내리흘렀다. 선봉의 무장한 부대가 벌써 맞은편 강둑을 기어올랐으므로 이제 나우글라두르도 무거운 짐을 진 말에서 슬쩍 내려 말로 하여금 개울을 건너게 할 준비를 했다. 건너편 강둑은 크고 가파른 데다 나무로 빽빽했는데, 황금을 나르는 이들 중 일부는 이미 거기에 닿았지만 또 다른 일부는 개울을 건너는 중이었고 반면에 후진의 무장 병력은 잠시 쉬고 있었다.

갑자기 그 모든 곳에 요정 나팔들의 소리가 울려 퍼졌다. 그 중에서도 나팔 하나가 나머지들보다 유난히 맑은 소리로 [? 요란하게] 울린 바, 그것은 숲의 사냥꾼 베렌의 나팔이었다. 이윽고, 엘다르의 가느다란 화살들이 공중에 난무했는데, 그것들은 목표물을 빗나가는 법이 없었고 또 바람도 그것들의 진로를 흩트리지 않았다. 그러곤, 보라, 모든 나무와 둥근 돌로부터 갈색 요정들과 초록요정들이 느닷없이 뛰쳐나와 가득 찬 화살통에서 쉼 없이 화살을 쏘아 댔다. 그에, 나우글라두르의 군대가 공포와 혼란에 휩싸였고, 여울을 건너던 이들은 황금의 짐을 강물 속에 내던지고 기겁하여 어느 쪽 강둑에든 가닿고자 발버둥 쳤다. 하나 숱한 이들이 그 무자비한 화살에 맞아 황금과 함께 아로스강의 물결 속에 쓰러져 검은 피로 깨끗한 강물을 더럽혔다.

이런 상황이고 보니, 저쪽 강둑에서 전투에 [? 열중했던] 전사들이 재결집해 적들을 덮치려 함에 그들이 앞질러 잽싸게 달아나 봐도 맞은편의 [? 다른 전사들이] 쏜 화살들이 빗발치듯 그들에게 쏟아졌더라. 이렇듯, 엘다르는 거의 부상을 입지 않았지만 난쟁이들은 끊임없이 고꾸라져 죽었다. 이제 저 돌여울의 위대한 싸움이 […] 나우글라두르에게로 좁혀졌다. 나우글라두르와 그의 대장들은 자신의 부대들을 굳세게 지휘했지만 적을 붙잡아 보지도 못한 채 죽음만이 빗발처럼 쏟아져 내리니 마침내 그 대부분이 뿔뿔이 흩어져 도망쳤다. 그 꼴을 보고 요정들 쪽에서 맑은 웃음소리가 울려 퍼졌다. 바람에 흰 수염을 휘날리며 도망치는 난쟁이들의 꼴사나운 모습이 어찌나 재미있던지 그들은 더 이상의 화살 쏘기를 삼갔다. 그렇게 경황 없는 중에 나우글라두르가 문득 멈춰 서서—그를 따르는 병사라곤 몇 명뿐이었는데—귄델린이 했던 말을 떠올렸다.[4] 보라, 베렌이 그를 향해 다가와 활을 옆으로 내던지고 찬란한 칼을 빼 들었던 게다. 비록 난쟁이들 중에서도 특출한 나우글라두르의 가슴팍 너비와 몸통 둘레엔 못 미쳤어도, 베렌은 엘다르 중에서도 키가 아주 컸다.

"할 수 있다면 네 목숨을 지켜 보라, 굽은 다리의 살인자여. 그렇지 않으면 내가 그것을 앗으리니"라고 베렌이 말하자, 나우글라두르는 무사히 가게 해 준다면 경이로운 목걸이 나우글라프링마저 내놓겠다고 했다. 하나 베렌은 "어림없는 소리, 그건 널 베고 나서 차지할 수도 있어"라고 말하곤 홀로 나우글라두르와 그의 패거리에게 달려들었다. 그가 맨 앞의 놈을 쓰러뜨리자 남은 놈들이 요정의 웃음소리 속에 달아났으니, 이제 베렌은 틴웰린트의 살해자, 나우글라두르를 공격했다. 그에, 그 늙은 자가 용맹하게 맞서 제 목숨을 지키니 격전이 벌어졌다. 대장에 대한 사랑과 경외로 지켜보던 많은 요정들이 활줄을 만지작거리자 베렌은 한창 싸우던 중에 그 누구도 나서지 말라고 일렀다.

자, 그 이야기는 베렌이 거기서 많은 상처를 입었고 그 난쟁이 갑옷의 [? 재주와] 마법 탓에 그가 숱하게 가한 날카로운 타격도 나우글라두르에게 별반 해를 끼치지 못했다는 것 외에 저 난투의 상처와 타격에 대해 알려 주는 게 거의 없다. 다만, 세 시간이나 싸우는 중에 베렌의 두 팔은 지쳐 갔지만 대장간에서 거대한 쇠망치를 휘두르는 데 이골이 난 나우글라두르는 그렇지 않았으니 밈의 저주가 아니었다면 십중팔구 그 결말은 달라졌으리

---

4   이야기의 앞쪽에서, 나우글라두르는 메네그로스를 떠날 채비를 하던 중 아르타노르의 여왕, 궤델린(멜리안)이 자신과 함께 노그로드로 가야만 한다고 단언했고, 그 말에 그녀는 이렇게 대꾸했다. "도둑이자 살인자인 멜코의 자손이여, 그대는 아직도 바보라네, 제 머리 위에 무엇이 걸려 있는지를 알지 못하니까."

라. 나우글라두르가 베렌이 힘이 빠져 가는 것을 알아채곤 내내 더 아슬아슬하게 그를 몰아붙이며 저 언어도단의 마법에서 생기는 교만에 휘둘려 '내가 이 요정을 죽이면 그의 패거리는 겁에 질려 내 앞에서 달아나리라'는 생각으로 칼을 부여잡고 강력한 일격을 가하며 이렇게 외쳤던 게다. "여기 네 죽음을 받으라, 숲의 애송이여." 한데, 그 순간 깔쭉깔쭉한 돌에 발이 걸려 그가 앞으로 곱드러진 고로, 베렌이 저 일격으로부터 옆으로 슬쩍 비켜나 한 손으론 그의 수염을 붙잡고 다른 손으로는 황금 목걸이를 붙들고서 느닷없이 나우글라두르를 한 바퀴 휙 돌리니 그는 두 발이 공중에 붕 떴다가 엎드러졌다. 나우글라두르의 칼이 손아귀에서 떨어져 나간바, 베렌은 그것을 쥐어 들고 그를 죽이며 이렇게 말했다. "환히 빛나는 내 칼날을 네놈의 어두운 피로 더럽히지 않겠다, 그럴 필요가 없으니." 그다음, 나우글라두르의 시체는 아로스강 속에 던져졌다.

곧이어 그는 꽉 쥐었던 손에서 목걸이를 풀어내곤 경탄의 눈으로 지그시 바라보다가 그가 보는 것이 바로 자신이 앙반드에서 쟁취해 그 위업으로 불멸의 영광을 얻은 보석, 실마릴임을 확인하곤 이렇게 말했다. "요정의 등불이여, 결단코 내 두 눈은 황금과 보석 및 난쟁이들의 마법 속에 박힌 지금 네 모습의 절반만큼이나마 아름답게 타오르는 것을 본 적이 없도다." 그러고는 저 목걸이에 묻은 얼룩을 씻어 내고 그것의 권능을 전혀 몰랐던 고로 내던지지 않고 몸에 지닌 채 히슬룸의 숲으로 돌아갔다.

「나우글라프링 이야기」로부터의 이 대목에 부합하는

것은 299~300쪽에 인용된 발췌에 나오는 다음의 「퀜타」
의 몇 마디뿐이다.

[사른 아스라드에서의] 저 전투에서 초록요정들이 약탈품을
잔뜩 지고 고개를 지나는 난쟁이들을 불시에 습격하자, 그 두목
들이 살해되고 그 무리 전체가 절멸하다시피 했다. 그런 총중에,
베렌은 실마릴이 걸린 난쟁이들의 목걸이 나우글라미르를 탈취
한바, […]

이것이 아버지가 "훨씬 더 세밀하고 직접적이며 극적인 형
식으로도 볼 수 있던 것을 짧고 간결한 역사 속에 조려 내
고 있었다"는 295쪽에서의 내 견해를 예증한다.

난쟁이들의 목걸이에 대한 「잃어버린 이야기」의 이 짧
은 유람을 베렌과 루시엔의 죽음과 그들의 아들 디오르의
살해에 대해 「퀜타」(300~301쪽)에서 서술된 그 이야기의
기원을 부가적으로 인용하며 맺는다. 루시엔이 처음 나우
글라프링을 찼을 때 일어난 베렌과 궨델린(멜리안) 사이의
언쟁으로 발췌를 시작한다. 베렌은 그녀가 저토록 아름다
워 보였던 적이 없었노라고 단언했지만, 궨델린은 "그럼에
도 실마릴은 멜코의 왕관에 남았으니, 정녕 저야말로 대장
장이들의 무서운 짓이네"라고 말했다.

그러자 티누비엘은 자신이 원하는 것은 귀중품이나 보석 들

이 아니고 숲을 반기는 요정의 마음일 뿐이라고 말하고는 궨델
린을 납득시키고자 제 목에서 그것을 떼어 내던졌다. 하지만 베
렌은 이를 납득할 수 없었고 또 그것이 내던져진 것을 용납할 수
없던지라 그것을 자신의 [? 보고] 속에 고이 간직했다.

이후 궨델린은 한동안 그들과 어울려 숲에 머물며 [틴웰린트
에 대한 주체하기 힘든 슬픔에서] 치유되었지만 결국 그리움에
사무쳐 로리엔의 땅으로 돌아가 결코 다시는 대지 거주자들의
이야기 속에 들어오지 않았다. 반면, 베렌과 루시엔에게는 만도
스가 궁정에서 그들을 내보내며 일렀던 필멸의 운명이 빠르게
닥쳤던바, 그것이 그들에게 때 이르게 닥쳤다는 점에서 이 일에
는 밈의 저주가 [? 한몫]했을 수도 있고, 저 한 쌍도 이번에는 그
여행길에 함께 나서진 않았다. 그러던 중에, 그들의 자손, 아름
다운 디오르가 아직 어렸을 때 훗날의 요정들이 세상 어디서든
그랬듯, 티누비엘이 서서히 쇠해 숲에서 사라졌으니 그 누구도
그녀가 다시 거기서 춤추는 것을 보지 못했다. 베렌이 그녀를 쫓
아 배회하며 히슬룸과 아르타노르의 온 땅을 수색했는데, 요정
들 중에 그보다 더한 외로움을 느껴 본 이가 없더라. 게다가, 그
또한 생명력이 쇠했던바, 그의 아들 디오르가 갈색요정들과 초
록요정들의 지도자 겸 나우글라프링의 주인이 되었다.

저 한 쌍이 이젠 발리노르에 있는 오로메의 숲에서 사냥하며
티누비엘은 신들의 딸들 넷사와 바나의 초록 잔디 위에서 영원
토록 춤춘다고 하는 모든 요정들의 말이 어쩌면 참일 수도 있겠
다. 그렇다 하더라도, 구일와르손이 자신들에게서 떠났을 때 요
정들의 비탄은 엄청났고, 지도자를 잃고 마법의 힘이 졸아든 상

태에서 그들의 수도 줄어들자 많은 요정들이 곤돌린으로 떠났
다. 곤돌린의 점증하는 권세와 영광이 은밀한 쑥덕거림 속에 모
든 요정들에게 퍼져 있었던 것이다.

디오르는 성인이 되어서도 여전히 수많은 백성을 다스렸고,
베렌이 그랬던 것과 똑같이 숲을 사랑했다. 그리고 그가 난쟁이
들의 목걸이에 박힌 저 불가사의한 보석을 소유한 걸 두고 대개
의 노래들이 그에게 부호富豪 아우시르라는 이름을 붙였더라.
이제 그의 가슴속에서 베렌과 티누비엘의 이야기도 점차 희미
해지면서, 그에게는 그것을 목에 걸고 그 아름다움을 끔찍이도
사랑하는 습관이 붙었다. 저 보석의 명성은 북부의 모든 지역에
걸쳐 들불처럼 번졌고, 요정들은 서로 간에 '히실로메의 숲에는
실마릴 하나가 찬연히 빛난다'고 말했다.

> 「나우글라프링 이야기」는 페아노르의 일곱 아들들에
> 의한 디오르에 대한 공격과 그의 죽음을 훨씬 자세하게 서
> 술했고, 연속적인 형식을 취한 『잃어버린 이야기들』의 이
> 마지막 이야기는 엘윙의 탈출로 끝난다.

그녀가 숲을 떠돌던 중에 갈색요정과 초록요정 몇 명이 그녀
에게 모여들었고, 그들은 히슬룸의 오솔길들을 영원히 떠나 시
리온강의 깊은 물과 그 쾌적한 땅을 향해 남쪽으로 갔다.

이렇듯 요정들의 모든 운명들이 그때 한 가닥으로 엮였고, 저
가닥은 에아렌델의 위대한 이야기인 고로 이제 우리는 저 이야
기의 참된 시작점에 이르렀다.

＊

「퀜타 놀도린와」에서는 그 뒤로 곤돌린과 그 몰락의 역사
그리고 곤돌린 왕 투르곤의 딸, 이드릴 켈레브린달과 혼인
한 투오르의 역사에 관한 대목들이 이어진다. 그들의 아들
이 에아렌델인데, 그는 그들과 함께 그 도시의 파괴를 피해
시리온강의 하구로 갔다. 「퀜타」는 도리아스에서 시리온
강 하구에 이르는 디오르의 딸 엘윙의 탈주 이후를 추적하
며 계속된다(301쪽).

도리아스와 곤돌린의 유민流民인 일단의 요정들이 시리온강
의 강변에 터를 잡았는데, 그들은 바다와 배 만들기를 좋아해 해
안 가까이서 울모의 가호 아래 살았다. […]
그 시절에 투오르는 노령이 소리 없이 다가옴을 느끼고는 자
신을 사로잡은 바다에 대한 동경을 억제할 수가 없었다. 그런 까
닭에, 그는 에아라메, 곧 독수리의 날개라는 큰 배를 건조해 이
드릴과 함께 석양과 서녘으로 출범했으며, 더는 어떤 이야기에
도 등장하지 않았다. 그렇게 되자, 빛나는 자, 에아렌델이 시리
온강 일족의 영주가 되고 디오르의 딸, 아름다운 엘윙을 아내로
맞았지만 그래도 그는 마음의 평안을 누릴 수가 없었다. 그의 가
슴속에는 두 가지 생각이 드넓은 바다에 대한 동경이라는 하나
로 합해져 있었다. 그는 돌아오지 않는 투오르와 이드릴 켈레브
린달을 곧바로 뒤쫓아 항해에 나서고, 또 운이 닿는다면 마지막
해안에 닿아 죽기 전에 서녘의 신들과 요정들에게 사정을 호소

하여 그들이 세상과 인류의 비애를 딱하게 여기도록 할 작정이
었다.

그가 시가詩歌에서 찬양되는 배들 중 가장 아름다운 윙겔롯,
곧 거품꽃을 건조한바, 그 선재船材는 은백의 달처럼 희었고 노
櫓는 황금빛에 돛대 줄은 은빛이며 돛대들엔 별 같은 보석들이
얹혔다. 「에아렌델의 노래」에는 전인미답의 바다와 육지, 숱한
해역과 숱한 섬들을 답파한 그 모험의 많은 사연이 노래에 실려
찬미된다. […] 하지만 엘윙은 슬픔에 잠겨 집에만 있었다.

에아렌델은 투오르를 찾지 못했고 저 여정에서 발리노르의
해안에 닿지도 못했다. 그런 중에 마침내 그는 바람에 흩날려 도
로 동쪽을 향했고 밤중 어느 때 시리온항구에 다다랐다. 그 항구
가 황량했던 걸 보면 그의 귀환은 예기치 않은 것이었고 달가운
것도 아니었다. […]

시리온강 하구의 엘윙의 처소—그녀가 아직도 나우글라미르
와 찬연한 실마릴을 지니고 있었던—가 페아노르의 아들들에게
알려지자, 그들은 유랑의 사냥 생활을 접고 한데 모였다.

그러나 시리온강의 일족은 베렌이 쟁취하고 루시엔이 착용했
으며, 그 때문에 아름다운 디오르가 살해된 저 보석을 내주려 하
지 않았다. 그리하여 최후의 그리고 가장 잔혹한 요정들의 동족
살해이자 저주받은 맹세에 따른 세 번째 재앙이 벌어졌다. 페아
노르의 아들들이 곤돌린의 유랑자들과 도리아스의 유민을 급습
했던 것이다. 비록 그 일족 가운데 일부는 비켜섰고 소수의 일부
는 반항해 자신의 영주들에 맞서 엘윙을 돕는 반대편에서 싸우

다 살해되었지만, 결국은 그들이 승리했다. 담로드와 디리엘도 살해된바, 이제 그 일곱 중에선 마이드로스와 마글로르만이 남았다. 곤돌린 일족의 마지막 잔존자들은 절멸되거나 그곳을 떠나 마이드로스의 백성에 합류할 수밖에 없었다. 그런데도, 페아노르의 아들들은 실마릴을 획득하지 못했다. 엘윙이 나우글라미르를 바다에 내던졌으니, 그것은 종말 때까지 거기서 돌아오지 않을 터였다. 더군다나, 그녀는 몸소 파도 속으로 훌쩍 뛰어들어 흰 바닷새의 형상을 취하곤 한탄 속에 에아렌델을 찾아 세상의 모든 해안을 날아 떠돌았다.

그러나 마이드로스는 그녀의 아들 엘론드를 가엾게 여겨 집으로 데려가 숨겨 주고 양육했던바, 그 무시무시한 맹세의 짐에 넌더리가 난 때문이었다.

에아렌델은 이런 사정을 알고 비탄에 잠겼다. 하지만 그는 다시 한번 엘윙과 발리노르를 찾아 돛을 올렸다. 「에아렌델의 노래」에는 그가 끝내 마법의 열도에 닿았지만 좀체 그 마력을 벗어나지 못하다가 세상의 경계에서 다시 외로운섬, 그늘의 바다 및 요정만에 닿았다고 서술되어 있다. 거기서 그는 살아 있는 인간들 가운데서 유일하게 불멸의 해안에 상륙해 경이로운 코르 언덕을 오르고 툰의 인적 없는 길들을 거닐었는데, 거기선 그의 의복과 신발 위의 먼지도 다이아몬드와 보석의 가루였다. 하지만 그는 발리노르에는 감히 발을 들여놓지 않았다.

그는 세상의 모든 바닷새들이 때때로 찾아드는 북쪽 해역에 탑 하나를 축조하고는 아름다운 엘윙이 자신에게 돌아오기를 바라며 언제까지나 그녀 때문에 마음 아파했다. 그러다가, 윙겔

롯이 바닷새들의 날개를 타고 솟구치더니 공중에서도 당장 엘윙을 찾아 항해했다. 경이로운 마법의 저 배는 하늘 속의 한 떨기 별빛 꽃이었다. 그러나 하늘에서 해가 그것을 시들게 하고 달이 그것을 뒤쫓으니, 에아렌델은 하나의 도망 별처럼 희미하게 빛나며 오래도록 대지 위를 떠돌았다.

> 원본 「퀜타 놀도린와」에서는 여기서 에아렌델과 엘윙의 이야기가 끝난다. 그러나 나중에 이 마지막 대목을 고쳐 쓴 판본에서는 베렌과 루시엔의 실마릴이 영원히 바닷속에 사라졌다는 생각이 크게 바뀌었다. 고쳐 쓴 내용은 다음과 같다.

그런데도, 마이드로스는 실마릴을 획득하지 못했으니, 그것은 모든 것이 끝나고 자식들인 엘로스와 엘론드가 사로잡혔음을 안 엘윙이 마이드로스의 군사를 피해 나우글라미르를 가슴에 단 채 바다에 몸을 던져 사람들이 생각하건대, 죽었기 때문이었다. 하지만, 울모가 그녀를 들어 올린 고로 그녀가 사랑하는 에아렌델을 찾아 바다 위를 날 때 그 가슴엔 찬연한 실마릴이 별처럼 빛났다. 밤중 어느 때 배의 키를 잡고 있던 에아렌델은 달 아래의 날래디날랜 흰 구름장처럼, 낯선 진로로 바다 위를 움직이는 별처럼, 폭풍의 날개를 타고 오는 어슴푸레한 불꽃처럼 그녀가 자신을 향해 다가오는 것을 보았다.

이윽고, 그녀가 그 절박한 속도 때문에 죽은 게 아닐까 싶게 혼절하여 공중에서 윙겔롯의 선재 위로 떨어졌고, 에아렌델은 그녀를 품에 받아 안았다는 것이 노래로 전해진다. 그리고 아침에 그는 곁에서 머리칼을 그의 얼굴에 떨군 채 본래의 모습으로 누워 있는 아내를 경탄의 눈길로 바라보았다. 그리고 그녀는 잠들었다.

　　여기서부터는 「퀜타 놀도린와」에서 서술되는 이야기—대부분이 고쳐 쓰인—가 요점에 있어 『실마릴리온』 속의 이야기와 합치하는 만큼 나는 이 책 속의 그 이야기를 저 작품으로부터의 인용으로 끝맺고자 한다.

새벽별과 저녁별

시리온항구의 파괴와 사로잡힌 두 아들로 인해 에아렌딜과 엘윙은 무척 상심하였고, 아들들이 살해당할지도 모른다는 두려움에 사로잡혔다. 하지만 그렇지는 않았다. 왜냐하면 마글로르가 엘로스와 엘론드를 불쌍히 여겨 그들을 소중하게 길렀고, 믿기지 않는 일이겠지만 나중에 그들 사이에는 친애의 감정까지 생겨났기 때문이다. 그렇지만, 마글로르는 그 무시무시한 맹세의 짐에 짓눌려 괴롭고 지쳐 있었다.

이제 에아렌딜은 가운데땅에는 아무런 희망도 남아 있지 않다는 것을 알고 절망 속에 다시 방향을 바꾸었다. 그는 고향으로 돌아가지 않고 엘윙을 옆에 앉힌 채 다시 한번 발리노르를 찾아 떠났다. 그는 이제 종종 빙길롯의 뱃머리에 올라서 있었고, 그의 이마에는 실마릴이 달려 있었으며, 서녘에 가까워질수록 실마릴은 더욱 환한 빛을 발했다. […]

그리하여 에아렌딜은 살아 있는 인간으로서는 처음으로 불사의 해안에 발을 내디뎠다. 그곳에서 에아렌딜은 엘윙을 비롯하여 그와 항해를 함께한 이들에게 말했다. 항해 내내 그의 옆을 지켰던 세 명의 선원으로, 팔라사르, 에렐론트, 아에란디르가 그들의 이름이었다. 에아렌딜이 말했다. "당신들이 발라들의 진노를 사지 않도록 이곳에는 나 혼자만 상륙하겠소. 두 종족을 위해서 감수해야 하는 위험은 나 혼자면 족하오."

그러나 엘윙이 대답했다. "그러면 우리의 행로는 영원히 갈라지고 말 것입니다. 당신이 처한 모든 위험을 나도 감수하겠어요." 그리고 그녀는 흰 파도 속으로 뛰어내려 그를 향해 달려갔다. 하지만 에아렌딜은 슬픔에 잠겼다. 아만의 경계를 감히 넘어서려는 가운데땅의 존재에 대한 서녘 군주들의 진노가 두려웠기 때문이다. 에아렌딜과 엘윙은 거기서 함께 항해한 동료들에게 작별 인사를 하였고, 영원히 그들과 헤어지게 되었다.

에아렌딜이 엘윙에게 말했다. "여기서 나를 기다리시오. 한 사람만이 전갈을 가지고 갈 수 있고, 그것을 전하는 것이 나의 운명이오." 그리고 그는 홀로 땅 위로 올라서서 칼라키랴로 들어서는데, 그곳은 적막하게 텅 빈 듯한 느낌이 들었다. 아득히 먼 옛날 모르고스와 웅골리안트가 그랬던 것처럼 에아렌딜도 지금 축제의 시간에 이곳에 당도한 것이었다. 거의 모든 요정들이 발리마르로 떠났거나 타니퀘틸산정에 있는 만웨의 궁정에 모여 있었고, 소수의 인원만이 남아 티리온 성벽을 지키고 있었다.

하지만 멀리서부터 에아렌딜과 그가 지닌 위대한 빛을 목격한 이들이 있었고, 그들은 황급히 발리마르로 달려갔다. 그리고 에아렌딜은 푸른 언덕 투나로 올라가서 그곳이 텅 빈 것을 발견했다. 또한 티리온 시가지에 들어섰으나 그곳 역시 비어 있었다. 그는 축복의 땅에도 악의 힘이 찾아들었을지 모른다는 두려움 때문에 마음이 무거웠다. 에아렌딜은 인적이 끊어진 티리온의 도로를 걸었다. 그의 옷과 신발에 묻은 먼지는 다이아몬드 가루였고 기다란 흰 층계를 올라가는 그의 모습은 반짝반짝 빛을 발했다. 그는 요정과 인간 양측의 갖가지 언어로 크게 소리쳐 보았지만 아무 대답도 없었다. 그리하여 결국 바다 쪽으로 돌아섰다. 하지만 그가 해안으로 향하는 길에 접어드는 순간 언덕 위에 어떤 인물이 올라서서 큰 소리로 그를 불렀다.

"어서 오라, 에아렌딜, 뱃사람 가운데 가장 명성이 있는 자요, 기다렸으나 예기치 않게 나타난 자요, 애타게 찾았으나 절망하였을 때 나타난 자여! 어서 오라, 에아렌딜, 해와 달 이전의 빛을 가진 자여! 땅의 자손들의 영광이며, 어둠 속의 별이며, 황혼의 보석이며, 아침의 찬란한 빛이여!"

목소리는 만웨의 전령 에온웨의 것으로, 그는 에아렌딜을 아르다의 권능들 앞에 소환하기 위해 발리마르에서 달려온 것이었다. 그리하여 에아렌딜은 발리노르로 들어가 발리마르의 궁정에 입장하였고, 그 후로 다시는 인간들의 땅에 발을 들여놓지 않았다. 발라들은 곧 회의를 소집하였고 깊은 바닷속에서 울모를 불러내었다. 에아렌딜은 그들의 얼굴을 마주하고 서서 두 종족의 처지를 설명하였다. 그는 놀도르에 대한 용서를 구하고 그들의 크나큰 슬픔에 대해서는 연민을 청했으며, 인간들과 요정들에게는 자비를 베풀어 그들이 곤경에서 벗어날 수 있도록 도와줄 것을 부탁했다. 그의 간청은 받아들여졌다.

요정들의 이야기에 따르면, 에아렌딜이 아내 엘윙을 찾아 떠난 뒤 만도스가 그의 운명에 대해 언급을 했던 것으로 전해진다. "유한한 생명의 인간이 살아서 불사의 땅에 들어와 여전히 살아 있을 수 있습니까?" 그러자 울모가 대답했다. "그는 이 일을 위해 세상에 태어난 인물입니다. 이 질문에 대답해 보시죠. 에아렌딜은 하도르 가家 투오르의 아들입니까, 아니면 요정 가문인 핀웨 가 투르곤의 딸 이드릴의 아들입니까?" 이에 만도스가 대답했다. "놀도르도 마찬가집니다. 제 발로 망명의 길을 떠났던 자는 어느 누구도 이곳에 돌아올 수 없습니다."

모두의 이야기가 끝나자 만웨가 판결을 내렸다. "이 문제에 있어서 최후의 심판을 내릴 권한은 내게 있소. 요정과 인간, 두 종족을 사랑하여 에아렌딜이 감행한 위험을 그에게 덮어씌울 수는 없소. 또한 그에 대한 사랑 때문에 위험에 빠져든 그의 아내 엘윙에게도 마찬가지요. 하지만 그들은 다시는 '바깥땅'의 요정들이나 인간들 사이를 걸어 다닐 수 없소. 그들에 대한 나의 선고는 다음과 같소. 에아렌딜과 엘윙, 그리고 그들의 두 아들은 자신의 운명이 어떤 종족과 하나가 될지 각자 자유로이 선택할 수가 있으며, 그 종족의 이름으로 심판을 받게 될 것이오."

[에아렌딜이 한참 동안 사라져 보이지 않자 엘윙은 외롭고 두려운 생각이 들었다. 그러나 엘윙이 바닷가를 거닐고 있을 때 그가 그녀를 보고 다가왔다.] 그들은 곧 발리마르로 소환되었고, 거기서 노왕의 선고가 내려졌다.

이윽고 에아렌딜이 엘윙에게 말했다. "난 이제 세상에 지쳤으니, 당신이 원하는 대로 선택하시오." 그에, 엘윙은 루시엔 때문에 일루바타르의 첫째자손으로 심판받기를 결정하였고, 에아렌딜은 인간들과 부친의 백성에게로 마음이 끌리기는 했지만 아내를 위해 똑같은 선택을 하였다.

곧이어 발라들의 명에 따라 에온웨는 에아렌딜의 동료들이 아직 소식을 기다리며 남아 있는 아만 바닷가로 갔다. 그는 작은 배를 끌고 가서 세 명의 선원을 거기 태웠고, 발라들은 강한 바람을 일으켜 그들을 동쪽 멀리 밀어 보냈다. 그리고 발라들은 빙길롯을 취하여 그 배를 축성祝聖한 다음 발리노르를 거쳐 세상의 끝자락까지 끌고 갔다. 배는 거기서 '밤의 문'을 통과하여 마침내 가없는 창공으로 솟아올랐다.

과연, 그 배는 아름답고 경이롭게 만들어졌고, 맑고 찬란하게 너울거리는 불꽃으로 가득 차 있었다. 수부水夫 에아렌딜은 요정들의 보석 가루로 찬란한 빛을 발하며 키를 잡고 있었고, 그의 이마에는 실마릴이 달려 있었다. 그는 그 배를 타고 멀리 별조차 보이지 않는 허공까지 여행을 하였다. 하지만 아침이나 저녁에는 그의 모습이 종종 눈에 띄곤 했는데, 세상의 영역을 벗어나는 여행을 마치고 발리노르로 돌아오다가 동틀 무렵이나 해 질 녘에 희미한 모습을 드러냈다.

엘윙은 그 여행에 동행하지 않았다. 그녀는 길도 없는 허공과 추위를 견디지 못할 터였고, 또한 바다와 언덕 위로 불어오는 달콤한 바람과 대지를 더 사랑하였기 때문이다. 그리하여 북쪽으로 '분리의 바다'(대해 벨레가에르를 가리킴―역자 주) 가장자리에 그녀를 위하여 하얀 탑이 세워졌고, 거기로 지상의 모든 바닷새들이 이따금 날아왔다. 엘윙 자신이 한때 새의 모습을 취했듯이 그녀는 새들의 말을 배웠다고 하는데, 새들은 그녀에게 비상飛翔의 기술을 가르쳤고, 그녀의 날개는 흰색과 은백색을 띠고 있었다고 한다. 여정에서 돌아오는 에아렌딜이 다시 아르다 가까이 다가오면, 그녀는 이따금 오래전에 바다에서 구출될 때 날아올랐던 것처럼 그를 맞이하러 날아오르곤 했다. 그럴 때면 외로운섬에 살던 요정들 가운데서 눈이 좋은 이들은, 항구로 돌아오는 빙길롯을 맞이하러 기쁨에 겨워 날아오르는 그녀의 모습에서 석양 속에 장밋빛으로 물든 빛나는 하얀 새 한 마리를 발견하곤 하였다.

바야흐로, 가없는 창공을 처음으로 항해하기로 정해졌을 때 빙길롯은 환한 빛을 발하며 불시에 위로 솟아올랐다. 가운데땅에 살던 이들은 멀리서 그것을 보고 경이로움을 느꼈고, 이를 하나의 징조로 여겨 길에스텔, 곧 '드높은 희망의 별'이란 이름을 붙였다. 이 새 별이 저녁 무렵에 나타났을 때 마에드로스가 동생 마글로르에게 말했다. "지금 서녘에서 빛나는 저 별은 실마릴이 틀림없겠지?"

베렌과 루시엔의 최종적인 떠남에 대해서는? 「퀜타 실마릴리온」의 표현으로는 이렇다. "베렌과 루시엔이 세상을 떠나는 것을 보거나 마침내 그들의 시신이 묻힌 곳을 아는 이는 아무도 없었다."

「레이시안의 노래」 개정본

「레이시안의 노래」 개정본

『반지의 제왕』 완성 후 아버지를 매료시킨 문학적 과업들 가운데 첫 번째는, 어쩌면 심지어 바로 그 첫 번째는, 「레이시안의 노래」로 돌아가는 것이었다. (말할 필요도 없이) 그것은 1931년에 도달된 지점(앙반드 성문에서의 카르카로스의 베렌 공격)부터 서사를 속행하기 위해서가 아니라 오히려 그 시의 처음부터 다시 시작하려는 것이었다. 그 저작의 원문 역사가 아주 복잡한 만큼 여기서는 아버지가 처음에는 「노래」 전체를 근본적으로 다시 쓰는 작업에 착수했던 것 같지만 그 충동은 곧 잠잠해지거나 얼마 안 가 시들해지고 결국엔 뿔뿔이 흩어진 짧은 대목들만 남았다는 것을 말해 두는 것으로 족할 것이다. 하지만, 여기서 나는 4반세기가 지난 후에 시도된 그 새로운 운문본의 견실한 본보기의 하나로 베렌만 빼고 베렌의 아버지 바라히르와 그의 모든 동지들의 살해로 이어진 불운아 고를림의 배신에 관한 그 「노래」의 대목을 제공한다. 이것은 새로운 대목들 가운데 단연 가장 긴 것이니만큼 133~143쪽에 제공되었던 원래의 텍스트와 편리하게 비교될 수도 있을 것이다. 사우론(수)—여기서는 '가우르호스섬'을 벗어나 있는데—이 모르고스를 대체했다는 점과 운문의 수준에서도 이것이 새로운 시라는 점도 이해될 것이다.

나는 이 새로운 텍스트를 원래 판본에는 상응하는 부분이 없는 '축복받은 아엘루인못'이라는 제목이 붙은 짧은 대목으로 시작하는바, 그 행수行數는 26행이다.

　　거기서 그들이 참으로 호담한 소행을 저지른지라
　그들이 온다는 소문을 듣자마자
　그들을 쫓던 사냥꾼들이 냅다 줄행랑을 쳤으라.
　비록 각자의 머리에 왕의 몸값에 맞먹는
　현상금이 걸렸음에도　　　　　　　　　　　　　　5
　그들의 은신처에 대한 소식이나마
　모르고스에게 가져오는 병사가 없더라.
　갈색의 벌거벗은 고지가
　어둑한 소나무들 위로 솟아
　가파른 도르소니온의 눈雪과　　　　　　　　　　　10
　메마른 산바람을 받는 곳,
　거기에 낮엔 파랗고, 밤이면 세상 위로
　서녘으로 넘어가는 엘베레스의 별들 탓에
　어두운 유리로 된 거울인 양
　작은 호수 하나가 있었다.　　　　　　　　　　　　15
　한때 축성祝聖되었고, 아직도 축복받은
　저곳으로는 여태 모르고스의 그림자도
　그 어떤 사악한 것도 범접하지 못했다.
　물가엔 은회색의 가녀린 자작나무들이
　서로 속삭이듯 빙 둘러 웅크렸고,　　　　　　　　20
　주변으론 외로운 황무지가 펼쳐졌으며
　태곳적 대지의 앙상한 골격이 선돌처럼

헤더와 가시금작화 덤불 속을 파고들었다.

그리고 거기 집 없는 아엘루인 곁에

쫓기는 우두머리와 충직한 전사들이   25

잿빛 돌무더기 아래 은거했으라.

불운아 고를림

앙그림의 아들, 불운아 고를림은,

전하는 바에 의하면, 이 무리의 일원으로

몹시 사나운 전사임에도 절망에 빠져 있었다.

그는 인생의 운이 폈을 동안에   30

순백의 처녀 에일리넬을 아내로 맞았고,

그들은 불행이 닥치기 전까지 애틋한 사랑을 나누었다.

그가 전쟁에 나갔다 돌아와 보니

밭과 농장이 불타 버렸고,

집은 지붕 없이 버려진 채   35

이파리 하나 없는 숲속에 덩그러니 서 있었다.

그리고 에일리넬, 순백의 에일리넬은

누구도 알 수 없는 아득히 먼 데로 끌려가

죽거나 속박된 처지였다.

저 날의 캄캄한 어둠이 영원토록 가슴을 짓눌렀건만,   40

그가 황야를 헤매 돌아다니거나

밤에 종종 잠 못 이룰 때면

아직도 마음을 좀먹는 의구심에

불행이 닥치기 전 그녀가 때맞춰

숲으로 도망쳤을 수도 있다는 생각이 들었다.　　　　　45

그녀는 죽지 않고 살아 있으며

다시 돌아와 그를 찾을 테고 보이지 않으면

그가 살해된 걸로 여기리란 생각이었다.

그런 까닭에, 그는 때때로 밤에 비밀 은신처를 떠나

홀로 위험을 감수하고 은밀하게　　　　　50

불도 빛도 없이 차갑게 망그러진

옛집으로 돌아가곤 했지만,

거기서 헛되이 살피고 기다릴 동안

새록새록 되살아나는 비탄만 곱씹을 뿐이었다.

　한데, 사태는 헛됨을 넘어 훨씬 고약했으니,　　　　　55

모르고스가 가장 캄캄한 어둠도

능히 꿰뚫어 보는 많은 눈들, 많은 염탐꾼들을

잠복시켜 둔바, 그들이 고를림의 왕래를

눈여겨보고 보고할 터였더라.

추적추적 비 내리고 찬바람 애처로이 불어 대는　　　　　60

어느 가을날 해 질 무렵, 고를림이 또 한 번

인적 없고 잡초 무성한 소로를 따라

살금살금 그 길을 걸어왔다.

한데, 이게 어쩐 일인가!

그는 야밤 창가에 어른거리는 불빛을 보고 깜짝 놀라　　　　　65

실낱같은 희망과 느닷없는 두려움이 갈마드는 중에
다가들어 안을 들여다보았네. 에일리넬이었으라!
그 모습 변했지만, 그는 그녀를 곧바로 알아보았다.
그녀는 비탄과 굶주림에 초췌해졌고
치렁치렁했던 머리는 마구 엉켰으며 옷은 찢겨 있었다.   70
그녀가 나직이 울며 이렇게 말할 땐
그 고운 두 눈이 눈물로 흐려졌다.
"고를림, 고를림이여! 당신이 날 저버렸을 리 없어요.
그렇담 아, 살해된 것이라! 당신은 살해된 게 틀림없으라!
하니, 난 홀로 싸늘하게   75
그리고 메마른 돌처럼 쓸쓸히 지낼밖에!"

  고를림이 한 차례 소리치자 곧이어 불빛이 꺼지고
밤바람 속에 늑대들이 울부짖더니
불시에 지옥의 억센 손들이
그의 어깨를 움켜잡았다.   80
그는 모르고스의 졸개들에게
꼼짝없이 붙들려 무자비하게 포박된 채
그 무리의 대장으로 늑대인간과 유령을 부리며
모르고스의 왕좌 앞에 무릎 꿇은 모든 자들 중
가장 음험하고 표독한 사우론에게 끌려갔다.   85
그는 가우르호스섬에서 세력을 키우고 있다가
반역자 바라히르를 색출하라는
모르고스의 명을 받고

목하 힘차게 떨쳐 나선 참이었다.

그가 부근의 어두운 야영지에 앉아 있었기에 90
그의 도살자들은 그 먹잇감을 거기로 끌고 갔다.

이제 고를림은 거기서 격심한 고통을 겪었다.

목과 손발이 묶인 채 모진 고문에 처해진바,

그의 의지를 꺾어 배신의 대가로만

고통의 종식을 얻게끔 하려는 수작이었다. 95

하지만, 그는 그들에게 바라히르에 대해선

어떤 것도 누설하려 하지 않았고,

입을 봉封하겠다는

신의의 서약을 깨려고 하지도 않았다.

드디어 고문이 잠시 멈췄을 때 100

몸을 수그린 어둑한 형체 하나가

그가 매인 말뚝으로 살며시 다가와

그에게 아내 에일리넬에 대해 말했다.

　"몇 마디 말이면 그녀와 너는 풀려나

마음 편히 가서 모르고스 왕의 친구들로서 105

전쟁을 멀리한 채 함께 지낼 수 있는데도,

너는 그토록 소중한 이를 저버릴 텐가?

무얼 더 바란단 말인가?"

이에, 오랜 고초에 쇠약해진 고를림은

아내를 다시 보고 싶은 마음이 간절해졌고 110

(그는 그녀 역시 사우론의 그물에 붙잡힌 걸로

단단히 믿었다) 그 생각이 커지도록 놔두는 만큼

그의 충심은 꺾였다.

그 즉시, 그들은 반신반의하는 그를

사우론이 좌정한 석조 좌대로 데려갔다.   115

그가 저 어둡고 무시무시한 얼굴 앞에

홀로 서자 사우론이 말했다.

"실토하라, 비천한 필멸자여!

듣건대, 네가 감히 나와 거래를 하잔다고?

자, 당당하게 말하라!   120

네가 원하는 대가가 뭐냐?"

그 말에 고를림은 머리를 깊숙이 조아리곤,

고뇌에 짓눌린 채 느리지만 또박또박한 말투로

마침내 저 무자비하고 믿을 수 없는 거물에게

자유로운 몸으로 떠나   125

다시 순백의 에일리넬을 찾아

그녀와 함께 살며 왕에 맞선 전쟁에서 벗어나게

해달라고 간청했다. 그의 염원은 그뿐이었다.

    그에, 사우론이 빙긋이 웃곤 말했다.

"너, 속박된 자여! 네가 그토록 막중한 배신과   130

수치에 대한 대가로 원하는 것이 참으로 소소하구나!

틀림없이 들어주마! 자, 기다리지 않나,

실토하라! 이제, 신속하게 그리고 참되게 말하라!"

그에, 고를림이 주저하며 반쯤 물러섰지만,

거기 사우론의 위압적인 눈길에 붙들려   135

감히 거짓을 말하지 못했다.
말문을 연 이상, 그는 헛디딘 첫걸음부터
배신의 종점까지 주욱 나아가야만 했다.
그는 모든 물음에 전력을 다해 대답해
주군과 동지들을 배반하고는   140
말을 끊고 바닥에 엎어졌다.

　곧, 사우론이 크게 웃어 젖혔다.
"비천하고, 비굴한 벌레 같은 놈이여!
일어나서 내 말을 들으라!
그리고 내가 널 위해 고이 섞어 만든 음료를 마시라!   145
바보 같은 놈, 네가 본 것은 내가, 나 사우론이
사랑에 번민하는 네 마음을 함정에 빠뜨리고자 만든
환영이었노라. 그 밖엔 아무것도 없었느니라.
사우론의 유령들에 찰싹 달라붙다니 오싹하리로다!
네놈의 그 에일리넬! 그녀는 오래전에 죽었고,   150
죽어 벌레들의 밥이 되었어도 네놈보단 덜 하등이라.
그런데도, 나는 이제 네 부탁을 들어주노니,
너는 곧 에일리넬에게로 가서 그녀의 침대에 누워
더는 전쟁이나 전사다움을 모르리라.
그것이 네놈이 받을 삯이로다!"   155

　얼마 후 그들은 고를림을 질질 끌고 가
잔혹하게 그를 살해했다.

그리고, 드디어 그의 육신은 에일리넬이
도살자들에게 살해되어 불타 버린 숲에
오랫동안 묻힌 축축한 흙 속에 내던져졌다.   160
　이렇듯, 고를림은 임종의 숨결로
스스로를 저주하며 흉악한 죽음을 맞았고,
바라히르는 마침내 모르고스의 덫에 걸렸으라.
저 외딴곳, 아엘루인못을
오래도록 지켜 준 고래의 은총은   165
배신 때문에 망그러진바,
당장 비밀의 길들과 숨겨진 소굴이
온통 까발렸으라.

바라히르의 아들 베렌과 그의 도피

목하, 북쪽에서 구름이 음산하게 흩날리고,
쌀쌀한 가을 바람은 쌩쌩대며   170
헤더 덤불을 헤집었다. 아엘루인의 물결은
애도하는 듯 충충한 잿빛이었더라.
그때 바라히르가 말했다. "내 아들 베렌이여,
우리를 치려는 병력이 가우르호스를 떠났다는
소문은 너도 아노라. 더군다나 우리의 식량이   175
거의 바닥난 이 참에 말이다. 우리의 규례상,
이제 홀로 밖으로 나가 몸을 숨기고서

계속 우리에게 양식을 대 주는 소수의 인원에게서
네가 얻을 수 있는 최대한의 도움을 얻고
새로운 소식을 알아내는 것이 네 운명이로다.   180
네 가는 길에 행운이 함께하기를!
안 그래도 우리 동지들의 수가
태부족인 판국에 마지못해 너를 보내는 것이고,
길을 잃었는지 죽었는지 숲의 고를림은
기별이 없은 지 오래니 속히 돌아오거라. 잘 가거라!"   185
베렌이 길을 나설 때, 그의 가슴에는
아직도 그 말이, 그가 들은 아버지의
마지막 말이 조종弔鐘처럼 쟁쟁했더라.

   황야와 습지를 헤치고
나무와 찔레 덤불을 거쳐 그는 멀리 떠돌았다.   190
사우론 패거리의 야영지 불길을 보고
사냥하는 오르크와 먹잇감을 찾아 헤매는 늑대의
울부짖는 소리를 들었지만 발길을 돌려
날이 저물도록 숲속 길을 오래도록 걸었다.
이윽고 지쳐 잠자리에 들고자   195
오소리 굴에 기어들려는 참에
그는 부근에서 행군 중인 한 부대가
돌투성이 산자락을 향해 오르느라
미늘 갑옷들이 짤랑대고 방패들이 부딪는
소리를 들었다. (혹은 들은 것 같았다.)   200

곧바로, 그는 살그머니 아래쪽 어둠 속으로 들어섰는데,

얼마 안 되어 자신이 물속에 가라앉았다가

위로 떠오르고자 숨 가쁘게 발버둥 치는 사람처럼

죽은 나무들 밑 음산한 웅덩이의 가장자리 곁에서

끈적끈적한 물질을 헤치며 떠오르는 것 같았다.   205

고목枯木들의 납빛 가지들이 찬바람 속에

와들와들 떨었고 그 모든 검은 잎들이 살랑댔다.

하나하나의 잎이 깍깍 우는 한 마리 새였고,

그 부리에선 핏방울이 뚝뚝 떨어졌다.

그가 감겨 붙는 잡초들을 헤치며   210

거기서 기어 나오려 애쓰며 몸서리칠 때

멀리서 희미한 잿빛 그림자 하나가 황량한 호수를

미끄러지듯 가로질러 오는 것이 보였어라.

그것이 느릿느릿 다가와 나직이 말했다.

"나는 고를림이었으나, 이젠 꺾인 의지와   215

깨진 신의의 망령이자 배반당한 배신자라.

가라! 예서 꾸물대지 말라!

바라히르의 아들이여, 깨어나 길을 서두르라!

모르고스의 손가락들이 그대 부친 목을 겨눠

다가들고 있으니. 그는 너희의 밀회 장소,   220

행로, 은신처를 죄다 알고 있어."

　　다음으로 그는 자신이 걸려들어 파멸한

악마의 속임수를 까발렸고

마지막으로 용서를 빌며 울고는

어둠 속으로 사라졌더라.   225

베렌이 잠에서 깨 느닷없는 일격을 맞고

불같은 분노에 휩싸인 사람처럼 벌떡 일어섰다.

그는 활과 칼을 움켜쥐고

바위며 히스 위를 부리나케 달리는 노루처럼

동트기 전에 정신없이 내달렸다.   230

낮이 다 가기 전, 붉은 해가 노을 속에

서쪽으로 질 무렵 그는 마침내 아엘루인에 닿았다.

하지만 아엘루인은 피범벅이었고,

돌들과 마구 짓밟힌 진흙마저 붉었으라.

갈까마귀와 썩은 고기 먹는 까마귀가   235

자작나무들에 시커멓게 잇따라 앉았더라.

그들의 부리는 축축했으며 꽉 움켜쥔 발밑으로

뚝뚝 떨어지는 고기가 거무죽죽했다.

한 놈이 "하, 하, 오는 게 너무 늦었어!"라고 깍깍대자

나머지가 "하, 하! 하! 너무 늦었고말고!"라고 화답했다.   240

　　베렌은 거기 원추형의 돌무덤 밑에

부친의 유골을 서둘러 묻었다.

그는 바라히르의 무덤 위에 새겨진 룬 문자나 어떤 말마디든

아무것도 쓰지 않고 다만 맨 윗돌을 세 번 후려치고는

그의 이름을 세 번 목놓아 외쳤다.   245

그는 이렇게 맹세했다. "저는 당신의 죽음을

복수할 것입니다. 정녕, 제 운명이 끝내

앙반드의 성문으로 이어진대도."

그러고 나서 그는 발길을 돌리고는 울지 않았다.
울기엔 마음이 너무 갑갑했고 상처가 너무 깊었으라.   250
그는 돌처럼 차갑게 사랑 없이 친구 없이
홀로 어둠 속으로 성큼 나섰다.

　　사냥꾼의 전승 지식을 발휘할 필요도 없이
그는 남겨진 자취를 찾았다. 무자비한 적들은
공격받을 염려도 아예 없이 의기양양해서   255
조심성이라곤 없이 그들의 군주를 맞이하기 위해
놋쇠 나팔을 요란하게 불어 대고 갈아 뭉갤 듯한
발길로 대지를 짓밟으며 북쪽으로 행군해 갔다.
베렌은 냄새를 맡은 사냥개처럼 날래게,
담차면서도 신중하게 그들의 뒤를 쫓다가   260
마침내 고원 지대에서 발원한 리빌강이
세레크습지의 갈대밭으로 흘러내리는
어느 컴컴한 샘가에서
그 살해자들을, 자신의 적들을 찾아냈다.
그는 부근의 언덕 중턱에 몸을 숨긴 채,   265
그들 모두를 주시했다. 두렵진 않았지만,
칼과 활로 혼자서 처치하기엔 그 수가 너무 많았다.
이윽고, 그는 히스 무성한 황야를 기어가는 뱀처럼
낮은 포복으로 살금살금 점점 더 가까이 다가갔다.
거기엔, 행군에 지친 많은 자들이 잠들었으나   270
대장들은 풀밭에 쭉 뻗어 누운 채 술을 마시며

이 손 저 손으로 전리품을 돌렸는데,

죽은 몸들에서 약탈한 작은 물건 하나라도

남의 손에 들어가는 걸 꺼렸다. 누군가가

반지 하나를 들어 올리고 웃으며 소리쳤다.   275

"어이, 여보게들, 내 건 이거라고!

참으로 귀한 물건이지만

누구도 내 권리를 부정할 순 없어.

내가 죽인 날강도이자 악당 바라히르 놈의

바로 그 손에서 내가 잡아 뺀 것이니까 말이야.   280

전하는 얘기들이 사실이라면, 그놈은 흉악한

칼부림의 대가로 어느 요정 군주에게서 그걸 얻었어.

하지만, 그게 그놈에게 무슨 소용이람, 죽어 자빠졌으니.

요정 반지는 위험하다고 하지만,

그래도 난 그 황금 때문에라도 이걸 간직할 거야.   285

그래야만 내 쩨쩨한 급료를 벌충할 수 있을 테니까.

노회한 사우론은 내게 그걸 갖고 오라고 명했지만,

그러나 내가 생각하기엔 그는 자신의 보고에

더 값진 보물들을 잔뜩 쌓아 놨다고.

군주란 게 권세가 커질수록 더 욕심을 부린다니까!   290

그러니 여보게들, 잘 듣고 자네들 모두 이렇게 말해야 해.

바라히르의 손에는 아무것도 없었다고!"

그가 그렇게 말할 때 뒤쪽의 나무에서 화살 하나가

쌩하니 날아들었고, 그는 목에 화살촉이 박혀

숨 막힌 채 앞으로 고꾸라져 죽었다. 그는 몸뚱어리가   295

땅에 부딪는 순간에도 흘끗 곁눈질을 했다.

   그것을 기화로, 베렌이 소름 끼치는 늑대사냥개처럼

그들 속으로 껑충 뛰어들었다. 그는 칼로 두 놈을

옆으로 쓸어 내고 반지를 후딱 집어 올리곤

자신을 움켜잡은 놈을 벤 다음   300

매복 공격에 대한 격분과 공포의 외침이

계곡에 울려 퍼지기 전에

단숨에 도로 어둠 속으로 뛰어들어 내뺐다.

그러자, 그들이 그를 좇아 늑대 떼처럼

울부짖고 저주하고 이빨을 갈며 후다닥 쏟아져 나왔다.   305

그들은 칼로 베고 몸으로 밀쳐 히스 덤불을 뚫고선

떨리는 그늘이나 흔들리는 이파리에도

다발다발로 화살을 쏘아 댔다.

   베렌은 운명의 시각에 태어난바,

단창短槍과 구슬픈 나팔 소리를 비웃으며   310

살아 있는 인간들 중에 가장 날랜 발로

고지도 어려워하지 않고 습지도 사뿐히 지나며

숲의 내막에 통달한 요정처럼

동굴 그늘 속 쇠망치 소리 쟁쟁한 노그로드에서

난쟁이 솜씨로 만들어진 회색 미늘 갑옷의   315

보호 속에 감쪽같이 사라졌으라.

   베렌의 대담무쌍함이 널리 이름났던 고로,

대지 위의 가장 굳센 인간들을 꼽을 때면

사람들은 으레 그의 이름을 초들고는

그의 사후死後 명성이 심지어   320

황금의 하도르나 바라히르와 브레골라스도

능가하리라고 점쳤더라.

하지만, 당장은 그의 심경 슬픔에 짓눌려

모진 절망으로 치달았으니 그는 더는

생명이나 기쁨 혹은 칭송을 기대해 싸우지 않았고   325

죽음과 고통의 끝을 맞기 전에

모르고스가 복수의 칼날의 자통刺痛을

뼛속 깊이 느끼게끔 하는 데만 나날을 바쳤다.

그가 두려워하는 건 사로잡혀

속박의 사슬을 차는 것뿐이었다.   330

그는 위험을 자초하고 죽음을 쫓았지만

그럼으로써만 자신이 구애한 운명을 비켜났고,

홀로 감행한 숨 막히도록 대담한

위업의 풍문은 숱한 낙담한 이들에게

새 희망을 안겨 주었다.   335

그들은 귀엣말로 베렌의 이름을 속삭이며

은밀히 칼들을 갈기 시작했고,

저녁때면 종종 천으로 가린 난롯가에서

베렌의 활과 그의 칼 다그모르에 대한

노래들을 나직이 부르곤 했다.   340

소리 없이 야영지를 엄습해 그 대장을 베거나

꼼짝없이 은신처에 갇힌 처지에서

믿기지 않게 슬쩍 빠져나왔다간

안개 끼거나 달빛 어린 밤이나 백주대낮에

다시 돌아간다는 내용이었더라.   345

또 그들은 사냥당한 사냥꾼들,

살해된 살해자들, 도살된 도살자 고르골,

라드로스에서의 매복 공격, 드룬에서의 불길,

한 차례 전투에서 서른 명을 도륙한 전과,

똥개처럼 캥캥대며 줄행랑친 늑대들, 게다가,   350

사우론이 직접 입은 손의 상처에 대해 노래했으라.

이렇듯, 모르고스의 족속에겐 단 한 명이

저 모든 땅을 공포와 죽음으로 가득 채운 것이었다.

그를 저버리지 않은 너도밤나무와

참나무가 그의 동지들이었고,   355

언덕, 황무지, 돌투성이의 황량한 벌판에서

소리 없이 배회하거나 홀로 거하며

그의 거동을 빈틈없이 지켜보는 모피, 수피와

날개 지닌 것들이 그의 믿음직한 친구들이었다.

　　그럼에도, 일개 무법자가 그 같은 일을   360

순조로이 끝맺는다는 건 드문 법이니,

모르고스는 일찍이 노래 속에 기록된

그 어떤 왕보다도 강력했으라.

그의 음침한 손길은 온 땅에 은밀히 뻗쳤고

뒤로 물러났다가도 매번 다시 돌아왔고,   365

한 놈의 적을 죽이면 다시 두 놈을 내보냈다.

새 희망은 움츠러들고, 반역자들은 죄다 죽었다.

횃불들이 꺼지고 노래들은 잠잠해지며

나무가 베여 넘어지고 단란한 가정이 불살라지는 가운데

오르크의 검은 군대가 황야를 가로질러 바삐 행군했다.　　　370

　　그들이 칼을 빼 들고 베렌의 주위를 에워싸다시피 했다.

드디어, 그들의 밀정들이 그의 꼬리를 붙잡은 것이었다.

그들이 울타리처럼 둘러선 가운데

모든 원조가 끊긴 채 죽음에 임박한 상태에서

그는 궁지에 몰려 아연실색했다.　　　375

그는 마침내 자신이 죽든지 아니면 바라히르의 땅,

사랑하는 제 땅에서 달아나야만 한다는 것을 알았다.

한때 강고했던 저 유골은

아들과 친족에게서 버림받은 채

아엘루인의 갈대들만이 슬퍼해 주는 가운데　　　380

호숫가 무명無名의 돌무더기 밑에서

필시 바쉬져 가루가 되리라.

　　어느 겨울밤, 그는 집 없는 북부를 뒤로하고

눈 위의 그림자처럼,

소용돌이치는 바람처럼　　　385

몰래 적들의 삼엄한 포위망을 뚫고

사라지고는 도르소니온의 폐허 그리고

아엘루인호수와 그 어스레한 물결을

두 번 다시 보지 않았다.

더는 숨겨진 활줄 쌩쌩 울리지 않고   390

더는 가늘게 깎인 화살들 날지 않으며

더는 쫓기는 그의 머리

하늘 밑 히스 벌판에 눕지 않을 것이더라.

옛사람들이 그 은빛 불꽃을 보고

불타는 가시나무라 이름 지은   395

북녘 별들은 그의 등 뒤에 붙박여

버림받은 땅 위에 빛났고,

그는 사라졌으라.

　그가 남쪽으로 발길 돌리니

그 길고 외로운 여정 멀리 남쪽으로 뻗었고,   400

그의 행로 앞에는 줄곧 고르고라스의

무시무시한 첨봉들이 나타났다.

아직껏 어느 호담한 인간의 발길도

저 가파르고 차가운 산맥에 닿은 적 없고

느닷없이 닥치는 벼랑의 가장자리에 오른 적은   405

더더욱 없었으라. 그 가장자리에서 바위로 된

뾰족 봉우리와 네모 꼴의 남쪽 벼랑들이

해와 달이 만들어지기 전에 깔린 어둠 속으로

급전직하하는 것을 보면

필히 두 눈은 어찔어찔하고 오그라들리라.   410

기만으로 엮이고

들큼쓸쓸한 광천수에 씻긴 계곡에는
깊이 갈라진 틈과 협곡 속에
사악한 마법이 도사렸으나,
독수리의 눈은 하늘을 꿰뚫을 듯 아찔하도록   415
높은 탑에서 인간의 시계視界를 벗어난
저 먼 바깥에 벨레리안드가,
요정 땅의 경계 벨레리안드가
물에 비친 달빛처럼 잿빛으로
어렴풋이 빛나는 걸 보았으리라.   420

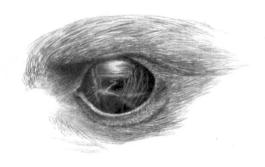

나는 어느 모로 보나 색인이 아닌 이 '고유명사 목록'(내 아버지가 쓴 단락들에 나오는 고유명사들에 한정된)을 두 가지 목적을 염두에 두고 만들었다.

둘 중 어느 것도 어떤 식으로든 이 책에 필수적이지는 않다. 첫째로, 이 목록은 산더미처럼 많은 고유명사들 (그리고 고유명사들의 여러 형태들) 중에서 서사敍事적으로 중요할 수도 있는 어떤 고유명사의 의미를 떠올리지 못하는 독자를 도우려는 것이다. 둘째로, 몇몇 고유명사들, 특히 텍스트 속에서 드물게 혹은 딱 한 번만 나오는 것들에는 조금 더 충실한 설명이 제공된다. 예를 들면, 이것이 당해 이야기 속에서는 명백히 하찮은 것이라 할지라도 그럼에도 불구하고 누군가는 엘다르가 "옹겔리안테 때문에"(71쪽) 거미들을 건드리려고 하지 않는 까닭을 알고 싶어 할 수도 있다.

ㄱ

가우르호스Gaurhoth 수(사우론)가 거느린 늑대인간들. '가우르호스섬'
에 대해선 '톨인가우르호스' 참조.

강철산맥Iron Mountains '험난한산지'로도 불림. 이후의 '에레드 웨스
린', '어둠산맥'에 상응하는 거대한 산맥으로 히실로메(히슬룸)의 남
쪽과 동쪽 경계를 이룬다. '히실로메' 참조.

겔리온Gelion 옷시리안드 지역의 청색산맥에서 내려오는 강들이 흘러
드는 동벨레리안드의 큰 강.

고르고라스Gorgorath ('고르고로스Gorgoroth'로도 표기됨) 공포산맥으로,
그 속에서 도르소니온이 남쪽으로 무너진 절벽.

고를림Gorlim 베렌의 아버지 바라히르의 동지들 중의 일원. 그는 모르
고스(나중에는 사우론)에게 그들의 은신처를 누설했다. '불운아 고를
림'으로 불린다.

곤돌린Gondolin 핑골핀의 차남 투르곤이 창건한 숨은 도시.

구일와르손Guilwarthon '이쿠일와르손' 참조.

궨델링Gwendeling 멜리안의 예전 이름.

그노메들Gnomes '놀돌리', '놀도르'의 초기 번역어. 61쪽 참조.

그늘의 바다Shadowy Seas 서녘 대해의 한 지역.

그론드Grond 모르고스의 무기로 '지하세계의 쇠망치'로 알려진 거대
한 철퇴.

글로문드Glómund, 글로룬드Glorund '용들의 아버지'이자 모르고스의
거대한 용 '글라우룽'의 예전 이름들.

길림Gilim 루시엔이 자기 머리칼을 두고 읊조린 '길게 늘이는' 주문
(87~88쪽)에서 거명된 거인으로 「레이시안의 노래」 속의 상응하는
대목 외에는 알려지지 않은 인물. 그 대목에서 그는 '에루만의 거인'
으로 불린다. [에루만은 '세상에서 어둠이 가장 깊고 짙은' 아만 해안
의 한 지역이다.]

김리Gimli 아주 늙고 눈먼 놀도르 요정으로 테빌도의 성채에서 오랫동
안 노예로 붙잡혀 있었고 비상한 청력을 지녔다. 그는 「티누비엘의
이야기」나 다른 어떤 이야기에서도 일절 역할이 없으며 다시는 등

장하지 않는다.

깅글리스Ginglith 나르고스론드 위쪽에서 나로그강으로 흘러드는 강.

깊은골의 엘론드Elrond of Rivendell 엘윙과 에아렌델의 아들.

ㄴ

나로그Narog 서벨레리안드의 강. '나르고스론드' 참조. 종종 '왕국', 즉 '나르고스론드'를 뜻한다.

나르고스론드Nargothrond 펠라군드가 서벨레리안드의 나로그강 변에 창건한 거대한 동굴 도시이자 요새.

나우글라두르Naugladur 노그로드 난쟁이들의 군주.

나우글라미르Nauglamír 난쟁이들의 목걸이로 그 속에 베렌과 루시엔 의 실마릴이 박혔다.

난Nan 난에 대해 알려진 유일한 사항은 루시엔의 '길게 늘이는 주문' 에서 언급된 그의 검 '글렌드'인 것 같다. ('길림' 참조)

난 둠고르신Nan Dumgorthin 후안이 앙반드에서 도주하는 베렌과 루시엔을 조우했던 '어두운 우상들의 땅'(116쪽 참조). 두운체의 시 「후린의 아이들의 노래」에는 이런 시행들이 나온다.

> 감히 그 이름을   입에 올릴 수 없는 신들이
> 고대의 군주들 즉,   엄히 방비된 서녘의 황금 신들이나
> 모르고스보다도 더 오랜   은밀한 어둠 속에
> 신전들을 감싸 버렸던   난 둠고르신에는.

넷사Nessa 오로메의 누이이자 툴카스의 배우자. '발리에들' 참조.

노그로드Nogrod 청색산맥 속 난쟁이들의 두 대도시 중 하나.

놀돌리Noldoli, 이후엔 **놀도르Noldor** 대장정에 오른 엘다르의 두 번째 무리로 핀웨가 이끌었다.

ㄷ

다그모르Dagmor 베렌의 검劍 이름.

다이론Dairon 아르타노르의 음유시인으로 '요정 가객 3걸'로 꼽힌다.

원래는 루시엔의 오빠.

담로드와 디리엘Damrod and Díriel 페아노르의 막내아들들(이후의 이름들은 '암로드와 암라스').

도르나파우글리스Dor-na-Fauglith 밤그늘의 산맥(도르소니온) 북쪽에 있는 아르드갈렌의 거대한 초원으로 사막으로 변했다. ('안파우글리스', '목마른평원' 참조)

도르로민Dor-lómin '히실로메' 참조.

도르소니온Dorthonion '소나무의 땅'. 벨레리안드의 북쪽 경계의 방대한 솔밭 지역으로 후에 '타우르나푸인'(밤그늘의 숲)으로 불렸다.

도리아스Doriath 아르타노르의 나중 이름으로 싱골(틴웰린트)과 멜리안(궨델링)이 다스린 거대한 삼림 지역.

도살자 고르골Gorgol the Butcher 베렌에 의해 살해된 오르크.

드라우글루인Draugluin 수(사우론)가 거느린 늑대인간들 중 가장 거대한 자.

드룬Drûn 아엘루인호수의 북쪽 지역으로 다른 데서는 거명되지 않는다.

디오르Dior 베렌과 루시엔의 아들로 엘론드와 엘로스의 어머니인 엘윙의 아버지.

ㄹ

라드로스Ladros 도르소니온의 북동부 지역.

라슬로리온Rathlorion 옷시리안드의 강. '아스카르' 참조.

레이시안의 노래the Lay of Leithian 127~128쪽 참조.

로리엔Lórien 발라들인 만도스와 로리엔은 형제로 불리고 때문에 '판투리'로 명명되었다. 만도스는 '네판투르'이고 로리엔은 '올로판투르'였다. 「퀜타」의 표현으로, 로리엔은 '환상과 꿈의 제조자로 신들의 땅에 있는 그의 정원들은 세상에서 가장 아름다운 곳이고 미와 권능의 숱한 영靈들로 가득 찼다.'

리빌Rivil 도르소니온 서쪽에서 발원해 톨 시리온 북쪽의 세레크습지에서 시리온강으로 흘러드는 강.

링길Ringil 핑골핀의 검.

ㅁ

마글로르Maglor 페아노르의 차남으로 유명한 가수이자 음유시인.

마법사의 섬Wizard's Isle 톨 시리온.

마법의 열도Magic Isles 대해 속의 열도列島.

마블룽Mablung '묵직한손', 도리아스의 요정으로 싱골의 수석 부관이며 카르카라스의 사냥에서 베렌이 죽을 때 함께 있었다.

마이드로스Maidros 페아노르의 장남으로 '장신長身의 마이드로스'로 불림(이후의 형태는 '마에드로스Maedhros').

마이아들Maiar '아이누들' 참조.

만도스Mandos 막대한 힘의 발라. 그는 재판관이자 사자死者들의 집 지킴이며 죽은 영靈들의 소환자이다[「퀜타」]. '로리엔' 참조.

만웨Manwë 발라들 중 가장 막강한 으뜸 발라로 바르다의 배우자.

메네그로스Menegroth '천의 동굴' 참조.

멜리안Melian 아르타노르(도리아스)의 여왕으로 예전 이름은 '궨델링'. 마이아로 발라 로리엔의 왕국에서 가운데땅으로 왔다.

멜코Melko 강대하고 사악한 발라, 모르고스(이후의 형태는 '멜코르').

목마른평원Thirsty Plain '도르나파우글리스' 참조.

미아울레Miaulë 고양이로 테빌도의 부엌 요리사.

민데브Mindeb 도리아스 지역에서 시리온강으로 흘러드는 강.

밈Mîm 난쟁이로 용 글라우룽이 떠난 후 나르고스론드에 정착해 그 보물을 저주했다.

ㅂ

바깥땅Outer Lands 가운데땅.

바나Vána 오로메의 배우자. '발리에들' 참조.

바라히르Barahir 인간들의 한 우두머리이자 베렌의 아버지.

바르다Varda 최고의 발리에로 만웨의 배우자이며 별들을 만든 이[여기서 그녀의 이름 '엘베레스'(별들의 여왕)가 유래함].

바우글리르Bauglir '구속하는 자'. 놀도르 사이에서 사용되는 모르고스의 이름.

발라들Valar (단수형 '발라Vala') '권능들'로 초기의 텍스트들에서는 '신들'로 지칭되었다. 그들은 시간의 시작에 세상에 들어온 위대한 존재들이다. [「아이누들의 음악에 관한 잃어버린 이야기」에서 에리올은 "나는 이 발라들이 누군지 알고 싶습니다. 그들은 신입니까?"라고 물었고 이런 답변을 받았다. "정녕 그러하오. 비록 그들을 두고 인간들은 진실과는 동떨어진, 멋대로 꾸민 해괴한 이야기를 숱하게 말하고 또 그대가 여기서는 듣지 못할 숱한 해괴한 이름들로 그들을 부르지만 말이오."]

발로그들Balrogs [『잃어버린 이야기들』에서 발로그들은 '수백 명씩' 존재하는 것으로 구상된다. 그들은 '힘의 악마들'로 불리고 강철 갑주甲冑를 착용하며 강철의 발톱과 불의 채찍을 지닌다.]

발리노르Valinor 아만에 있는 발라들의 땅.

발리에들Valier (단수형 '발리에Valië') '발라 여왕들'. 이 책에서는 바르다, 바나, 넷사만이 거명되었다.

발마르Valmar, 발리마르Valimar 발리노르에 있는 발라들의 도시.

밤그늘의 산맥Mountains of Night '밤그늘의 숲'('타우르푸인', 이후엔 '타우르나[누]푸인')으로 불리게 된 방대한 고지('도르소니온', 소나무의 땅).

백조항구Haven of the Swans 51쪽의 '상고대에 관한 주석' 참조.

베안네Vëannë 「티누비엘의 이야기」를 들려주는 이.

베오르Bëor 벨레리안드에 처음 들어간 인간들의 지도자. '에다인' 참조.

벨레고스트Belegost 청색산맥에 있는 난쟁이들의 두 개의 대도시 중 하나.

벨레그Beleg 도리아스의 요정. 명궁名弓으로 '쿠살리온'(센활)로 불리며, 투린 투람바르의 친밀한 동료이자 친구지만 그의 손에 비극적 죽음을 맞는다.

벨레리안드Beleriand (예전 이름은 '브로셀리안드Broseliand') 가운데땅의 거대한 지역으로 제1시대 말에 대부분 바닷물에 잠겨 파괴되며, 동부의 청색산맥에서 북부의 어둠산맥('강철산맥' 참조)과 서쪽 해안까지 뻗친다.

볼도그Boldog 오르크 부대의 대장.

브레골라스Bregolas 바라히르의 형.

불타는 가시나무Burning Briar 큰곰자리.

ᄉ

사냥꾼들의 언덕Hills of the Hunters ('사냥꾼의 고원The Hunters' Wold'이라
고도 함) 나로그강 서쪽의 고지.

사른 아스라드Sarn Athrad 돌여울. 여기서 청색산맥 속 난쟁이들의 두
도시로 가는 난쟁이길이 옷시리안드의 아스카르강을 가로지른다.

살을에는얼음Grinding Ice '헬카락세Helkaraxë', 가운데땅과 서녘 땅 사
이 북단의 해협.

상고로드림Thangorodrim 앙반드 위쪽의 산맥.

서녘의 대해Great Sea of the West '벨레가에르'. 가운데땅에서 아만까지
뻗친 바다.

세레크Serech 리빌강이 시리온강으로 흘러드는 곳의 거대한 습지. '리
빌' 참조.

소론도르Thorondor 독수리들의 왕.

소리꾼 틴팡Tinfang Warble 이름난 음유시인. [틴팡은 퀘냐 '팀피넨
timpinen'(피리 부는 사람)에서 유래함.]

수Thû 강령술사. 모르고스의 수하 중 최강자로 톨 시리온의 요정 파수
탑에 거했다. 이후의 이름은 '사우론'.

수링궤실Thuringwethil 모르고스 앞에서 박쥐 형상을 취한 루시엔이
사용한 이름.

숲요정들Wood-elves 아르타노르의 요정들.

시리온Sirion 벨레리안드의 대하로 어둠산맥에서 발원해 남쪽으로 흐
르면서 벨레리안드를 동서로 가른다.

신神들Gods '발라들' 참조.

신들의 낫Sickle of the Gods 큰곰자리[바르다가 모르고스에 대한 위협
이자 그의 몰락의 전조로 북부의 하늘 위에 박아 놓았다].

실마릴들Silmarils 발리노르의 두 나무의 빛으로 채워진 세 개의 위대한
보석들로 페아노르가 만들었다. 66쪽 참조.

실피온Silpion 발리노르의 백색성수로 그 꽃들에서 은빛의 이슬 한 방

울이 떨어졌다. '텔페리온'으로도 불린다.

싱골Thingol 아르타노르(도리아스)의 왕으로 예전 이름은 '틴웰린트'. [원래 이름은 '엘웨'로, 그는 대장정에 오른 엘다르의 세 번째 무리, 텔레리의 지도자였지만 벨레리안드에서는 '회색망토'('싱골'의 의미) 로 알려졌다.]

ㅇ

아글론Aglon 타우르나푸인과 힘링언덕 사이의 좁은 고개로 페아노르 의 아들들이 점유했다.

아랴도르Aryador '그림자의 땅'. 인간들 사이에서 사용된 히실로메(도 르로민)의 이름. '히실로메' 참조.

아르다Arda 대지.

아르타노르Artanor '너머의 땅'. 후에 도리아스로 명명된 지역. 틴웰린 트(싱골)의 왕국.

아만Aman 발라들이 거주했던 대해 너머의 서녘 땅('축복받은 땅').

아스카르Ascar 옷시리안드의 강으로 그 속에 도리아스의 보물이 가라 앉았을 때 '라슬로리온'(황금바다)으로 개명됨.

아엘루인Aeluin 바라히르와 그의 동지들이 은신처로 삼은 도르소니온 북동부의 호수.

아우시르Ausir 디오르의 다른 이름.

아울레Aulë 대장장이 아울레로 알려진 위대한 발라. 그는 '갖가지 기술 을 갖춘 장인'이며 '아르다를 구성하는 모든 물질을 주관한다.'

아이누Ainur (단수형 '아이누Ainu') '거룩한 자들'. 발라들과 마이아들. ['마이아들'이란 이름은 이전의 구상을 나중에 채용한 것이었다. '위 대한 이들과 함께 그보다 못한 영靈들이 왔던바, 그들과 같은 종족이 지만 힘에서 달리는 존재들이었다'(예컨대, 멜리안).]

안파우글리스Anfauglith '숨막히는먼지'. '도르나파우글리스', '목마른 평원' 참조.

앙가만디Angamandi (복수형) '강철 지옥'. '앙반드' 참조.

앙가이누Angainu 발라 아울레가 만든 거대한 사슬로 모르고스가 이것에 묶였다. (이후의 이름은 '앙가이노르Angainor').

앙그로드Angrod 핀로드(나중의 피나르핀)의 아들.

앙그림Angrim 불운아 고를림의 아버지.

앙반드Angband 가운데땅 북서쪽에 있는 모르고스의 거대한 지하 감옥 겸 요새.

어둠산맥Mountains of Shadow, Shadowy Mountains '강철산맥' 참조.

에그노르Egnor 핀로드(나중의 피나르핀)의 아들.

에그노르 보리미온Egnor bo-Rimion '요정들 중의 으뜸 사냥꾼'. 베렌의 아버지로 바라히르로 대체된다.

에다인Edain '둘째자손', 인간. 그러나 벨레리안드에 가장 일찍 온 세 가문의 요정의 친구들에 대해 주로 사용된다.

에르카미온Erchamion '외손잡이'. 베렌에게 붙여진 이름. 다른 형태들 은 '에르마브웨드', '엘마보이테'.

에스갈두인Esgalduin 도리아스의 강으로 메네그로스(싱골의 궁전)를 거 쳐 시리온강으로 흘러든다.

에아라메Eärámë '독수리의 날개'. 투오르의 배.

에아렌델Eärendel (이후 형태는 '에아렌딜Eärendil') 곤돌린의 왕 투르곤의 딸 이드릴과 투오르의 아들로, 엘윙과 결혼했다.

에온웨Eönwë 만웨의 전령.

에일리넬Eilinel 고를림의 아내.

엘다르Eldar 눈뜸의 장소로부터 대장정에 나선 요정들. 초기 텍스트들 에서는 종종 모든 요정들을 뜻한다.

엘달리에Eldalië (요정족), 엘다르.

엘로스Elros 엘윙과 에아렌델의 아들이자 누메노르의 초대 왕.

엘베레스Elbereth '별들의 여왕'. '바르다' 참조.

엘윙Elwing 디오르의 딸로 에아렌델과 결혼했고 엘론드와 엘로스의 어머니.

오로드레스Orodreth 펠라군드의 아우. 펠라군드 사망 후 나르고스론드 의 왕.

오로메Oromë 사냥꾼으로 불린 발라로 자신의 말에 올라 대장정에 오 른 엘다르 무리들을 이끌었다.

오이케로이Oikeroi 테빌도를 받드는 사나운 전사 고양이로 후안에게 살해되었다.

옷시리안드Ossiriand '일곱 강의 땅'. 일곱 강은 청색산맥에서 발원한 겔리온강과 그것의 지류들을 이른다.

외로운섬Lonely Isle 톨 에렛세아Tol Eressëa 아만 해안 부근 대해 속의 큰 섬. 많은 요정들이 거주한 불사의 땅 동쪽 끝.

요정나라Elfinesse 요정들의 모든 땅에 대한 통칭.

우무이얀Umuiyan 늙은 고양이로 테빌도의 문지기.

우이넨Uinen 마이아('아이누들' 참조). '그 머리채가 하늘 아래 모든 바다에 퍼져 있는' '바다의 귀부인'. 루시엔의 '길게 늘이는 주문'에서 거명됨.

울모Ulmo '물의 군주'로 바다를 주관하는 위대한 발라.

움보스무일린Umboth-Muilin '황혼의 호수'로 여기서 도리아스 남쪽의 아로스강이 시리온강으로 흘러들었다.

웅궬리안테Ungweliantë 거대한 거미로 에루만('길림' 참조)에 거하면서 모르고스와 함께 발리노르의 두 나무를 파괴했다(이후의 형태는 '웅골리안트Ungoliant').

윙궬롯Wingelot '거품꽃'. 에아렌델의 배.

이드릴Idril '켈레브린달'(은의 발)로 불리고, 곤돌린 왕 투르곤의 딸로 투오르와 결혼했으며 에아렌델의 어머니이다.

이바레Ivárë '바닷가에서 연주하는' 이름난 요정 음유시인.

이브린Ivrin 어둠산맥 밑의 호수로 여기서 나로그강이 발원한다.

이쿠일와르손i-Cuilwarthon '다시 사는 죽은 자들'로 만도스에서 돌아온 후의 베렌과 루시엔. '쿠일와르시엔'은 그들이 거주했던 땅이다.(이후의 형태는 '구일와르손Guilwarthon').

인드라방Indravang ('인드라팡Indrafang'으로도 표기됨) '긴 수염들'. 벨레고스트의 난쟁이들.

일코린들Ilkorins, 일코린디Ilkorindi 코르에 살지 않는 요정들, 아만에 있는 요정들의 도시('코르' 참조).

잉궐Ingwil 나르고스론드에서 나로그강으로 흘러드는 강(이후의 형태는 '링궐Ringwil').

ㅈ

죽음 같은 밤그늘Deadly Nightshade 타우르나푸인의 번역어. '밤그늘의
산맥' 참조.

ㅊ

천의 동굴Thousand Caves '메네그로스'. 아르타노르의 에스갈두인강
변에 세워진 틴웰린트(싱골)의 숨은 궁전.
청색산맥Blue Mountains 벨레리안드의 동쪽 경계를 이루는 거대한 산맥.
초록요정들Green Elves 옷시리안드의 요정들로 '라이퀜디'로 불린다.
축복받은땅Blessed Realm '아만' 참조.

ㅋ

카르카라스Karkaras 앙반드의 성문을 지키는 거구의 늑대(이후의 이름
은 '카르카로스Carcharoth')로 루시엔의 '길게 늘이는 주문'에서 그 꼬
리가 언급된다. '칼 엄니'로 번역됨.
카르카로스Carcharoth '카르카라스' 참조.
칼라키랴Calacirya 발리노르의 산맥 속의 고개로 그 속에 요정들의 도
시가 있었다.
켈레고름Celegorm 페아노르의 아들. '아름다운 켈레고름'으로 불린다.
코르Kôr 아만에 있는 요정들의 도시, 그리고 그 도시가 건립된 언덕. 이
후에, 그 도시는 '툰'으로 불리고 '코르'는 그 언덕만의 이름이었다.
[최종적으로 그 도시는 '티리온', 그 언덕은 '투나'가 되었다.]
쿠루핀Curufin 페아노르의 아들로 '재주꾼 쿠루핀'으로 불린다.
쿠이비에넨Cuiviénen 눈뜸의 호수. 요정들이 눈뜬 가운데땅의 호수.
쿰난아라사이스Cûm-nan-Arasaith 메네그로스에서 살해된 자들 위에
세워진 탐욕의 무덤.
크란시르Cranthir 페아노르의 아들. '검은 얼굴의 크란시르'로 불린다.
큰땅Great Lands 대해 동쪽의 땅. 가운데땅[『잃어버린 이야기들』에서

는 사용되지 않는 용어].

ㅌ

타니퀘틸Taniquetil 아만에서 가장 높은 산으로 만웨와 바르다의 거처.

타브로스Tavros 발라 오로메의 그노메식 이름. '숲의 주인'. 이후의 형태는 '타우로스Tauros'.

타우르푸인Taurfuin, 타우르나푸인Taur-na-fuin (이후에는 '타우르누푸인Taur-nu-fuin') 밤그늘의 숲. '밤그늘의 산맥' 참조.

테빌도Tevildo 고양이 왕. 최강의 고양이로 '사악한 영靈에 들렸다'(80, 104쪽 참조). 모르고스의 심복.

톨 시리온Tol Sirion 시리온강의 섬으로 거기에 요정의 요새가 있었다. '톨인가우르호스' 참조.

톨인가우르호스Tol-in-Gaurhoth 늑대인간들의 섬. 모르고스에 의해 함락된 이후의 톨 시리온의 이름.

투린Túrin 후린과 모르웬의 아들로 '투람바르'(운명의 주인)로 불렸다.

투오르Tuor 투린의 사촌이자 에아렌딜의 아버지.

툴카스Tulkas 「퀜타」에서 '모든 신들 가운데 수족이 가장 강건하고 용맹함과 무용武勇의 모든 공훈에서 가장 뛰어난 자'로 묘사된 발라.

티누비엘Tinuviel '황혼의 딸', 나이팅게일. 베렌이 루시엔에게 붙인 이름.

티리온Tirion 아만에 있는 요정들의 도시. '코르' 참조.

틴웰린트Tinwelint 아르타노르의 왕. 이후의 이름 '싱골' 참조.

팀브렌팅Timbrenting 타니퀘틸의 고대 영어식 이름.

ㅍ

파도 타는 요정들Foamriders '솔로심피'로 명명된 엘다르 일족으로 대장정에 오른 세 번째이자 마지막 무리. 이후의 '텔레리Teleri'.

파수평원Guarded Plain 나르고스론드 북쪽 나로그강과 테이글린강 사이의 거대한 평원.

팔리소르Palisor 요정들이 눈뜬 큰땅의 지역.

페아노르Fëanor 핀웨의 장남이자 실마릴들의 제작자.

펠라군드Felagund 놀도르 요정으로 나르고스론드의 창건자이자 베렌의 아버지 바라히르의 맹우盟友. ['펠라군드'와 '핀로드', 이 두 이름의 관계에 대해서는 145쪽 참조.]

핀로드Finrod 핀웨의 삼남. ['핀로드'가 '핀로드 펠라군드'라는 아들의 이름이 되자, '피나르핀'으로 대체된 이름.]

핀웨Finwë 대장정에 오른 요정들의 두 번째 무리, 놀도르(놀돌리)의 지도자.

핑곤Fingon 핑골핀의 장남. 아버지 사후 놀도르의 왕이 됨.

핑골핀Fingolfin 핀웨의 차남으로 모르고스와의 결투에서 살해되었다.

ㅎ

하도르Hador '황금머리'로 불린 인간들의 위대한 우두머리들 중 하나. 투린의 아버지 후린의 조부이자, 에아렌델에서 투오르와 후오르로 이어지는 부자 관계에서 후오르의 조부.

험난한산지Bitter Hills '강철산맥' 참조.

후린Húrin 투린 투람바르와 니에노르의 아버지.

후안Huan 발리노르의 강대한 늑대사냥개로 베렌과 루시엔의 친구이자 구원자가 되었다.

히릴로른Hirilorn '나무들의 여왕'. 메네그로스(싱골의 궁전) 인근의 거대한 너도밤나무로 그 가지들 속에 루시엔이 감금된 집이 있었다.

히슬룸Hithlum '히실로메' 참조.

히실로메Hisilómë 히슬룸. [『잃어버린 이야기들』 시기의 고유명사 목록에는 다음과 같이 기술된다. "'도르로민' 혹은 '그림자의 땅'은 엘다르에 의해 '히실로메'('어둑한 땅거미'의 뜻)로 명명된 저 지역이었고 […] 그렇게 불린 까닭은 강철산맥 너머 그 지역의 동쪽과 남쪽으로 비치는 햇빛이 아주 빈약한 때문이었다."]

힘링Himling 동벨레리안드 북쪽의 거대한 언덕으로 페아노르의 아들들의 성채.

낱말 풀이

이 낱말 풀이에는 내가 보기에 이해에 어려움이 있을 듯한 낱말들이 (현대의 용법과는 다른 낱말들의 형태와 의미를 포함하여) 수록되었다. 어떤 외부적 기준에서 비롯되기에 당연히 이 같은 목록의 내용은 체계적일 수가 없다.

an 만약 ~이라면

bent 풀로 뒤덮인 훤히 트인 공간

bid 제공했다, 바쳤다

chase 사냥터

clomb climb의 옛 과거 시제

corse (특히 사람의) 시체 (=corpse)

croft 작은 땅뙈기

drouth 건조함 (=dryness)

entreat 다루다, 취급하다 (=treat); [현대적 의미]

envermined 유해한 벌레들로 가득한. 이 낱말이 기록된 예는 달리 없는
것 같다.

fell 수피獸皮

flittermouse 박쥐

forhungered 굶주린 (=starved)

frith 숲, 삼림

frore 혹한의

glamoury 마술, 마법을 걸기

haggard (구릉에 관해) 황량한

haply 필시, 아마

hem and hedge 울타리를 쳐 구획하다

howe 무덤, 분묘

inane 공허한, 텅 빈

lave 씻다, 씻기다 (=wash)

leeches 의사들, 외과의들

let 막다, 방해하다. their going let은 '그들이 지나가는 것을 막다'는 뜻.

like 기쁘게 하다 (=please). doth it like thee?는 '그대 마음에 들었냐'는 뜻.

limber 유연한, 나긋나긋한 (=supple)

march 국경(경계)지 (=borderland)

neb 육식조의 부리 (=beak), 가늘고 납작한 부리 (=bill)

nesh 부드러운, 여린

opes 열리다 (=opens)

parlous 위험한 (=dangerous)

pled plead의 옛 과거 시제

quook quake의 옛 과거 시제

rede 충고, 충고하다 (=counsel)

rove rive의 과거 시제로 '찢다, 해체하다, 쪼개다'의 뜻

ruel-bone 상아

runagate 탈주자, 배반자

scullion 부엌데기, 부엌 허드레꾼

shores 지지, 응원 (=supports)

sigaldry 마법, 마술, 요술 (=sorcery)

slot (사슴 따위의) 발자국, 자귀(=track)

spoor slot과 같은 뜻

sprite 영靈

sylphine 실프(공기의 영) 같은. 이 형용사는 기록된 바 없다.

swath (풀 베는 이가 지나간 자리), 자취, 지나간 자국

tarn 산 속의 작은 호수, 못

thews 체력, 기력

thrall 노예, 속박된 사람(=thraldom)

trammelled 속박된, 방해받은

unkempt 빗질하지 않은, 텁수룩한

viol 활로 켜는 현악기

weft 직물

weird 운명

weregild (고대 영어) 지위에 따라 사람에게 매겨진 값

whin 가시금작화 (=gorse)

wolfhame 늑대 가죽

woof 직물

would 소망했다 (=wished)

옮긴이 **김번**

서울대학교 인문대학 영어영문학과를 졸업하고 18세기 영국소설 연구로 동 대학원에서 문학박사 학위를 받았다. 현재 한림대학교 영어영문학과 교수로 재직 중이다. 옮긴 책으로 『반지의 제왕』, 『위대한 책들과의 만남』, 『미국 대통령 취임사』, 『가운데땅의 지도들』 등이 있다.

베렌과 루시엔

1판 1쇄 인쇄 2023년 12월 15일
1판 1쇄 발행 2024년 1월 19일

지은이 | J.R.R. 톨킨
옮긴이 | 김번
펴낸이 | 김영곤
펴낸곳 | (주)북이십일 아르테

책임편집 | 권구훈
교정교열 | 박은경
표지 디자인 | (주)여백커뮤니케이션
본문 디자인 | (주)다함미디어

아르테본부 문학팀 | 김지연 원보람 권구훈
해외기획실장 | 최연순
출판마케팅영업본부장 | 한충희
출판영업팀 | 최명열 김다운 김도연
마케팅2팀 | 나은경 정유진 박보미 백다희 이민재
제작팀 | 이영민 권경민

출판등록 | 2000년 5월 6일 제406-2003-061호
주소 | (우10881) 경기도 파주시 회동길 201(문발동)
대표전화 | 031-955-2100 팩스 | 031-955-2151
이메일 | book21@book21.co.kr

ISBN 979-11-7117-129-3 04840
        979-11-7117-127-9 (세트)